Brunngasse 11

Geschichten aus der Weinschenke

von

Karl Münch-Mattessohn

»Schläft ein Lied in allen Dingen...«

Meiner Schwester Lore gewidmet

ISBN 3-931-256-05-7
1. Auflage 1995
© 1995 by Neue Presse Verlags-GmbH, Passau
Alle Rechte vorbehalten
Zeichnungen: Rolf Kunze, Vilshofen
Satz, Belichtung: Kölbl Satz & Grafik, Salzweg
Druck: Neue Presse Druckservice GmbH, Passau

Inhaltsverzeichnis

Ade alte Brunngasse 11	9
Wiedersehen mit der Brunngasse 11	9
Leb' weiter, liebe, alte Nr. 11	10
Firma Otto Mattessohn Nachfolger Inhaber Karl Münch	11
Weihnachtstrubel in der Brunngasse 11	11
Herr Münch, wann sperrn Sie denn endlich wieder auf?	12
Alicante und Jamaica	13
Die Weinschenke	13
Vater Münchs »Beichtstuhl«	14
Frischer Wind im Weinstüberl	15
Die Nachrichtenbörse	16
Der alte Tuchhändler	17
Das Tuchhändler-Gebiß	17
Der Tuchhändler findet seinen Meister	18
Der alte Tuchhändler und Oma Mattessohns Grieß-Supperl	18
Vater Münch der Bachverhunzer	19
Der Dachdecker Franz	21
Wie der Dachdecker Franzi zum zweiten Mal geboren wurde	22
Franzis verschwundene Brieftasche	23
Rauschige Brunngasse 11	24
Mittagsmahl mit Hindernissen	24
Professionelle Verkostung	25
Heimliche Verkostung	27
Mutter Luises Leiden	27
Mutter Luise schlägt zurück	28
Vater Münchs Frühwarnsystem gegen Rauschangriffe	28
Goldene Jahre im Weinstüberl	29
Bauerngeschichten	29
Die freche Nähnadel	30
Der Baumgartner aus Esternberg	31
Die Intellektuellenecke	32
Lateiner unter sich	32

Die Vertreterecke plaudert aus der Schule	33
Eine rote Sturzflut	34
Der Christl Franzl	34
Franzls Ausflug nach Obernzell	35
Von Passau bis nach Grafenau	36
Wie der Christl Franzl für eine schöne »Leich« sorgte	37
Dr. Kannamüller	38
Aufbruch der Landwirte	39
Dr. Schlossers Heimgang	39
Moses und Kurt	40
Der elegante Kurt oder Von der Brunngasse zur Metro-Goldwyn-Mayer	40
Heimkehr mit Hindernissen	42
Die Fahrprüfung	42
Der ferngesteuerte Mercedes	44
Der alte Kachelofen im Weinstüberl	45
Lebensgefährliche Kalorien	45
Das Ende des Kachelofens	47
Kirsch mit Rum im Bombenhagel	48
Der Baurat und die Liebe	48
Zurück zu den Ahnen: Otto und Elise Mattessohn	49
Otto Mattessohn	50
Vater Münch betritt die Arena	52
Ein neuer Platzhirsch in der Brunngasse 11	52
Der Ladendieb	54
Vater Münch fabriziert	55
Auf warmem Wege hergestellt	56
Fort mit dem alten Geraffel	58
Onkel Ernesto aus Argentinien	59
Ernesto renoviert im Weinstüberl	60
Oma im Hinterhof	60
Oma Mattessohn	61
Omas Domizil	62
Omas gesegnete Verdauung	62

Omas Grenzgänge	63
Die Sackltrager	64
Vom Schenkzimmer zum Weinstüberl	65
Oma Mattessohn und der »Hammer«	66
Oma und die Dynastien	67
Steuerwolken über der Brunngasse 11	67
Onkel Otto	69
Onkel Otto in der Brunngasse 11	70
Onkel Ottos Kasperltheater	70
Ein geräuschvoller Gast	72
Der Briefmarkensammler	72
Kuckuck, Kuckuck, rufts aus dem Wald	73
Otto der Regierungsrat	74
Kostspielige Überschwemmung	75
Erdbeben und Überschwemmung	76
Vater Münchs Jugendtraum	78
Jagdfreuden in Niederbayern	78
Das Nasentröpferl	80
Nahe am Tod vorbei	82
Aufregende Hasenjagd	83
Ansitzen mit Trauerflor	85
Der Damerl in Frauenhof	86
»Im grünen Wald, dort wo die Drossel singt«	87
Die wildernde Dogge	87
Der Tod im Revier	88
Das schwarze Kanapee im Weinstüberl	89
Vater Münch bekämpft die Unzucht	90
Ein Eifersuchtsdrama in der Brunngasse 11	90
Eine Rose aus Frankreich	91
Preußischer Damenbesuch	92
Der Schreinermeister Eichbichler	93
Eichbichler tritt ins Rampenlicht	95
Klassenkampf im Weinstüberl	95
Vater Münch im ersten Weltkrieg	97

Zum Helden ungeeignet	99
Der Heldenklau greift sich Vater Münch	99
Tante Emilie und Vater Münch	100
Tante Emilie und der Passauer Mafioso	101
Vater Münchs hochherrschaftlicher Fimmel	102
Geheimnisvoller Besuch bei der alten Dame	102
Vater Münchs stille Tage in Grafenwöhr	103
Erste und letzte Gefechtsübung	103
Die großdeutsche Wehrmacht trennt sich von Vater Münch	104
Vater Münchs Rückkehr	105
Vater Münch der Antiheld	106
Adi der Sonnenstrahl	107
Adis Mutter Anna	109
Fremdarbeiter in der Brunngasse 11	110
Der Stuhltest in der Weinschenke	112
Erneuter Stuhltest in West Afrika	113
Des Europameisters stürmische Heimkehr	114
Über den Dächern der Brunngasse	115
Vom alten Birnbaum zum Schanzl	116
Der alte Schanzl	116
Schleichwege	117
Tanzstunde mit Hindernissen	118
Schwierige Heimkehr	119
Ein langer feuchter Abschied	121
Das nächtliche Bad in der Ilz	123
Der unfreiwillige Minimax	123
Vater Münchs Begegnung mit dem Führer	125
Die Kindermagd Anna	126
Otile	127
Mit Otile unterwegs nach Afrika	129
Mathild, die Braut des Führers	129
Vater Münchs Fehlentscheidung	130
Das Deutsche Jungvolk	130
Der Jungbannführer	131

Der erste Maskenball	132
Zwischen zwei Fronten	133
Widerstand im Musikladen	134
Mit Andreas Hofer gegen das Einsatzfähnlein	135
Annahme verweigert	136
Vater Münch und die nationalsozialistischen Eliteschulen	137
Vater Münch lebt gefährlich	138
Amerikanisches Granatfeuer und bayerische Knödel	139
Oma Mattessohn verteidigt die Brunngasse 11	139
Vater Münch und die Entnazifizierung	139
Ein Treuhänder in der Brunngasse 11	141
Der Ankläger im eigenen Haus	142
Der Schneidermeister Alois	143
Da kommt noch was nach	144
Peinkofer alias Drahobl und die Mari aus Waldkirchen	145
Die Macht des Gesangs	147
Oma Mattessohn stirbt	148
Die Jagd auf den Riesenratz	149
Todesgefahr im Granitsteinbruch	150
Moderne Kunst im Weinstüberl	151
Vater Münchs Notaufenthalt in München	153
Vater Münch verliert seine Stimme	154
Vater Münchs Chemotherapie im Hofbräuhaus	155
Vater Münch regelt den Münchner Verkehr	155
Hersbrucker Besuch	156
Der Brathering	157
Der Handwerksmeister	158
Vater Münch und die Abschiede	160
Bombay, Bombay	161
Vater Münch geht fort	162
Nachruf	163
Vater Münch hat das letzte Wort	165

Ade alte Brunngasse 11

Vor wenigen Jahren schloß das alte Fachgeschäft für Weine und Spirituosen in der Brunngasse 11, das die letzte Inhaberin Lore Münch mit ihren getreuen Helferinnen Tina und Mari seit etwa vierzig Jahren geführt hatte, für immer seine Pforten. Das recht altersschwache Haus wurde gründlich umgebaut und geschmackvoll renoviert. Der frühere Laden im Vorderhaus beherbergt nun ein modernes Optikergeschäft, das Weinstüberl dahinter mußte der Optikerwerkstätte Platz machen, und der frühere Wein- und Spirituosenkeller hat sich in einen eleganten Schönheitssalon verwandelt.

Während so das alte Haus neu erstand, wurde vielen schmerzlich bewußt, daß mit dem Bauschutt der alten Brunngasse 11 etwas Unwiederbringliches für immer verschwunden war.

Ich selbst habe von 1925 an meine ganze Kindheit dort verbracht und bis in die fünfziger Jahre im Geschäft mitgearbeitet. Das Haus war mir vom Keller bis unter das Dach vertraut, jeder Winkel mit tausend Erinnerungen verbunden. Seither ist fast ein halbes Jahrhundert vergangen, aber die Brunngasse hat mich selbst nach dreißig abenteuerlichen Jahren im diplomatischen Dienst nie losgelassen. Sie erscheint mir noch immer in meinen Träumen.

Wiedersehen mit der Brunngasse 11

Nach der Renovierung brachte ich es ein Jahr lang nicht übers Herz, die Brunngasse hinunter und am neuen Haus Nr. 11 vorbeizugehen. Als ich dann endlich davor stand, entdeckte ich plötzlich, daß ich, dem Neuen zum Trotz, alles ganz deutlich so sah wie es immer gewesen war. Die alte, granitsteinumrandete, eichene Haustüre, die sich auf einen, noch heute vorhandenen, langen Gang öffnete, durch den donnernd die Weinfässer rollten.

Das Tor war 1945 von einer vor dem Haus explodierenden amerikanischen Granate zerfetzt worden. Die Splitter fegten durch den langen Hausgang, einige steckten noch bis in die Gegenwart in der alten Essigkellertür im Hinterhof. – Dort unter der schmalen Ladentüre, die sich mit scheppernder Klingel öffnete, stand einst auf abgetretener Schwelle stets meine Mutter, Luise Münch, in weißer Ladenschürze und winkte mir mit zur Seite geneigtem Kopf freundlich nach, wenn ich – für ihr Mutterherz unendlich und schmerzlich weit – wieder fortging. Was gäbe ich darum, wenn sie dort noch einmal vor dem alten

Brunngasse 11

Laden stehen und mir zuwinken würde, das linke, kurzsichtigere Auge leicht zugekniffen, um den Abschiedsblick zu schärfen. »Wanderer tritt still herein, Schmerz versteinerte die Schwelle«, heißt es in einem Gedicht von Trakl.

Leb' weiter, liebe, alte Nr. 11

Das ging mir alles vor meinem Elternhaus durch den Kopf. Ich kam mir vor wie der alte Rabbi, der auf der Suche nach einem verborgenen Schatz die ganze Welt durchstreift hat und – endlich heimgekehrt – den in der Ferne vergeblich gesuchten Schatz unter dem Ofen seines Hauses findet. Eigentlich ging es mir nicht anders. Vielleicht mußte ich mich erst so weit und lang vom Ort meiner Kindheit entfernen, um zu erkennen, daß die alte Brunngasse 11 einen Schatz an Erinnerungen birgt, der nur darauf wartete, gehoben zu werden. »Alles ist bereits in Deinem Kopf, Du brauchst kein Archiv«, sagte mir eine innere Stimme, »sei dankbar, daß Du es erleben durftest und schreib es auf, ehe die Spuren verwehen«. Auf einmal war ich wieder inmitten vertrauter Menschen, von denen die meisten schon lang unter der Erde ruhen. Mit ihnen kehre ich jetzt zurück in die Jugend, da die Zeit sich endlos dehnte, die Geborgenheit daheim unzerstörbar schien und frühes Leid nur von fern wetterleuchtete. Mit ihnen werde ich noch einmal in Geschichten und Erinnerungen träumen, die sich um mein Elternhaus ranken. – Liebe, alte, unvergeßliche Brunngasse 11, ich grüße Dich, Du sollst weiterleben!

Firma Otto Mattessohn Nachfolger Inhaber Karl Münch

Vor hundert Jahren hatte mein Großvater Otto Mattessohn senior das seinerzeit nur einstöckige, mehr als bescheidene Geschäftshaus einschließlich der damals sehr wertvollen Schankerlaubnis für Weine und Spirituosen zum Preis von zehntausend Goldmark erworben und die Firma gegründet, die bis auf den heutigen Tag unter seinem Namen in Passau bekannt ist. Schon lange vor dem ersten Weltkrieg und erst recht in der Weimarer Zeit, als mein Vater Karl Münch den Laden wieder in Schwung gebracht hatte, strömten Scharen von Kunden aus Stadt und Land zum »Mattessohn«, um in einem abenteuerlichen Sortiment von Flaschen und anderen Gefäßen Weine, Wermut, Liköre, Schnäpse und Rumsorten aller Art offen vom Faß – viele der Spirituosen von Vater Münch reell und preiswert selbst fabriziert – nach Hause zu tragen.

Weihnachtstrubel in der Brunngasse 11

In den Vorweihnachtstagen schwoll der Käuferansturm regelmäßig zu einem reißenden Strom an, der sich vor dem Ladentisch staute und nicht selten die ganze Ladenbuddel samt Bedienung gegen die dahinterstehenden Regale schob. Kein Wunder, denn beim Mattessohn gab es einfach alles für einen bekömmlichen Weihnachtspunsch oder andere alkoholverbrämte Festfreuden.
Dann stand die ganze Familie, angefangen von der Oma Mattessohn bis zu uns Kindern, von morgens bis spät abends im Geschäft. Jeder hatte seine Pflichten. Obwohl wir den englischen Begriff damals nicht kannten, waren wir ein »Team« und stolz darauf, dabei zu sein. Ich füllte ununterbrochen die Fünfliterflaschen mit den offenen Geträn-

ken im Keller nach und schleppte sie durch die chaotische Arbeitsküche, am dröhnenden Weinstüberl vorbei in den Laden, wo alles mittels zinnerner Meßbecher und blau-weißer Emailletrichter unterschiedlichster Größen in mitgebrachte oder ausgeliehene Flaschen abgefüllt wurde. Die Liköre glitten lautlos wie Öl, die Weine schäumend und gurgelnd durch die Flaschenhälse. In der Eile schäumten die Trichter über und bildeten kleine Seen auf dem Ladentisch. Manch edler Tropfen ging daneben, und aus all dem stiegen die Dünste. Sie erfüllten den ganzen Laden mit einem unbeschreiblich aromatisch alkoholgeschwängerten Duft, der den ahnungsvoll witternden Nasen der Kunden baldige Weihnachtsfreuden verhieß. Ein Duft, der in meiner Erinnerung nie verweht, einmalig, unwiederholbar und differenzierter als alle Parfums, die der Schriftsteller Patrick Süskind je in seinem Roman gemischt hat.

Herr Münch, wann sperrn Sie denn endlich wieder auf?

Vielen Kunden fiel erst nach dem Einkauf der Weihnachtsgeschenke zu später Stunde ein, daß ihnen noch die Getränke fehlten. Für die Brunngasse 11 gab es daher vor Weihnachten keine Ladenschlußzeiten. Immer wieder meldete sich noch ein säumiger Kunde und bettelte, ihn vor einem punschlosen Weihnachtsfest zu retten. Aber einmal hatte jede Geduld ein Ende und Vater Münch ließ sich auch durch die inständigsten telefonischen Bitten nicht mehr dazu bewegen, den Laden noch einmal aufzusperren.
Vor diesem Hintergrund erzählte mir vor nicht allzu langer Zeit ein alter Passauer, den ich zufällig in seinem Antiquitätengeschäft kennenlernte, allen Ernstes eine Anekdote über die Brunngasse 11, die, wenn nicht wahr, zumindest gut erfunden ist.

Vor vielen Jahren meldet sich bei Vater Münch ganz spät am Heiligen Abend telefonisch eine ziemlich klägliche Stimme: »Herr Münch, wann sperrn's denn Ihren Laden wieder auf?« »Heute bestimmt nicht mehr.«, erwiderte er, verärgert über die dumme Frage. Doch der Frager blieb hartnäckig und wiederholte am ersten Weihnnachtsfeiertag noch eindringlicher seine Frage. Als er sogar noch am zweiten Feiertag, fast weinend, erneut anfragte, wann der Laden wieder geöffnet wird, verlor Vater Münch die Geduld und donnerte ins Telefon: »Morgen vormittag gibts wieder was zu trinken. Bis dahin müssen Sie schon noch warten!« Darauf die Stimme, noch eine Spur kläglicher: »Ich will aber

nichts einkaufen, ich will außi (hinaus), ich bin doch in der Brunngasse 11 eing'sperrt!«
Der Antiquar war sichtlich stolz darauf, daß er mir eine Geschichte erzählen konnte, die selbst mir, dem direkten Abkömmling der Weinhandlung, noch neu war. Mir wurde plötzlich klar, daß die Brunngasse 11 bereits auf dem Weg war, sich in eine Legende zu verwandeln.

Alicante und Jamaica

Anfang der dreißiger Jahre holten viele den roten Dürkheimer Feuerberg zum Literpreis von 55 Pfennigen eimerweise weg. Andere kauften dagegen lieber den fast tintenschwarzen spanischen Rotwein »Alicante«, weil der sich zum Punsch endlos mit Wasser oder Tee verdünnen ließ, ehe er seine rote Farbe verlor. »Alicante«, der Name zerging mir schon als kleiner Knirps auf der Zunge, als hätte ich geahnt, daß ich dereinst aufregende Jahre im damals noch so fernen Spanien verbringen würde.

Für einen kräftigen Punsch mußten dem Rotwein natürlich größere Mengen an Rum, Arrak oder Blutorangenlikör zugesetzt werden. Damals kaufte man meist Kunstrum – vergleichbar dem österreichischen Inländer Rum. Den teuren und aromatischen Jamaica Rum schätzten nur wenige Kenner. »Pfui Teufel, der stinkt ja nach Schnupftabak«, hieß es oft, und auch unser Hinweis, daß es sich umgekehrt verhält, weil einem echten Schmalzler Jamaica Rum zugesetzt wird, änderte nichts an diesem Vorurteil. Wir »Kellermeister«, mein Vater und ich Dreikäsehoch, wußten es natürlich besser. Ehrfürchtig stand ich neben ihm, wenn wieder ein kostbares Zwanzig-Liter-Fäßchen original Jamaica Rum eingetroffen war. Vorsichtig öffnete er den rot versiegelten Spund, damit keine Krümel in das Faßinnere fielen, und dann zogen wir, abwechselnd über das Spundloch gebeugt, das intensive Aroma genießerisch durch die Nase.

Die Weinschenke

Wer den Laden betrat, sah sich zur Linken, bis weit über die Mitte, einer für damalige Passauer Verhältnisse beeindruckenden Fülle von Weinen und Spirituosen gegenüber, während zur Rechten eine eher bescheidene, später ganz aufgegebene Kolonialwaren-Abteilung eingerichtet war. Dazwischen führte eine kleine Pforte an einer schwarzen Tafel vorbei direkt in das Weinstüberl. Auf der Tafel hielt Vater Münch mit Kreide die Zechschulden der Gäste fest. Den Stammgästen genügte beim Eintritt ein kurzer Blick auf die Tafel zur Orientierung, wer bereits anwesend und wie hoch sein Alkoholpegel war. Wenn Vater Münch den Namen nicht kannte, behalf er sich auf einfache Weise. Da stand dann »Dicker mit Brille« oder »Spitznase«, immer zutreffend, wenngleich selten schmeichelhaft. Gelegentliches Befremden der dergestalt identifizierten Gäste hinderte den Hausherrn keineswegs daran, sein praktisches System beizubehalten.

Das Weinstüberl, von alters her schlicht »Schenkzimmer« genannt, war ursprünglich lediglich ein länglicher, dunkelgetäfelter, verräucherter Raum, in dem zwei größere Tische, ein schwarzes Ledersofa und ein Kachelofen standen. Zum Laden hin wurde das Schenkzimmer durch ein hölzernes Kontor zusätzlich eingeengt.

Das Weinstüberl wurde erst durch Vater Münch zum Herzstück der Brunngasse 11, aber es muß von Anfang an etwas Besonderes an sich gehabt haben. Auf einem uralten Foto der Weinschenke aus den zwanziger Jahren steht auf der Rückseite, von Frauenhand geschrieben, die bewegende Klage: »Im ersten Ehejahre schon, warst ständig Du beim Mattessohn.«

Vater Münchs »Beichtstuhl«

Im Kontor sehe ich noch heute im Geiste meine Mutter, Luise Münch, in Rauchschwaden gehüllt, mit hochrotem Kopf über der damals rudimentären Buchführung brüten. Dort saß aber auch häufig Vater Münch, um die gerade im Keller fabrizierten Spirituosen mit gestochener altdeutscher Handschrift in das hochformatige, schmale Kellerbuch einzutragen, oder um zu kontrollieren, daß auf allen Lieferantenrechnungen die Skonti abgezogen waren.

Mit ernster Miene erledigte er sorgfältig diese wichtigen Tätigkeiten. Das hinderte ihn allerdings keineswegs daran, mit einem Ohr die Gespräche der Zecher im Weinstüberl nebenan mitzuverfolgen. Sobald für ihn der kritische Punkt erreicht war, schoß er unversehens aus dem Kontor und griff ebenso überraschend wie lautstark in die Debatte ein. Seltsamerweise hat sich nie ein Gast über die Lauschangriffe meines Vaters beschwert. Im Gegenteil. Sobald eine Belebung der Atmosphäre durch Auftreten des Hausherrn persönlich geboten erschien, verständigten sich die anwesenden Gäste flüsternd und augenzwinkernd. Ein Reizthema wurde aufgegriffen – als Renner erwies sich, solange Vater Münch lebte, immer das Thema »Steuern« – und schon vernahmen die

»Im ersten Ehejahre schon, warst ständig Du beim Mattesohn«

entzückten Gäste, wie er wütend den Kontorsessel zurückstieß. Gleich darauf fuhr Vater Münch polternd zwischen die Zecher, und für weitere Unterhaltung war gesorgt. Das Kontor wurde daher zutreffend »Beichtstuhl« genannt. Erst 1954 versank der »Beichtstuhl« endgültig in den Fluten des großen Hochwassers.

Frischer Wind im Weinstüberl

Der technische Fortschritt machte auch vor der Brunngasse 11 nicht halt. Anfang der dreißiger Jahre wurde gegen den Erstickungstod im Weinstüberl ein elektrischer Ventilator installiert. Er summte den ganzen Tag bis in die Nacht, und während lange, rußige Spinnwebfahnen in seinem Abzugsschacht waberten, beförderte er wenigstens einen Teil der Rauchschwaden in den Hinterhof hinaus. Der alte Tuchhändler, ein Original aus der Vorkriegszeit, von dem wir gleich noch mehr hören werden, versah den Ventilator mit der kühn gereimten Warnung : »Dreitausend Touren in der Minute, die Finger weg, sonst sind sie kapute«.

Die Nachrichtenbörse

Vater Münch brauchte nicht vor die Haustüre zu gehen, im Weinstüberl erfuhr er alles, was in Passau vor sich ging, alle Freuden und Leiden der Zecher, ihre politischen Ansichten, Späße und Streitereien. Mitten im Trubel sitzend, griff er die Themen auf, spann sie nach Gutdünken weiter, heizte an und wiegelte ab, kommentierte und moderierte. Da kam schon manchmal das Nachschenken zu kurz und die Gäste saßen durstig vor leeren Gläsern. Schauergeschichten, die andere erzählten, quittierte er gern mit »einfach scheußlich«. Jüngere, despektierliche Zecher erlaubten sich daher, ihm – allerdings nur hinter seinem Rücken – den Spitznamen »alt Scheußlich« zu verpassen.

Während ich wie ein Wiesel mit gefüllten Wein- und Schnapsgläsern zwischen Laden und Schenkzimmer hin und herflitzte, gelegentlich dankbar einige Pfennige Trinkgeld einheimsend, filterten meine sowohl abstehenden wie gespitzten Bubenohren unentwegt das alkoholisch beflügelte und erhitzte Stimmengewirr der Gäste. Niemand tat sich Zwang an. Nur mich dauerten die naiven Erwachsenen, wenn ich hörte, «redens ruhig, der Kleine versteht das eh nicht«.

Das Schenkzimmer war mein Revier, Arbeitsplatz und Spielwiese zugleich. Sogar am Sonntagvormittag durfte ich – stolzgeschwellt – schon mit acht Jahren die nach dem Kirchgang eintrudelnden Stammgäste bedienen. Der Laden mußte zwar sonntags geschlossen bleiben, aber die Gäste gelangten über einen Hintereingang zu ihrem Frühschoppen. Ob Sonn- oder Werktag, meine Antennen waren immer ausgefahren. Viel allzu Menschliches und Kurioses habe ich dort erlebt und im Kopf abgespeichert bis auf den heutigen Tag.

Möge Goethe mir verzeihen, daß ich hier aus seinem Faust zitiere: »Ihr naht Euch wieder schwankende Gestalten....« Auch mir drängt Ihr Euch jetzt zu, und geschwankt habt Ihr häufig, wenn Ihr die Brunngasse 11 verlassen habt.

»Nun gut, so mögt Ihr walten....«

Der alte Tuchhändler

Da steht er wieder leibhaftig vor mir, der alte Tuchhändler. Ursprünglich ein reicher Geschäftsmann, lebte er in den Vorkriegsjahren als Privatier in seiner Schlößchen-Villa auf der Oberhauser Leite. Noch als betagter, stets in elegantem Dunkel gekleideter Hagestolz, pflegte er von seinem Turmfenster aus mit dem Fernglas die Liebespaare auf den nahegelegenen Parkbänken bei ihrem Treiben zu beobachten, um ihnen anschließend im Vorbeigehen zuzurufen »Nun wars schön?« Selbiges unterließ er erst, nachdem ihn eines Tages ein frustrierter Liebhaber wutschnaubend bis zu seiner Villa verfolgte und ihm noch vor der rettenden Haustür eine Tracht Prügel verabreicht haben soll.

Das Tuchhändler-Gebiß

Mit seiner hochgewachsenen, hageren Gestalt – er war etwas magenkrank –, dem silbergrauen Bürstenschnitt und einem pferdeartigen, künstlichen Gebiß glich er verblüffend dem Schauspieler Fernandel und stand ihm als eigenständiges Original auch an Schlagfertigkeit wenig nach. Wo immer er sich aufhielt und wohlfühlte, nahm er als äußeres Zeichen der Entspannung sein Gebiß heraus und legte es ungeniert auf den Tisch oder in ihm geeignet erscheinende Behältnisse.
So saß er eines Nachmittags bei einem Glas Bier im renommierten Gasthof »Zum Weißen Hasen« und an einem Seitentisch die Kellnerin Ida. Als sie in die Küche gerufen wurde, versenkte er sein Gebiß kaltblütig in das noch volle Kaffeehaferl der ahnungslosen Ida. Sie kam zurück und trank ihren Kaffee mit Genuß weiter – allerdings nur bis zu dem Moment, in dem ihr das Gebiß ins Gesicht fiel.
Ein Augenzeuge berichtete dem Stammtisch in der Brunngasse 11 kurz danach, was für ein Drama sich anschließend im Weißen Hasen abspielte. Ida wechselte die Farbe und stürzte zur Tür, mußte sich jedoch – von einer ebenso verständlichen wie plötzlichen Übelkeit befallen – übergeben, bevor sie die rettende Toilette erreichte. Als sie notdürftig restauriert und noch immer nach Fassung ringend zurückkam, meinte der Verursacher ungerührt : »Schauts die an, wie sie sich anstellt. Ich muß die Zähn' den ganzen Tag drin haben, mir darf auch nicht schlecht werden«.

Der Tuchhändler findet seinen Meister

Erst einige Zeit später gelang es dem pensionierten Zollfinanzrat R., der in unserem Weinstüberl, wie es sich gehörte, immer im »Oberhaus«, d.h. am oberen der beiden Tische saß, dem Tuchhändler die Lust zu diesem unappetitlichen Scherz ein für allemal zu nehmen. Das kam so: Nach einigen Vierteln Wein in der trauten Runde des Oberhauses verspürte der Herr Zollfinanzrat das verständliche Bedürfnis, die nur zwei Stufen höhergelegene Toilette gleich um die Ecke im Hinterhof aufzusuchen.

Während es von draußen nur ganz diskret plätscherte, weil der feine Herr, seinem Bildungsgrad entsprechend, die Klo-Türe, was sonst eher selten geschah, fast zugezogen hatte, versenkte der Tuchhändler in geradezu zwanghaftem Ritual sein Gebiß im leeren Stammpokal des Abwesenden. Als dieser zunächst ahnungslos wieder Platz nahm, wurde es totenstill. Der Zollfinanzrat verzog keine Miene. Mit einer blitzschnellen Handbewegung fegte er das kostbare Gefäß vom Tisch und mit solcher Wucht gegen die gegenüberliegende Wand, daß Pokal und Gebiss in Brüche gingen. Beflissen brachte mein Vater dem Herrn Rat, der leutselig, als sei nichts geschehen, das Gespräch fortsetzte, ein neues volles Glas, während der alte Tuchhändler, nun doch sichtlich betreten, die Runde vorzeitig verließ. Nach diesem Vorfall wurde sein Gebiß nie mehr außerhalb des Mundes gesichtet.

Der alte Tuchhändler und
Oma Mattessohns Grieß-Supperl

Etwa im selben Jahr mußte der alte Tuchhändler von einer weiteren lieben Gewohnheit Abschied nehmen. Dieser Vorfall bedarf einer kurzen Erläuterung.
Direkt neben dem Weinstüberl und mit ihm durch eine Türe und eine Fensterdurchsicht verbunden, befand sich unsere Küche. Der relativ große Raum diente gleichzeitig als Zwischenstation für vom Keller in den Laden beförderte Flaschen, die dort oft noch etikettiert und auch eingepackt wurden. Damit nicht genug, wichen unsere Gäste bei vollbesetzter Schenke einfach in die Küche aus und zechten dort, unbeirrt von den auf dem nahen Herd brodelnden Kochtöpfen meiner Großmutter, fröhlich weiter. Oma Mattessohn war damals schon über siebzig und gelegentlich zerstreut, fuhrwerkte aber als gelernte Köchin weiterhin unverdrossen in der Küche hin und her. Nun pflegte der

Tuchhändler jeden Tag nach seinem Vormittagsschoppen neugierig die Nase in Omas Töpfe zu stecken und mit liebenswürdigster Stimme zu fragen: »Na, Mutti, was hast Du denn heute für ein schönes Supperl?« Das forderte eine Kostprobe geradezu heraus und führte bald, zum Leidwesen der ganzen Familie, zu einer Art Gewohnheitsrecht auf einen täglichen Teller Suppe. Selbst Vater Münchs gerunzelte Stirn vermochte den störenden Kostgänger nicht zu verscheuchen.
Dennoch löste sich das Problem eines Tages auf überraschende Weise. Wieder einmal hatte besagter Gast die obligate Suppe, in diesem Fall die von ihm durchaus geschätzte Grieß-Suppe, ausgelöffelt. Anschließend verließ er, wie uns im nachhinein auffiel, still und rascher als sonst die Küche. Erleichtert setzten wir uns endlich zu Tisch und hatten noch nicht einmal zu essen begonnen, als mein Vater auch schon wütend den Löffel hinwarf und seine Schwiegermutter andonnerte: »Was hast Du denn da zusammengekocht?« – Oma Mattessohn schob aufgescheucht ihre Kochtöpfe hin und her. Des Rätsels Lösung war schnell gefunden. Sie hatte den Grießtopf mit dem ähnlich aussehenden Knochenleimtopf verwechselt.
Der alte Tuchhändler kehrte erst nach mehrtägiger Unpäßlichkeit an den Stammtisch zurück.
Von keiner Seite wurden Fragen gestellt oder Erklärungen abgegeben. Aber ein Supperl hat er von Oma Mattessohn nie wieder verlangt.
Rückschläge obiger Art konnten jedoch den Tuchhändler nicht ernstlich erschüttern. Sie schärften eher noch seine spitze Zunge zu Formulierungen, die gelegentlich literarisches Niveau erreichten, wie sich bei folgendem Ereignis zeigte.
Vater Münch hatte den 1923 durch Einheirat übernommenen, bescheidenen Laden nicht nur in die Höhe gebracht, sondern auch bald eine große Leidenschaft für die Jagd und für den Gesang entwickelt. Daher war er viele Jahrzehnte ein gern gesehener Gast in allen Jagdrevieren, in den dazugehörigen Wirtshäusern und bei den großen Bauern in der Umgebung Passaus. Auf diese Weise erweiterte sich das Einzugsgebiet des Weinstüberls und der Firma beträchtlich über die Stadtgrenzen hinaus auf die ländliche Welt mit ihren eigenen Geschichten.

Vater Münch der Bachverhunzer

Auf dem Faberhof, in Österreich an der Donau unterhalb Passaus gelegen, war mein Vater vor und nach dem »Anschluß« bei der damaligen Pächterfamilie ein gern gesehener Jagdgast. Für die fesche Wirtin hatte er zweifellos eine Schwäche, und geradezu bezaubert war er vom Gesang der zahlreichen hübschen und jüngeren Schwestern der Wirtin. Als mein Vater schon alt und kränklich war, haben wir die ehemalige Faberwirtin als Witwe und Pächterin einer anderen Wirtschaft noch einmal besucht. Ihre Dirndl-Vorderansicht war noch immer reizvoll, und ich habe seinerzeit aufmerksam registriert, wie sie Vater Münch lächelnd musterte und dann fast wehmütig meinte:« Ja, Koarl, war schon schön! ...»

Nach einer dieser sanges- und weinseligen Nächte im Faberhof schwang sich einst Vater Münch in den frühen Morgenstunden mit Hut und Jagdstock auf sein Fahrrad, um leicht schwankend, auf damals völlig autofreier Landstraße, donauaufwärts dem heimatlichen Bett zuzustreben. Die Fahrt endete jäh in der Kurve bei der Freislederer Mühle, weil er statt nach rechts geradeaus gegen das Brückengeländer des Haibachs gefahren war. Das Fahrrad blieb am Geländer stehen, und nur er stürzte kopfüber in das zum Glück fast trockene, aber dafür umso unsanftere Bachbett. Zwar behauptete er später, daß er nach einem Hechtsprung über das Geländer als alter Geräteturner den Sturz elegant mit den Armen abgefedert habe, aber die Wirklichkeit sah anders aus. Ziemlich angeschlagen, mit zahlreichen Abschürfungen und Blutergüssen, setzte er den Heimweg nunmehr zu Fuß fort. Ich wurde am nächsten Tag an die Unfallstelle beordert, um Fahrrad, Hut und Stock zu bergen.

Vater Münchs Sturz löste erwartungsgemäß mehr Spott als Mitleid aus. Selbst unsere Mutter Luise, sonst Güte und Mitgefühl in Person, ließ ihn den Rest der Nacht im Bett jammern und stöhnen, ohne sich seiner Blessuren anzunehmen, und die Stammgäste garnierten das Ereignis lustvoll mit spöttischen Bemerkungen. Dem alten Tuchhändler blieb es vorbehalten, einen Marterl-Text zu verfassen, der noch lange Zeit eine Wand der Weinstube zierte:
Wanderer steh still und weine, hier fiel der Münch ins Bacherl eine.
Wanderer steh still und bet' ein Vaterunser.
Da lag er drunt' der Bachverhunzer.

Irgendwann habe ich den alten Tuchhändler ganz aus den Augen verloren, aber er hinterließ etwas in der Brunngasse 11, das ihn lange überdauerte, nämlich einen großen Stapel Eichenparkett als Bezahlung für größere Weinrechnungen. Dieses wurde lange gebündelt im Dachboden gestapelt und später auf Asphalt in der Arbeitsküche verlegt. Es hat selbst das große Hochwasser 1954 überdauert, das auch die Brunngasse 11 fast zwei Meter hoch heimsuchte. Das ganze Küchenmobiliar löste sich seinerzeit im trüben Donauwasser in seine Bestandteile auf, aber der Eichenboden widerstand der Flut, ja er wölbte sich nicht einmal durch die Feuchtigkeit. Obwohl er täglich nur feucht abgewischt und von tausend Füßen betrampelt wurde, blieb er glatt und fugenlos, bis er der jetzigen Renovierung zum Opfer fiel.

Der Dachdecker Franz

Ein anderer alter Stammgast der Weinschenke stand meinem Bubenherzen nahe, weil er bisweilen gegen meinen cholerischen Vater für mich Partei ergriff und so spannende Geschichten aus seinem Berufsleben erzählen konnte. Das war der Dachdeckermeister Franz.
Ich spürte, daß auch er mich mochte, aber lange Zeit verstand ich nicht warum. Bis er eines Tages meine Schwester Lore und mich traurig ansah und uns erzählte, wie sein einziger Sohn ums Leben kam. Der hatte sich als Lehrling eine Kupfervitriolvergiftung zugezogen, gegen die es damals keine Rettung gab. »Er hat mich angeschaut und gefragt: Papa, muß i' wirklich schon sterb'n?«, sagte der Franzi und die Tränen liefen ihm über das Gesicht. – Wir waren zu jung und zu schüchtern, um ihn zu trösten, aber am liebsten hätten wir mitgeweint.
Ich habe keine Fotografie vom Franzi und brauche sie auch nicht. Als sei es gestern gewesen, lächelt er mich in meiner Erinnerung an: klein und von athletischer Statur, der man den bayerischen Jugendmeister im Gewichtheben noch anmerkte, obwohl der muskulöse Oberkörper bald durch zunehmende Leibesfülle überdeckt wurde. Sein runder Kopf mit den straff nach hinten gekämmten, schwarzen Haaren und das breite, gutmütige Gesicht mit den listigen Schlitzaugen brachten mich auf den Gedanken, daß unter seinen urbayerischen Ahnen auch einmal ein Asiate zugange gewesen sein könnte. Aber nie hätte ich es gewagt, diese Vermutung ihm gegenüber zu äußern.
Er war ein Glücksfall für die Stammtischrunde, weil er nicht nur selbst Humor hatte, sondern auch viele liebenswerte Schwächen, die Vater Münch scharf beobachtete und mit spitzer Zunge wollüstig aufspießte. Aber das muß man dem Franzi lassen, er war immer ein guter Verlierer, schluckte tapfer den ersten Ärger herunter, und am Ende freute er sich sogar mit denen, die auf seine Kosten lachten.
Eine seiner Geschichten ist so spannend, daß sie in der Gegenwartsform erzählt werden muß. Mich hat der Franzi damals noch besonders gefoltert, indem er jedem Satz ein bedächtiges »net wahr also« folgen ließ, eine Angewohnheit, die alle seine Schilderungen lust- und qualvoll zugleich in die Länge zog.

Wie der Dachdecker Franzi zum zweiten Mal geboren wurde

Es geschah in den zwanziger Jahren. Der Geselle Franz arbeitet auf dem Dachstuhl eines zehn Meter hohen, größeren Neubaus mit weit vorspringendem Dach. Direkt daneben wird zur gleichen Zeit eine Straße mit dazugehöriger Kanalisation gebaut. Franzi tritt auf einen hinausragenden Dachsparren und merkt zu spät, daß dieser noch nicht festgenagelt ist. Ohne die geringste Chance, sich noch irgendwo festzuklammern, stürzt er in die Tiefe und schlägt mit dem Rücken auf der im Bau befindlichen Straße auf. Nur zwei glücklichen Umständen verdankt er es, daß er überhaupt noch am Leben ist: seinem durchtrainierten Körper als Gewichtheber und der noch relativ weichen, weil unfertigen Straße. Der arme Franzi liegt von dem furchtbaren Aufprall gelähmt und sprechunfähig, aber bei vollem Bewußtsein auf dem Rücken. Wo er sich jetzt befindet, ist vor wenigen Sekunden erstmals eine Straßenwalze hinweggefahren, um den weichen Boden festzuwalzen. Eine dieser riesigen, alten Dampfmaschinen, wie ich sie als Kind immer bestaunt habe, die nun zischend in einiger Entfernung anhält und in derselben Spur zurückkommt. Der Maschinist schaut gelangweilt seitlich aus dem Führerhaus in die Gegend, Rauch steigt aus der Pfeife, die er im Mundwinkel hat. Von ihm ist keine Rettung zu erhoffen.

Das alles registriert der gelähmte Franzi und noch mehr. Parallel zur Straße verläuft ein bereits brusttiefer Graben, den ein Erdarbeiter gerade noch tiefer ausschaufelt. Das ahnt der Franzi aber nur, weil aus dem Graben in kurzen, regelmäßigen Abständen Erde herausfliegt. – Unerbittlich dampft der sichere Tod fauchend auf ihn zu.

Und dann geschieht ein Wunder. Der Erdarbeiter verspürt ein plötzliches Bedürfnis, seinen steifen Rücken aufzurichten. Sein Kopf taucht aus dem Graben auf und ein entsetzter Blick trifft den Franzi. Es vergeht noch eine endlose Schrecksekunde, dann packt er zu und reißt den Franzi an den Füßen aus der Todesspur – fast im selben Moment als die Walze darüber rollt. – In diesem Moment wurde der Dachdeckergeselle Franz zum zweiten Mal geboren. – Wer dem Tod dergestalt von der Schippe gesprungen ist, hat ohne Zweifel das Recht, ja sogar die Pflicht, das Leben zu genießen. Das besorgte der Franzi durch seinen täglichen Besuch im Weinstüberl, wo er gerne mehrere Viertel Wein, aber noch lieber einige »Achterl« Kirsch mit Rum-Likör zu sich nahm. Dieser von Vater Münch aus bestem Kirschsaft und echtem Jamaica hergestellte Nektar wurde nur ihm in einem Achtelliter-Weinglas serviert. Zwei waren es meist, manchmal auch mehr, aber selbst dann ging er ohne Schwanken stillvergnügt nach Hause, wo ihn Thea, seine treusorgende und resolute zweite Ehefrau vermutlich nicht immer nur mit Wohlgefallen in Empfang nahm.

Franzis verschwundene Brieftasche

Der wirtschaftliche Aufschwung nach der Währungsreform 1948 ließ auch das Münchner Oktoberfest in neuem Glanz erstehen, und wie mancher Passauer Bürger, der es sich wieder leisten konnte, ließ sich unser Franzi mit Gattin Thea diese lang entbehrten Freuden nicht entgehen. Man stieg im Schottenhammel ab, um anschließend Arm in Arm über die Theresienwiese zu flanieren. Wie später rekonstruiert werden konnte, steckte in Franzis an sich schon praller Bundhose eine wohlgefüllte Brieftasche, die einladend aus der eingezwängten Gesäßtasche herausragte. Man war ja wieder wer.

Zu der Zeit wußte zumindest in Passau niemand, daß internationale Taschendiebe insbesondere aus Spanien – in Salamanca soll es eine spezielle Schule für dieses Metier geben – bereits wieder auf dem Oktoberfest tätig waren.

Alles weitere spielte sich folgendermaßen ab: Plötzlich entstand vor einer Schaubude ein unerklärlicher Aufruhr, und im Gedränge wurde der Franzi unsanft von seiner Ehefrau getrennt. Bevor er mehr als zweimal angstvoll »Thea« rufen konnte, war sie schon wieder da, dafür war aber Franzis Brieftasche – und die endgültig – verschwunden.

Franzi biß die Zähne zusammen, orderte Nachschub von seiner Bank aus Passau und feierte planmäßig weiter, wild entschlossen, den Spöttern in der Brunngasse kein Sterbenswörtchen von dem Verlust zu verraten. Aber, wie so oft, arbeitete der Nachrichtendienst der Brunngasse 11 auch diesmal vorzüglich. Schon einen Tag vor Franzis Rückkehr nach Passau berichtete ein Weinreisender, der ebenfalls im Schottenhammel genächtigt hatte, Vater Münch von dem schmerzlichen Verlust eines gewissen Dachdeckermeisters aus Passau.

Am nächsten Tag erwartete eine wohlpräparierte Stammtischrunde den ahnungslosen Rückkehrer. Interessiert befragte man ihn nach seinen Erlebnissen, die er scheinbar unverfänglich zum besten gab, wobei er aber doch sichtlich bemüht war, das ihm unbehagliche Thema so bald wie möglich abzuschließen. Schon dachte er, das sei ihm gelungen, als mein Vater feierlich verkündete: »Meine Herren, ich bitte Sie, sich von

Ihren Plätzen zu erheben. Eine Minute Trauer für die verschwundene Brieftasche!« Ein verdutzteres Gesicht hat man im Weinstüberl nie mehr gesehen, aber das Gelächter war so ansteckend, daß selbst der Geschädigte am Ende mit einstimmen mußte. Vater Münch wußte wie immer abschließenden Rat. »Wenn Ihnen das noch einmal passieren sollte, dann greifens besser zuerst nach Ihrer Brieftasche und dann nach der Thea!« Damit hatte er wieder einmal das letzte Wort.

Rauschige Brunngasse 11

Es ist an der Zeit, die Dachdecker-Geschichten zu unterbrechen, weil sonst der Eindruck entsteht, die Weinstube sei nur ein Brunnquell von Scherzen und Späßen gewesen. Davon kann keine Rede sein. Der Alltag war häufig so grau und lichtlos wie unser Hinterhof, und zur rechten Zeit sorgte ein lästiger oder betrunkener Gast – meist war er beides – für Ärger und Aufregung.
So saßen wir eines Tages, wir Kinder gerade im Volksschulalter, gemeinsam mit unserer ersten und überaus tüchtigen Verkäuferin Maria beim Mittagessen am unteren Tisch der Weinschenke. Denn schon seit Mattessohn-Zeiten war es üblich, daß die Familie sich, wenn einer der beiden Tische leer war, dort zum Essen niederließ. Leider blieb am anderen Tisch nicht selten ein hartnäckiger Zecher hängen, der unser Mahl mit dummen Reden oder unappetitlichen Rülpsern würzte. Meine Eltern fanden das normal. »Schließlich leben wir davon«, hieß es, wenn wir uns darüber beklagten und zum Essen lieber an den Tisch in der Küche übersiedeln wollten.

Mittagsmahl mit Hindernissen

An jenem Mittag saß ein volltrunkener Gast, leise vor sich hinschnarchend, gegen die Wand gelehnt am Nachbartisch. »Der stört nicht mehr«, meinte Vater Münch nach prüfendem Blick. Gehorsam, aber ängstlich und widerstrebend fügten wir uns, denn der Zecher fing bereits an, gewaltig aufzustoßen, während ein unheilvolles Zucken durch seinen Körper lief. Wir gelangten gerade noch bis zum Hauptgericht, da passierte es. In einer gewaltigen Eruption ergoß sich ein Strom übelriechender, wenn auch sehr menschlicher Lava über die ganze Vorderfront des nunmehr entspannter atmenden, aber keineswegs im Schlummer gestörten Gastes. Unsere liebe Maria verlor als erste die Nerven,

und während kleinere Nachbeben den Schläfer heimsuchten, lief sie schreiend ins Freie.
Alles war wie gelähmt. Als erster faßte sich mein Vater. »Hilf mir Bub. So können wir ihn nicht sitzen lassen!« Gemeinsam schleppten wir ihn in den Hinterhof, und während ihn mein Vater auf einem alten Stuhl zwischen leeren Fässern in eine stabile Lage brachte, reinigte ich mit Eimer und Schrubber notdürftig seine Vorderfront. Noch vor Einbruch der Dunkelheit hatte er dann seinen Rausch soweit ausgeschlafen, daß er mit eigener Kraft die Brunngasse 11 verlassen konnte.
An jenem denkwürdigen Tag hat die Familie zum letzten Mal im Schenkzimmer zu Mittag gegessen.

Professionelle Verkostung

Der fast tägliche Anschauungsunterricht über die verheerenden Auswirkungen übermäßigen Alkoholkonsums hat sicher dazu beigetragen, daß niemand in der Familie, obwohl an der Quelle sitzend und den qualitativ einwandfreien eigenen Erzeugnissen keineswegs abgeneigt, je dem Alkohol verfiel. Das schloß natürlich nicht aus, daß wir, voran mein Vater, in fröhlicher Runde gelegentlich ein Glas mittranken.
Weit wichtiger war aber das Probieren der Weine und Spirituosen. Wenn wieder eine Sendung von Weinproben eingetroffen war, zelebrierte Vater Münch das Verkosten, er nannte es »die Degustation«, am liebsten vor Gästen und versammelter Familie mit professioneller Eleganz.
Bedächtig entkorkte er die Flaschen und füllte die Gläser, um uns schweigend auf den Ernst der Handlung einzustimmen. Dann hob er sein Glas nahe vors Auge und prüfte sorgfältig Farbe und Reinheit, wobei er nicht versäumte, darauf aufmerksam zu machen, daß diese äußeren Merkmale auch künstlich produzierbar sind. Anschließend schwenkte er das Glas in zierlichen Schleifen vor seiner Nase, um, wie er bedeutungsvoll und genüßlich sagte, das Bouquet zu prüfen.
Dann kam der erste kleine Schluck. Den kaute er andächtig mit geschlossenem Mund, innerlich schon den dann folgenden Höhepunkt vorbereitend. Der bestand darin, daß er sich den Mund mit einem herzhaften Schluck halb füllte, die Zunge zu einer schmalen Röhre nach oben einrollte, die Lippen leicht öffnete und behutsam die Luft einsog. Der leise glucksend durch seine Zunge gleitende Luftstrom belud sich mit den ätherischen Bestandteilen des Weines und füllte duftend Vater Münchs unverkennbar freudig erregte Mundhöhle.

Vater Münch bei der Weinprobe

Niemand sprach mehr ein Wort. Ganz in sich versunken, mit geschlossenen Augen, genoß er allein den Höhepunkt. Auch die Sekunden danach gehörten noch ihm. Dann öffnete er langsam die Augen, schaute uns mitleidig an und bemühte sich durch eine mit Fachausdrücken gespickte Bewertung des Weines, den Statisten um ihn herum wenigstens einen Teil seiner einsamen Erkenntnisse zu vermitteln. – Nun durfte wieder gesprochen werden. Die Schau war zu Ende.
Um bei der Wahrheit zu bleiben: Nicht alle am Stammtisch waren beeindruckt. Manche ahnten, daß Vater Münchs Probierkult mehr dem eigenen Prestige als der Wahrheitsfindung diente und, daß es sich bei den verkosteten Weinen nur selten um Spitzengewächse handelte. Der alte Kohlenhändler Dorner, der als Fischer ständig in Urfehde mit dem Jäger Münch lag, knurrte sogar bissig: »Hat er uns wieder einmal angeflunkert, der alte Weinpantscher«.

Eine solche Beleidigung erforderte sofortige Vergeltung. »Meine Herrn,« sagte Vater Münch verdächtig mild und nachsichtig, »dem Herrn Dorner dürfen wir heut' nichts übelnehmen, er steht ja noch unter Elektroschock«. Er hielt inne, und erst als im Weinstüberl eine erwartungsvolle Stille eintrat, fuhr er fort: »Wie ich höre, ist er gestern beim Fischen in fremden Gewässern an einen Elektrozaun geraten. Wir wünschen gute Besserung.« Der Dorner'sche Hals ruckte nervös aus dem steifen Kragen, denn die Nachricht stimmte. Vater Münch, wie immer bestens informiert, hatte wieder gleichgezogen.

Heimliche Verkostung

Angeregt durch Vater Münchs feierliche Auftritte nahm ich mir schon im zarten Alter, etwas am Rand der Legalität, die Freiheit zur eigenen Verkostung. Wenn am Abend, um Verdunstung zu verhindern, die Holzspunde der Fässer im Likörkeller nachgeklopft werden mußten, ein Amt, das ich frühzeitig von meinem Vater übernehmen durfte, führte ich stets heimlich ein Gläschen mit, um unsere Produkte direkt aus den Faßhähnen fachmännisch zu verkosten. Damit zog ich mir allerdings Vater Münchs höchstes Mißfallen zu. Als er mich einmal dabei erwischte, setzte es ein Donnerwetter. Er warnte mich eindringlichst vor den Gefahren des Alkohols und bekräftigte seine medizinischen Hinweise mit einer Ohrfeige. Aus Schaden klug, verzichtete ich von da an auf das Probierglas und ersetzte es durch eine Staniolkapsel. Wenn hinfort mein Vater einmal unversehens auftauchte, verschwand das praktische Gefäß zerknüllt und unauffällig in einer Kellerecke. – So hat der eigene Sohn Vater Münch schon in jungen Jahren hintergangen. Aber wer weiß, vielleicht hört er mein spätes Geständnis und verzeiht!

Mutter Luises Leiden

Meine sanfte Mutter Luise, die keiner Fliege etwas zuleide tun konnte, der Engel der Familie, mußte gerade, weil sie so lieb war, viel leiden. Oma Mattessohn brachte sie schon als Frühgeburt mit viel zu dünnen Armen und Beinen zur Welt. Ihr Bruder Otto, ein Zwei-Meter-Lackl schoß ihr mit einem Luftgewehr Liebesperlen in den offenen Mund, sodaß sie fast erstickte. In der Schule errötete sie, als andere dem Lehrer Mädl einen Streich gespielt, nämlich sein gelbes Jackett, das er eine Generation später noch immer trug, mit Tinte bespritzt hatten. Die arme Luise wurde prompt als Schuldige bestraft. – Viel später, an einem Faschingsdienstag im Weinstüberl, nahm ein tolpatschiger Bär das zarte Luiserl zum Tanz in den Arm und brach ihm dabei prompt eine Rippe. Einmal flüchtete sie vor einem Gast, von dem sie sich zu Unrecht verfolgt fühlte, und brach sich dabei den Arm. Aber das ist eine andere Geschichte.

Mutter Luise schlägt zurück

Unser Vater nannte sie »die Maus mit dem Löwenherz«, aber auch er erlaubte sich zuweilen derbe Scherze mit ihr. Sobald meine Mutter zu Beginn des Mittagessens die Hände gewohnheitsmäßig auf ihren Teller gelegt hatte, klopfte er ihr blitzschnell mit dem Löffel schmerzhaft auf die mageren Finger. Eines Tages gelang es ihr allerdings, die Hände so schnell zurückzuziehen, daß mein Vater den Teller zerschlug und zu seiner Verblüffung und unserer noch größeren Freude prompt eine Ohrfeige von seinem sanften Luiserl einfing.

Vater Münchs Frühwarnsystem gegen Rauschangriffe

Zurück zu den Räuschen. Sie waren in früheren Jahren eine ständig lauernde Gefahr, der Vater Münch mit einer Art Frühwarnsystem begegnete. Früher war es nämlich in trinkfreudigen Kreisen üblich, durch ausgiebigen Bierkonsum in einem Wirtshaus dem angestrebten Rausch eine preiswerte Grundlage zu geben und dann durch ein paar Schoppen Wein am liebsten beim Mattessohn dem Faß oder vielmehr dem Vollrausch die Krone aufzusetzen. Wenn ein solcher Zecher schon leicht schwankend oder mit hochrotem Kopf der Weinstube zustrebte, mußte er möglichst noch im Laden mit dem vorsorglichen Hinweis gestoppt werden, daß er nichts mehr an alkoholischen Getränken zu erwarten habe. Die Entscheidung, wann jemand diese Grenze erreicht hatte, konnte nicht leichtfertig gefällt werden, weil sie unliebsame Konsequenzen hatte. Erstens drückte sie den Umsatz und zweitens löste sie, gelinde gesagt, höchst unfreundliche Reaktionen bei den Betroffenen aus. Oft habe ich bei solchen Gelegenheiten das scharfe Auge meines Vaters bewundert, mit dem er den Risikoträger ortete, und sein diplomatisches Geschick, mit dem er den Widerstrebenden trotz lauten Protestierens auf die Straße hinauskomplimentierte.

Goldene Jahre im Weinstüberl

Die schweren Nachkriegsjahre vergingen, und langsam blühte die Brunngasse wieder auf. Ich kann das Kapitel über die Trunkenheit nicht abschließen, ohne ausführlich der schönsten, ja der einzigartigen Weinseligkeit zu gedenken, die das Weinstüberl in den Jahren vor und nach 1950 erfüllte. Das hatte verschiedene Ursachen. Erstens verfügten die Passauer in Stadt und Land nach der Währungsreform erstmals wieder über kaufkräftiges Geld. Zweitens hatten die heißen Sommer 1947 und 49 den deutschen Weinbaugebieten Jahrhundertweine beschert, und drittens besaßen – was meinen Vater besonders freute – die Winzer zu dem Zeitpunkt so wenig Kapital, daß sie diesen herrlichen Wein, statt ihn zu lagern, auf den Markt werfen mußten. So gelangte unter anderem ein unbeschreiblich süffiger Bernkastler Riesling aus den Kellereien an der Mosel in Halb- und Viertelstücken von drei- bis sechshundert Litern in den Weinkeller der Brunngasse 11.

An ein Abfüllen dieses köstlichen Tropfens in Flaschen war gar nicht zu denken. Kaum war ein Faß angezapft, sprudelte der Bernkastler unaufhörlich in die unter den Holzhahn geschobenen Fünfliter-Flaschen, mit denen dann auf der Ladentheke endlose Reihen von Schoppengläsern immer wieder nachgefüllt wurden. Die von überall herbeiströmenden Zecher saßen dichtgedrängt in Weinstube und Küche, bei gutem Wetter sogar zwischen den leeren Fässern im Hinterhof und schlürften teils andächtig, teils in ungefügen Zügen den goldgelben Mosel, wie er in solchen Mengen und mit solcher Inbrunst sicherlich seitdem in Passau nie wieder getrunken worden ist. Fast jeden Tag lief ein Faß leer und Vater Münch geriet in Panik, weil er nicht mehr schnell genug nachbestellen konnte. In Scharen kamen nicht zuletzt seine Jagdfreunde aus der Umgebung bis hinein in den Bayerischen Wald. Ganz gegen die Tradition trank niemand mehr vorher Bier. Man eilte schnurstracks zum Mattessohn in die Weinschenke und ließ sich mit ungezählten Vierteln Bernkastler genüßlich vollaufen. Von morgens bis abends erfüllte ein fabelhafter Lärm die Brunngasse 11. Aber der herrliche Wein hat ohne Zweifel eine edlere Art der Trunkenheit produziert: Kein ernsthafter Streit störte die Fröhlichkeit.

Bauerngeschichten

Vom Vormittag an zechten sie da Tag für Tag, in Rauchschwaden gehüllt, und redeten mit heißen Köpfen aufeinander ein. Scheinbar

chaotisch drängte sich Schulter an Schulter, und doch fanden sich Gleichgesinnte zwanglos zusammen.
In einer Ecke saßen die Großbauern der Höfe vorm Wald. Unter dröhnendem Gelächter erzählte der Leitzinger seine derben Geschichten. Wie er mit dem Pferdefuhrwerk unterwegs seinem Erzfeind, dem beleibten Hochwürden von Straßkirchen, in einem Hohlweg begegnete, ihn peitschenknallend die Böschung hinaufjagte und ihm nachrief: »Du bist kein Seelenhirt, Du bist ein Sauhirt!«
Der gutmütige Wuitzinger neben ihm schüttelte ob solcher Lästerung mißbilligend den Kopf. Im Wuitzinger Hof, bei den zwei dicken Bäuerinnen, machte Vater Münch gern Station, nicht zuletzt, weil es dort einen aus Goldreinetten gekelterten Apfelwein gab, den besten weit und breit.
Der Symbolner, zu seiner Linken, verzog keine Miene. Von hünenhaftem Wuchs und nur mit einem blutunterlaufenem Auge, das ständig in seinem finsteren Gesicht rollte, sah er aus wie ein furchterregender Zyklop. Dem Symbolner war nämlich ein Aderl im anderen Auge geplatzt, als die Amerikaner gerade Passau beschossen und niemand auf die Straßen durfte. Als er endlich einen Augenarzt aufsuchen konnte, war es zu spät. So verlor er ein Auge. Aber der finstere Anblick täuschte. Der Symbolner war ein treuer Freund und seine liebe Frau, die mit ihrem stillen Lächeln ausschaute als sei sie einem bayerischen Altarbild entstiegen, hat mir in Notzeiten manches Schmalzhaferl für die Familie zugesteckt.
Der Spetzinger aus Salzweg, direkt gegenüber, musterte den Leitzinger mit leicht glasigem Blick. Er war sich, selbst stark angeheitert, als großer Grundherr seiner Bedeutung für die Salzweger Jagd im allgemeinen und für den Jäger Münch im besonderen voll bewußt. Er mußte stets das letzte Wort haben. Wenn ihm beim Diskutieren die Argumente ausgingen, stellte er einfach die Frage: »So meinst? Wieviel Tagwerk hast denn? – Bloß siebzge – dann halts Maul!« Trotzdem ließ Vater Münch nichts auf ihn kommen, alle Spetzingers, ob jung oder alt, hatten bei ihm einen Stein im Brett, und die immer freundliche Spetzingerwirtin schätzte er ganz besonders.

Die freche Nähnadel

Inzwischen war der Leitzinger unüberhörbar längst wieder am Erzählen. Wie ihm eines Tages im Ehebett unversehens eine dort vergessene Nadel in den Hintern fuhr und daselbst sogleich entschwand.

Unter gräßlichen Flüchen feuerte er seine weinende Frau an, auf der Suche nach der Teufelsnadel mit dem Rasiermesser immer tiefer in den Hintern zu schneiden. Alles war vergeblich. Unentwegt schimpfend stieg der Leitzinger aus dem blutbesudelten Ehebett, stieg mit einem Notverband mühsam auf den Kutschbock und erreichte in schmerzhafter Schräglage nach einstündiger Fahrt die rettende Hellge Klinik auf der Hochstraße in Passau. Der Chefarzt entfernte elegant die freche Nähnadel, die bereits fünf Zentimeter tiefer gerutscht war und, wer weiß, unverfroren das Leitzingerherz angesteuert hätte.

Einige Wochen später mußte er zu allem Unglück die Klinik erneut aufsuchen, weil nun der Blinddarm an die Reihe kam. Mit einem Seufzer beendete der Leitzinger seine Geschichte. »Wars denn so schlimm?« erkundigte sich Vater Münch teilnahmsvoll. »Schmarrn, die Operation, dös war garnix«, knurrte der, »aber 'bad (gebadet) hams mi vorher.«

Der Baumgartner aus Esternberg

Nicht weit entfernt zechten Vater Münchs österreichische Jagdfreunde, darunter der Baumgartner aus Esternberg. Allmählich konnte der Baumgartner wieder ab und zu lachen. Das war ihm lange Zeit abhanden gekommen. Warum, hat Vater Münch nie vergessen.

In den Kriegsjahren saß der Baumgartner einmal im Weinstüberl mit ihm zusammen. Natürlich redeten sie über ihre Jagderlebnisse. Der Esternberger Freund berichtete von einem ungewöhnlich schönen und erfolgreichen Jagdtag kurz vorher. Er habe sich rundum so glücklich und zufrieden gefühlt, daß es ihn drängte, das Datum in die Rinde eines Baumes zu ritzen, was er noch nie zuvor getan hatte.

Später klingelte in der Küche neben dem Weinstüberl das Telefon. Dort saß meine kleine Schwester Lore. Sie sah Vater Münch den Hörer abnehmen. Er erhielt nur eine kurze Mitteilung, drehte sich zu ihr um und sagte wie versteinert: »Der Sohn vom Baumgartner ist gefallen!« Dann ging er unendlich langsam zurück ins Schenkzimmer und wandte sich dem Freund zu: »Baumgartner, Du sollst heimkommen, sie wollen eine wichtige Angelegenheit mit Dir besprechen.« Unwillig über die Störung brach der Baumgartner auf. Als er gegangen war, sagte Vater Münch zur kleinen Lore gewandt, als wollte er sich für seine Notlüge entschuldigen: »Er solls erst daheim erfahren. Eine so schlimme Nachricht kann man nur in der Familie ertragen«. – Später stellte sich heraus, daß der Baumgartner an jenem Jagdtag, ohne es zu wissen, das Sterbedatum seines Sohnes in den Baum eingeritzt hatte.

Viele Jahre waren inzwischen ins Land gegangen, und in der österreichischen Ecke wurde heftig politisiert. Man spürte noch die alte Verbundenheit der Menschen beiderseits der Grenze, aber sie war deutlich durchwachsen mit einer verständlichen Absetzbewegung vom geschlagenen und kriegsschuldbelasteten Deutschland. Bei dem sich daraus ergebenden politischen Geplänkel durfte Vater Münch nicht fehlen. Er war zwar mit dem Einschenken und Aufschreiben der Zechschulden auf der schwarzen Tafel voll beschäftigt, aber für kleine Bosheiten fand er immer Zeit. Im Vorbeigehen erinnerte er die Österreicher an Schmerzliches:«Wißt Ihr noch, wie Ihr in Wien nach ihm gerufen habt: Adolf Hitler, Österreichs Sohn, zeige Dich auf dem Balkon!«

Die Intellektuellenecke

Vor dem österreichischen Aufschrei setzte sich Vater Münch schleunigst in die Intellektuellenecke ab, wo er seiner Selbsteinschätzung nach sowieso hingehörte. Dort saß wie immer der alte Professor Reger, aber er wirkte an jenem Tag ungewöhnlich aufgeregt. Von Zeit zu Zeit zog er seine Taschenuhr. Seine einzige Tochter, das geliebte und überaus lebenslustige Dorle, war, wie er uns verriet, gerade dabei, an einem weit entfernten Ort endlich in den Stand der Ehe zu treten. Punkt 12 Uhr entrang sich ihm ein Seufzer der Erleichterung. »Gott sei Dank, jetzt is' verheiratet. Herr Münch, bringens mir die Gitar!« Auf dem schmalen Gelehrtengesicht lag ein zufriedenes Schmunzeln. Seine Augen blitzten fröhlich hinter den dicken Brillengläsern.
Lauter und noch temperamentvoller als sonst erklang sein Lieblingslied vom Adam, dem der HERR ein Ripperl entnimmt, um daraus die Eva zu formen. Der HERR erkundigt sich am Schluß, wie es dem Adam geht und dieser fleht ihn an »«Oh mei, setz' mir mein Ripperl wieder ei'!« Die letzte Strophe begleitete er mit einem virtuosen Wirbel der rechten Hand auf seiner Gitarre und honorierte den starken Applaus mit der allgemein erwarteten Zugabe des Liedes von der Schwiegermutter, die leberleidend ins Krankenhaus hinein und leider lebend wieder heraus kommt.

Lateiner unter sich

In der Professorenecke saß auch der Altphilologe Moosbauer, ehemaliger hochbegabter Maximilianeum-Schüler und späterer Oberstudiendirektor in Burghausen, kurz Moses genannt. Ihm fühlte sich Vater

Münch durch seine drei Klassen Gymnasium, die er als seine drei Semester zu bezeichnen pflegte, humanistisch verbunden. Ehe er im Weinstüberl eines seiner lateinischen Zitate abfeuerte, warf er dem Professor jedesmal einen kollegialen Blick zu und hob an, »wir Lateiner pflegen in einem solchen Fall zu sagen....« Den Oberstudienrat erstaunte stets aufs neue, wie wirksam Vater Münch seine beschränkten Lateinkenntnisse einsetzte..Einmal ging allerdings ein Zitat nach hinten los. Als gerade ein langjähriger Stammgast, der alte Hausierer mit seinem Bauchladen, eintrat, begrüßte er ihn spontan auf lateinisch »omnea mea mecum porto«. Der Hausierer war zunächst geschmeichelt, in einer fremden Sprache begrüßt zu werden. Aber als ihm Vater Münch unvorsichtiger Weise seine lateinische Begrüßung übersetzte: «Alles was ich besitze, trage ich mit mir«, verließ er verärgert die Weinschenke und blieb längere Zeit aus.
Vater Münchs Griechischkenntnisse waren wesentlich beschränkter. In Wahrheit bestanden sie hauptsächlich aus einem kurzen Satz, aber auch der hatte seine kleine Geschichte. Die Klasse sollte nach den ersten Wochen Griechischunterricht als Hausaufgabe einen eigenen Satz bilden. Der kleine Münch meldete sich stolz zu Wort und schmetterte hinaus: »hiatros aimü (ich bin Arzt). Darauf der Griechischlehrer, wütend: »Das wirst Du in Deinem Leben nicht, Du Faulpelz, setzen!« Vater Münch sah das später so: »Er war ein echter Prophet. Ich bin tatsächlich kein Arzt geworden.«

Die Vertreterecke plaudert aus der Schule

Bei den Geschäftsreisenden hielt Vater Münch im Vorbeigehen kurz inne, weil er ein interessantes Thema witterte. Der alte, weißhaarige Vertreter, Herr Schreiter, stets natürliche Würde ausstrahlend, erzählte gerade zum wiederholten Male ernst und gemessen, wie ihm, als er in Geschäften unterwegs war, auf tragische Weise ein Liebesabenteuer entging. Er durfte zwar noch ins Bett der schönen Wirtin steigen, mußte aber unverrichteter Dinge wieder abziehen. »Meine Herren, stellen Sie sich die Enttäuschung vor«, fast brach ihm die Stimme, »sie war zu eng gebaut«. Letzteres wiederholte er kopfschüttelnd und tieftraurig dreimal, obwohl es für seine Zuhörer offensichtlich weder neu noch schwer vorstellbar war. Zwischen Mitleid und Bewunderung hin- und hergerissen, nickten sie ergriffen.
Nur der feine Weingutsbesitzer aus Nierstein, der mehr zufällig an der Seite des verhinderten Don Juans saß, rümpfte leicht die Nase, steu-

erte aber dann, um das ihm peinliche Thema zu wechseln, einen nützlichen, wenn auch prosaischen Rat aus seiner umfangreichen Hotelpraxis bei. »Meine Herren, wissen Sie eigentlich, wie man die Qualität eines Hotels prüft? Riechen Sie morgens an den Schuhen, die Sie abends zum Putzen vor die Türe gestellt haben. Wenn Sie Schuhcreme riechen, ist das Hotel in Ordnung! Dann stocke ich mein Trinkgeld auf.« Im Weinstüberl herrschte zum Glück Toleranz. Daher wurde auch dieser Beitrag nachsichtig, wenn auch mit geringerer Anteilnahme als der vorhergehende zur Kenntnis genommen.

Eine rote Sturzflut

Der geschäftlich Erfolgreichste in der Vertreterrunde war auch der bemitleidenswerteste, denn er saß inmitten des fröhlichen Treibens ernst vor einer Apfelschorle. Dabei konnte er auf eine einträgliche Großvertreterkarriere in Weinen und Spirituosen zurückblicken und hatte lange Zeit bei seinen Kunden gern und kräftig mitgetrunken. Plötzlich streikte die Leber und nichts ging mehr. Aber das wollte niemand glauben. Trotz aller Proteste standen weiterhin gefüllte Wein- und Schnapsgläser vor ihm, sobald er sich hinsetzte. Da ließ er sich in seiner Not eine Gummiblase anfertigen, die er am Unterleib versteckt stets mit sich trug. Dorthin beförderte er in unbeobachteten Augenblicken den Inhalt seiner Gläser vermittels einer trichterartigen Einfüllvorrichtung. Das ging eine Weile gut und stellte seine Beliebtheit bei den Wirten wieder her, bis es zu einer folgenschweren Panne kam. In einem seiner feinen Lokale hatte er bereits zwei Viertel Erlauer Stierblut unauffällig in die Geheimblase versenkt, als diese plötzlich platzte. Als der dunkelrote Sturzbach losbrach und sich über die Oberschenkel durch beide Hosenbeine einen Weg nach unten bahnte, war nichts, aber auch gar nichts mehr zu retten. »Bitte, meine Herren«, klagte er, »ersparen Sie mir weitere Einzelheiten. Mein Rückzug aus dem Lokal war niederschmetternd. Die Erinnerung daran wird mich bis ans Lebensende verfolgen.« Von da an blieb ihm nur noch die Apfelschorle, an der er am Ende der Geschichte noch einmal melancholisch nippte.

Der Christl Franzl

Auf einmal schmetterte die Brunngasse herunter bayerische Blasmusik, und plötzlich stand die fünf Mann starke Kapelle, dirigiert vom Christl Franzl, im Laden der Brunngasse 11. Anlaß war der Sepperltag. Der

Lärm unter der niederen Decke war ohrenbetäubend. Mutter Luise hielt sich die Ohren zu und tauchte erschrocken unter die Ladentheke. Jetzt war der Christl Franzl, eines der letzten Passauer Originale, erst richtig in seinem Element. Er feuerte seine Kapelle, wo er sie aufgetrieben hatte, blieb sein Geheimnis, zu immer neuer Höchstleistung an. Jeder ankommende oder aufbrechende Gast, ob er Josef hieß oder nicht, wurde musikalisch begleitet, daß die Weingläser klirrten. Die Stimmung war nicht mehr zu steigern.
Dabei hätte das bloße Erscheinen vom Franzl ohne jede Musik schon genügt. Sein gewaltiger Schädel mit einem lederartig gegerbten Gesicht voll listiger Lachfalten ging pyramidenförmig und halslos in den stattlichen Leib über. Sobald der Franzl saß, spreizte er die gekrümmten Finger seiner rechten Pratze. Dadurch entstand auf dem Handrücken eine tiefe Mulde, in der er eine gewaltige Ladung Schmalzler aus seiner überdimensionalen Schnupftabaksdose anhäufte. Schnaubend verschwand der schwarze Berg zwischen den sich plusternden Flügeln seines gewaltigen Riechorgans.
Jetzt war der Franzl erst voll da und musterte leutselig seine Umgebung. Wer ihn kannte und sich selbst nüchtern einschätzte, wies die hingehaltene Schnupfstabaksflasche dankend zurück. Gelegentlich griff ein Auswärtiger leichtsinnig zu, aber am meisten freuten sich die Zecher, wenn ein Norddeutscher arglos das Angebot annahm und unter Franzls listigem Zuspruch eine Ladung Schmalzler in die revoltierenden Nasenlöcher stopfte. Die Strafe folgte auf dem Fuße. Der Unglücksrabe flüchtete, von schadenfrohem Gelächter begleitet auf den Hinterhof, und versuchte dort unter endlosen Niesanfällen das Teufelszeug wieder loszuwerden.
Angeregt machte sich der Franzl dann ans Erzählen seiner selbsterlebten Schwänke. Darin war er ein Meister.

Franzls Ausflug nach Obernzell

An einem heißen Sommertag hatte er mit einem Lastauto Ware in Obernzell an der Donau ausgeliefert und war auf der Heimfahrt von befreundeten Zechern in einem Biergarten an der Straße aufgehalten worden. Daraus wurde eine lange, feuchtfröhliche Nacht und als der Aufbruch nicht länger hinauszuschieben war, bot der Franzl den Kumpanen einen Platz auf seinem Laster für die Heimfahrt nach Passau an. Der Wirt gab ihm noch eine Ladung leerer Bierfässer mit und ab gings mit Gesang, Richtung Heimat, immer an der Donau entlang.

Wieviele Maß der Franzl getrunken hatte, wußte er selbst nicht mehr, aber es muß sogar für ihn zuviel des guten gewesen sein, denn er fuhr bei einer scharfen Rechtskurve geradeaus in die hochgehende Donau. Mit mehreren Nichtschwimmern auf der Ladefläche schien sich eine Katastrophe anzubahnen. Aber als das Wasser über der Führerkabine zusammenschlug, schwang sich der Franzl aus dem Fenster an die Oberfläche und brüllte: »Halts enk an d'Fassl ei!« (haltet euch an den Fässern fest). So geschahs. Die Zechbrüder trieben erstaunlich gefaßt die Donau hinunter und strampelten ein Stück weiter unten ans Ufer.

Der Lastwagen konnte allerdings erst am Nachmittag mit mehreren Pferdefuhrwerken herausgeholt werden und brauchte einige Tage, bis er nach dem Bad wieder flott war. Viel wichtiger war dem Franzl aber, daß keiner seiner Mitfahrer zu Schaden gekommen war. Seine Geistesgegenwart wurde noch mehr bewundert, als wenige Tage später an derselben Stelle ein guter Schwimmer mit dem Auto in die Donau fuhr und nur noch tot geborgen werden konnte.

Von Passau bis nach Grafenau

Aber die Geschichte lag lang zurück. Inzwischen war der Franzl längst sowohl Inhaber wie Fahrer einer renomierten Mercedes Busverbindung von Passau nach Grafenau, Abfahrt Hotel Weißer Hase, nicht weit von der Brunngasse. Auch an dem bewegten Tag mit der Blaskapelle im Weinstüberl hatte er sich kurz zu seinem Omnibus begeben, kehrte aber bald in die Brunngasse zurück. Mitten im Erzählen stieß jemand den Franzl an und erinnerte ihn an den vollen Bus und die bereits überschrittene Abfahrtszeit. Das konnte den Franzl nicht erschüttern. »Die sitzen dort gut und laufen mir nicht davon, weil ich bereits kassiert hab'«, lachte er. Niemand schimpfte, wenn er sich schließlich mit beträchtlicher Verspätung ans Steuer setzte. Mit einem Scherzwort brachte er wieder alles ins Lot.

An den zahlreichen Haltestellen bis Grafenau hatte sich der Franzl einen speziellen Botendienst eingerichtet. Sobald der Bus eintraf, wurde ihm aus dem nächsten Wirtshaus eine schäumende Maß zum Führersitz gebracht. Während sich so der Franzl, insbesondere in der Sommerzeit, unentwegt labte, sollen preußische Sommerfrischler, die Franzls Stehvermögen nicht kannten, wiederholt in Panik den Bus vor ihrem Reiseziel verlassen haben. »Von Passau bis nach Grafenau, da ist der Franzl meistens blau«, sangen die Lausbuben. Es steht jedoch fest, daß er seine Omnibuslinie jahrzehntelang unfallfrei betrieben hat.

Wie der Christl Franzl für eine schöne »Leich« sorgte

Es lag in der Natur vom Christl Franzl, daß er sich nur selten auf dem Friedhof aufhielt. Wenn sich aber einmal seine Anwesenheit nicht vermeiden ließ, weil nahe Verwandte oder ein Spezi das Zeitliche gesegnet hatten, verbreitete er schon durch seine bloße Anwesenheit in der Trauergemeinde Gefühlsregungen, die würdigem Gedenken an den Verstorbenen und stiller Andacht nicht dienlich waren. Das war nicht Franzls Schuld und lag auch nicht an unpassender Kleidung. Im Gegenteil, der Franzl zwängte bei solchen Anlässen seinen unförmigen Leib protokollgerecht in einen Bratenrock, und auf seinem pyramidenförmigen Kopf thronte sogar ein überdimensionaler Zylinder. Nein, der Christl Franzl konnte überhaupt nichts dafür, daß diese Kostümierung auf andere so unerträglich komisch wirkte. Schon auf dem Gang zum Friedhof, den er stets nur nach vorheriger geistiger Stärkung und daher bestens gelaunt antrat, folgte ihm eine Bubenschar, die er am Friedhofstor nur mühsam abschütteln konnte.

Einmal war dem Franzl ein lieber Freund und Zechbruder gestorben, mit dem er lange Jahre im Wirtshaus vom Bratfischwinkl bei der wilden Pilstl Mari höchst ausgelassen und beim Mattessohn im Schenkzimmer vergleichsweise sittsam die Freuden des Daseins genossen hatte. Sein Tod riß selbst in Franzls Leben eine schmerzliche Lücke, und er war daher entschlossen, den letzten Gang des Freundes mit der gebotenen Würde zu begleiten. Daß er seinen Kummer vorher in der Brunngasse 11 beim Mattessohn mit etlichen Schnäpsen bekämpfte, konnte ihm in diesem Fall niemand verargen. Leider hatten inzwischen pietätlose Gesellen heimlich den Deckel aus Franzls Zylinder herausgeschnitten. Das fiel ihm und auch dem Trauerzug nicht auf, solange er, seine Umgebung überragend, den Zylinder hocherhobenen Hauptes auf dem Kopf trug. Als jedoch am Grab der feierliche Moment kam, und alle Kopfbedeckungen abgenommen wurden, schauten die Trauergäste auf der anderen Seite des Grabes direkt in die offene Zylinderröhre.

Von da an bekam die Bestattung eine lustige Note, die dem Verstorbenen sicher am besten gefallen hätte, wenn er sie nur noch erlebt hätte. Sogar der Pfarrer, offensichtlich ein humorvoller Mensch, dem der Anlaß für die Heiterkeit seiner Trauergemeinde nicht entging, soll zwischen ernsten Worten nachsichtig gelächelt haben.

Am Ende wurde es dem Franzl doch noch recht schwer ums Herz. Als die Reihe an ihm war, trat er ans offene Grab, aber statt Erde oder Blumen als letzten Gruß auf den Sarg zu werfen, beugte er sich hinunter

und rief: »Geh Sepperl, trink'ma no' a Maßerl!« Als es still blieb, drehte er sich langsam um und sagte versonnen, halb zu sich selbst, halb zu den Trauernden.«Jetz' is' er wirkli' tot.«
Vor langer Zeit hat mir der Christl Franzl diese Geschichte selbst erzählt. Dabei war ihm richtig anzumerken, wie er sich beim Erzählen noch immer gefreut hat, daß er seinem Spezi eine so schöne Leich' ausrichten konnte.

Dr. Kannamüller

Während der Tag voranschritt, strebten die Gäste des Weinstüberls zu verschiedenen Zeiten und auf unterschiedliche Weise ihren Heimstätten zu. Zuvorderst ein echtes alt Passauer Original, der Dr. Kannamüller. Ganz früh trippelte der uralte Doktor, halb erblindet, in vorsichtigen Schritten die Brunngasse hinauf, dem Heilig-Geist-Spital zu. Selbst in Gesellschaft redete er kaum noch, aber auf seinem weingeröteten Greisengesicht unter den schlohweißen Haaren lag ständig ein Schmunzeln, als lausche er höchst vergnüglichen Erinnerungen. Davon gab es in der Tat mehr als genug, aber die meisten davon hat er leider ins Grab mitgenommen. In Passau galt er in längst vergangenen Tagen als unfehlbarer Diagnostiker. In späteren Jahren allerdings nur mehr am Vormittag, solange er nüchtern war. Wurde er dennoch am Nachmittag zu unvermeidlichen Notfällen gerufen, muß es zu legendären Mißverständnissen gekommen sein.
So soll er einmal statt eines Geschwürs den daneben liegenden Eisbeutel aufgeschnitten haben. Diese Geschichte könnte frei erfunden sein. Glaubwürdiger klingt, daß er eines Abends, zu später Stunde, ans Bett eines ohnmächtigen Patienten gerufen wurde und zum Erstaunen der besorgten Angehörigen seinen Arm mit dem des Patienten verwechselte. So fühlte er versehentlich den eigenen Puls. Noch erstaunter waren sie, als sich der Doktor zu ihnen umdrehte und das Ergebnis seiner Diagnose bekanntgab: »Säuferpuls, sonst fehlt ihm nichts. Er soll das Saufen aufhören.«
Selbstverständlich duzte Doktor Kannamüller alle seine Patienten. Eines Tages kam eine junge Frau zu ihm und klagte über ständige Blähungen. Der Doktor betastete kurz ihren leicht geschwollenen Leib und lächelte sie verschmitzt an: »Wart' noch a bisserl, dann kannst Deinen Schoaß (Wind) im Kinderwagl spaziern fahrn.« In seinen besten Tagen ist er des öfteren nachts aufgrund einer Wette vom Biertisch des Gasthauses »Zur Laube« aufgebrochen, hat einen vorher vereinbarten

Gipfel des Bayerischen Waldes bestiegen und saß am nächsten Abend wieder am Tisch, um sich die gewonnene Wette einzuverleiben. – Auf welchen Pfaden wird er wohl jetzt wandern, unser alter Dr. Kannamüller?

Aufbruch der Landwirte

Am späten Nachmittag schwankten unsere Landwirte mit hochroten Köpfen auf dem holprigen Kopfsteinpflaster die Brunngasse hinunter, wo an der Donaulände gleich neben dem Hidringer Wirt geduldig ihre Pferdefuhrwerke warteten. Der Leiterwagen war dann merkwürdigerweise höher als sonst und schwieriger zu besteigen. Aber, wenn der Lenker vorgesorgt hatte, fiel er in weiches Heu. Sanft zogen die Pferde an und trabten von selbst über die alte Donaubrücke, den stillen Holzgarten entlang und durch die Ilzstadt weiter Richtung Salzweg. – Wer möchte nicht noch einmal so heimkehren?

Dr. Schlossers Heimgang

Am frühen Abend rüstete sich der alte Tierarzt Dr. Schlosser für den Heimweg in die Altstadt. Langsam stand der silberhaarige, würdevolle alte Herr nach vielen, köstlichen Vierteln und heiteren Gesprächen auf. Dann nahm er seine treue Zilly, die stundenlang ohne Mucksen neben ihm auf der Bank ausgeharrt hatte, liebevoll unter den Arm. Die Zilly war sein über alles geliebter Dackel. Ihren Sitzplatz auf der Bank hatte sich Dr. Schlosser hart erkämpft. Eines Tages hatte sich ein Gelegenheitsgast bei Vater Münch beschwert, daß er neben einem Dackel sitzen mußte. Da drohte der Tierarzt: »Wenn für meine Zilly kein Platz ist, komm' ich nie wieder.« Seither saß die Zilly unangefochten am Stammtisch.
Draußen in der Brunngasse setzte er sie behutsam auf den Boden. »Hör' zu, Zilly«, ermahnte er sie beim Aufbruch, »jetzt wird nicht mehr herumstrawanzt. Wir gehn jetzt schnurstracks heim«. Dann wackelten beide einträchtig die Ludwigsstraße und den Rindermarkt entlang in die Altstadt hinunter. Wer ihm beggnete, dem fiel auf, daß er die ganze Zeit im Gehen auf seine Zilly einschimpfte: »Du, Zilly, was fällst' denn umeinander wie wenn'st b'soffen wärst, schämst Dich net?« Die Passanten wußten wohl, wer da schwankte und amüsierten sich. Aber die Zilly wußte es auch und brachte ihr Herrchen sicher nach Hause.

Moses und Kurt

Lange, nachdem Vater Münch durch Öffnen der Türen für einen kräftigen Durchzug gesorgt hatte, machten sich der Lateinprofessor Moosbauer und der elegante Kurt unentwegt diskutierend endlich auf den Heimweg. Der Aufbruch verzögerte sich, weil Moses vor der Haustüre lautstark von seinen Vorkriegsjahren als Auslandslehrer an der deutschen Schule in Rio zu schwärmen anfing. Kurt hörte geduldig zu und wurde erst aufsässig, als Moses steif und fest behauptete, er und ebenso sein Fifi hätten, auf dem Balkon seiner Wohnung sitzend, jedes im Hafen von Rio ein- und ausfahrende Schiff schon am Tuten erkannt. Der Aufbruch verzögert sich noch einmal, weil dem Kurt nämlich ein extra Kapitel zusteht.

Der elegante Kurt oder
Von der Brunngasse zur Metro-Goldwyn-Mayer

Der elegante Kurt thronte wie ein bunter Rabe zwischen allen anderen Stammgästen. In den Nachkriegsjahren war er plötzlich aus östlichen Gefilden dort aufgetaucht, ein großgewachsener, gutaussehender, gewandter, stets elegant gekleideter, intelligenter und humorvoller junger Mann. Zunächst beobachtete man ihn mit Argwohn. Sein durchschlagender Redefluß brachte die bedächtigen Niederbayern ständig in Bedrängnis. Einmal fragte ihn ein fremder Gast, zur allgemeinen Erheiterung: »Sind Sie vielleicht beim Rundfunk, Sie haben ein so knatterndes Organ?«

Noch mehr beunruhigte seine die Passauer Norm weit überschreitende Eleganz. Er galt in der Dreiflüssestadt unstreitig als bestangezogener Mann, was insbesondere Vater Münch, der ein Faible für gepflegtes Äußeres hatte, tief beeindruckte. Daher ernannte er ihn in einem schlichten Festakt wie weiland Kaiser Nero den Petronius, zum arbiter elegantiarum, zu deutsch Schiedsrichter der Eleganz. Für Vater Münch verkörperte der gepflegte Kurt, was er selber gern besessen hätte, aber trotz zeitraubender Vorbereitung vor dem Spiegel nie erreichte, die mühe- und makellose Eleganz.

Alle diese Qualitäten hätte man vielleicht noch hingenommen. Aber am meisten schockierte die Stammtischrunde, daß Herr Kurt zu der Zeit arbeitslos war und diesen Zustand auch noch sichtlich genoß. Seine Freundin verdiente damals beider Lebensunterhalt bei einer amerikanischen Dienststelle. Derweilen erkor sich Kurt, der Lebenskünst-

ler, die Brunngasse 11 zur zweiten Heimat, trank tagtäglich ein Viertel nach dem anderen, führte bei allen Themen das große Wort und erklärte den schockierten Werktätigen, daß man als Arbeitsloser ständig in Zeitnot sei. Daher müsse jetzt die Freundin leider auch noch seine Korrespondenz übernehmen. Gelegentlich blätterte er uninteressiert in Stellenangeboten und gab mit aufreizender Nonchalance zu verstehen, daß es vor allem auf die richtige Wahl zum richtigen Zeitpunkt ankäme. Letzteren zu finden, zeigte er nicht die geringste Eile.
So vergingen die Monate. Kurt avancierte zur allgemeinen Verwunderung langsam, aber sicher zum festen Bestandteil der Runde. Schließlich war man geradezu beunruhigt, wenn sein knatterndes Organ einmal ausnahmsweise im Stimmengewirr des Schenkzimmers fehlte. Dennoch waren viele überzeugt, daß dieser unbürgerliche Lebenswandel schlimm enden würde, und warteten insgeheim darauf, daß der Krug, der schon so lange ungestraft zur Brunngasse ging, demnächst zerbrechen würde.
Kurt sorgte schließlich für die erwartete Überraschung, aber sie fiel ganz anders aus, als es sich die Runde vorgestellt hatte. Er erschien eines Tages, wie immer in guter Laune, am Stammtisch und erwähnte eher beiläufig, daß er die Generalvertretung der Metro-Goldwyn-Mayer für Bayern, mit Sitz in München, übernommen habe. Der Theater-Coup war perfekt. Den Stammtischfreunden fiel die Kinnlade herunter. Alle wollten sogleich wissen, wie er es geschafft hatte, das große Los zu ziehen. Das war schnell erklärt. Kurt hatte sich in seiner kurzen Kriegsgefangenschaft von einem Werbepsychologen beibringen lassen, wie man Bewerbungen schreibt. Sein kurzes, aber griffiges und augenfälliges Schreiben muß ein wahrer Volltreffer gewesen sein, denn es wurde aus mehreren Waschkörben voller Bewerbungen herausgefischt. Daß die anschließende persönliche Vorstellung ein weiterer durchschlagender Erfolg wurde, wunderte am Stammtisch niemanden mehr.
Der neugebackene Filmboß ließ sich nicht lumpen und gab ein wehmütig rauschendes Abschiedsfest in der Brunngasse 11. Spätestens jetzt waren alle überzeugt: Metro-Goldwyn-Mayer hätte keine bessere Wahl treffen können, ja, sie hatte gar keine andere Wahl, als den so vielseitig begabten, photogenen Kurt auf diesen Spitzenposten zu setzen. Unverfrorene behaupteten sogar im Nachhinein, sie hätten schon immer gewußt, daß er es eines Tages weit bringen würde.
Selbst diese heuchlerischen Propheten hat Kurt nicht enttäuscht und in München viele Jahrzehnte erfolgreich für die amerikanische Filmindustrie gewirkt. Die geliebten Pfälzer Weine bezog er nun täglich in

gleicher Menge und Qualität, standesgemäß, wenn auch erheblich teurer in der Pfälzer Probierstube der Residenz. Wenn sich später, was selten genug vorkam, ein Stammgast aus dem Passauer Weinstüberl dorthin verirrte, dann schlug vom Stammtisch in der Nähe der Theke her das vertraute Knattern der in der Brunngasse schmerzlich vermißten Stimme wieder an sein Ohr.
Wie nicht anders zu erwarten, stieg Kurt in der Pfälzer Weinstube zu großen Ehren auf. Er war der einzige, der den charmanten Kellnerinnen an der Theke sein leeres Glas nach vorherigem kurzen Augenkontakt mit elegantem Schockwurf zum Nachfüllen zuwerfen durfte: eine Auszeichnung, die protokollarisch getrost mit dem Pour Le Mérite verglichen werden kann. Wen wunderts, daß die Brunngasse 11 noch heute stolz ist auf ihren großen Sohn?

Heimkehr mit Hindernissen

Aber nun sind wir den Ereignissen weit vorausgeeilt. An jenem späten Abend in der Brunngasse 11 ahnte Kurt noch nicht, daß Metro-Goldwyn einst ein Auge auf ihn werfen würde. Er bestieg vielmehr seine im Torbogen der alten Schmiede, Brunngasse Nr. 13, geparkte Lambretta. Auf den Rücksitz schwang sich, im dunklen Anzug und durch Baskenmütze auch noch nachts deutlich als Intellektueller ausgewiesen, Moses, der Humanist. Weit kamen die beiden nicht. Schon an der Donaulände streifte Kurt einen betonierten Ankerpfosten, die Lambretta legte sich zur Seite, und Moses schlitterte auf seinem Allerwertesten unsanft über den Asphalt.
Aber auch jetzt wahrte er antikes Decorum. Er erhob sich bedächtig, schüttelte den Staub aus dem Anzug, rückte die Baskenmütze zurecht und warf dem zerknirschten Fahrer einen vernichtenden Blick zu. »Kurt«, fauchte er, »Du bist zwar ein wackerer Zecher, aber das Rollerfahren mit Dir ist höchst unerquicklich!« Sprachs und per pedes würdevoll entschreitend, verließ er ihn zur selbigen Stunde.
Etwa zu derselben Zeit hatte Dachdeckermeister Franzi einige weitere unvergeßliche Auftritte in der Brunngasse 11.

Die Fahrprüfung

Als man einige Jahre nach dem Zweiten Weltkrieg wieder daran denken konnte, die heruntergekommenen Häuser zu renovieren und die von Bomben, Flaksplittern und Granaten beschädigten Hausdächer neu zu decken, kam Franzis große Zeit. Sein Dachdeckergeschäft und er selbst nahmen sichtlich an Umfang zu, sodaß Vater Münch sich eines Tages gezwungen sah, dem Franzi dringend vom weiteren Besteigen der Dächer abzuraten und ihm zur Inspektion der Dacharbeiten von unten sein Jagdglas anzubieten.

In dieser Zeit ging für unseren Franzi, der bis dahin nur ein Motorrad sein eigen nannte, ein Traum in Erfüllung, ja er stand bereits chrom- und lackglänzend in seiner Garage: ganz neu der erste Mercedes Diesel. Nur eine winzige Kleinigkeit fehlte noch zu Franzis vollständigem Glück: der Führerschein. Nun war der Franzi zwar schon von Berufs wegen technisch durchaus bewandert, und auch an praktischem Fahrkönnen fehlte es ihm nicht. Der Teufel lag in der Theorie. Die wollte partout nicht in Franzis malträtierten Kopf.

Der ganze Stammtisch bemühte sich tagelang, dem mehr und mehr verzweifelnden Führerscheinkandidaten die wichtigsten Vorfahrtsregeln und andere Fallstricke der Straßenverkehrsordnung verständlich zu machen. Am meisten tat sich dabei Vater Münch hervor, obwohl er in seinem Leben nachweislich nie ein Auto gefahren und daher nicht die geringste Ahnung hatte. So war es nicht weiter verwunderlich, daß Franzi in totale Verwirrung geriet und der bevorstehenden Prüfung mit Schaudern entgegensah. Zu allem Unglück befand er sich im Zugzwang. Ostern stand vor der Tür, und der Dachdeckermeister hatte seiner lieben Thea unvorsichtigerweise bereits eine Frühlingsreise nach Meran versprochen.

Am Vorabend der Prüfung saß der Kandidat schon seit den Nachmittagstunden im Weinstüberl und bemühte sich mit mäßigem Erfolg, die trübe Stimmung durch einige Viertel Wein zu heben. Justament zu diesem Zeitpunkt betrat ein unbekannter Herr den Laden und stellte sich meinem immer neugierigen Vater als Bauingenieur aus München vor. Schon strebte er zur Schenkzimmertüre, als Vater Münch, der immer zu Späßen auf Kosten anderer aufgelegt war, einen Einfall hatte, den er anschließend in perfekter Regie verwirklichte. In kurzen Worten schilderte er Franzis Notlage und suggerierte dem neuen Gast, sich im Weinstüberl beiläufig als Fahrprüfungsingenieur aus Regensburg bekannt zu machen. Der humorvolle Münchner Gast bedurfte keines langen Zuredens und spielte sofort mit.

Bald darauf stürzte der Franzi aufgeregt in den Laden und zog meinen Vater in eine Ecke: «Herr Münch, was für ein Glück, der Fahrprüfer aus Regensburg sitzt neben mir. Den werde ich jetzt zu einer guten Flasche Wein einladen». Scheinbar entsetzt, wehrte mein Vater ab. »Um

Gottes willen, das wäre Beamtenbestechung, da kommen Sie in des Teufels Küche.« Darauf der Franzi nach gewaltigem Nachdenken: »Da haben Sie recht, dann lad' ich eben einfach den ganzen Stammtisch ein.« Gesagt, getan, und so hob ein gewaltiges Zechen an, dem umso fröhlicher gefrönt wurde, als inzwischen alle Anwesenden mit Ausnahme des ahnungslosen Gastgebers diskret ins Bild gesetzt worden waren.

Als Franzi später die stattliche Gesamtzeche beglich und sich eingedenk der morgigen Strapazen schweren Herzens von der freudig bewegten Runde verabschiedete, konnte er sich nicht mehr beherrschen. Es brach förmlich aus ihm heraus: »Herr Ingenieur, wir sind doch jetzt Freunde. Ich muß Ihnen sagen, daß ich morgen bei Ihnen geprüft werde. Gell' Sie drücken ein Auge zu!« Den Bittsteller traf ein strenger Blick. »Herr Dachdeckermeister, wir haben hier schöne Stunden zusammen verbracht, aber morgen, morgen da kenne ich Sie nicht!« –

Geknickt zog der Franzi von dannen, aber noch geknickter war er, als er sich am nächsten Vormittag einem total unbekannten Prüfer gegenübersah und prompt durchfiel.

Der ferngesteuerte Mercedes

Aber, lieber Franzi, das müssen wir Dir hoch anrechnen. Trotz des schlimmen und nicht ganz billigen Streiches, den man Dir gespielt hatte, kamst Du, Getreuester der Treuen, nach dem Durchfall schnurstracks, wenn auch leicht gekränkt in die Brunngasse zurück. Wir trösteten Dich aufrichtig, so gut wir konnten.

Erst nach dem zweiten Achterl Kirsch mit Rum wagtest Du zum Telefonhörer in der Küche zu greifen, um leise und zerknirscht der wartenden Gattin Dein Mißgeschick zu beichten. Theas sonst eher sanfte Stimme schrillte aus dem Kopfhörer bis zu uns und sprach Bände. Ihre Enttäuschung war verständlich. Die Osterreise mußte um einige Wochen verschoben werden.

Aber dann war es endlich soweit. Franzi kutschierte stolz durch die engen Straßen und Gassen Passaus. Da er so klein war, ragte sein Kopf kaum über das Armaturenbrett. Das inspirierte Vater Münch, ihn unter allgemeinem Beifall, aber eher zum Mißfallen Franzis, als Pionier des Fortschritts zu beglückwünschen, nämlich als Besitzer des ersten ferngesteuerten Mercedes.

Ich kann die Serie von Geschichten, die sich um den Franzi ranken, so nicht abschließen. Bis jetzt haben wir mit Ausnahme des Dachsturzes stets auf seine Kosten gelacht. Dadurch könnte ein schiefes Bild entstehen, denn er war ein echter Freund und bisweilen sogar ein Wohltäter der Familie Mattessohn-Münch, wie die folgenden Begebenheiten dokumentieren.

Der alte Kachelofen im Weinstüberl

Wohl hundert Jahre stand er dort in der Ecke der Weinschenke, der alte, mannshohe, dunkelrote Kachelofen. Wie die Familie hatte er gute und schlechte Zeiten erlebt. Aus seinem Aschenkasten hatte vor dem ersten Weltkrieg meine Tante Emilie Mattessohn als kleines Mädchen händeweise Asche gegessen, wahrscheinlich instinktiv, um einen Mangel an Mineralien auszugleichen. Zwischen den beiden Weltkriegen war es eine meiner Lieblingsbeschäftigungen in den Wintermonaten, den Kachelofen mit Buchenscheiten vom Hinterhof zu versorgen und in die knisternden Flammen zu starren.
Oft saß ich dort auf der warmen Ofenbank mit dem alten Rentner Aschenbrenner. Sein Hobby war aus unerfindlichen Gründen der Kolonialkrieg in Abessinien, den er mir anhand eines Schulatlasses leidenschaftlich stundenlang erläuterte. Bei der Schilderung des Sieges der Abessinier über die italienische Armee in der Schlacht von Adua 1894 zog er mich, von der eigenen Begeisterung überwältigt, zu meinem Entsetzen regelmäßig fest an seine Brust. Eine penetrante Wolke aus Schnupftabak, Alkohol, Knoblauch und vielerlei anderen, undefinierbaren Bestandteilen nahm mir dann regelmäßig so den Atem, daß ich nicht mehr zuhören konnte. Daher beklage ich bis heute gewisse Lücken in der Kolonialgeschichte Äthiopiens.
Die Vorlesungsserie ging dann eines Tages jäh zu Ende. Vater Münch, der sich nicht nur für einen guten Lateiner, sondern auch für durchaus medizinisch bewandert hielt, diagnostizierte eines Tages Aschenbrenners anhaltenden Raucherhusten als beginnende Lungenschwindsucht und verbot mir jeden näheren Umgang mit dem Kolonialforscher.

Lebensgefährliche Kalorien

Zurück zum alten Kachelofen. In den letzten Kriegsmonaten fristete er ein trauriges Dasein. In der Weinstube trank man fast nur noch das scheußliche »Heißgetränk«, und im Kachelofen schwelten ein oder zwei armselige Briketts in Zeitungspapier eingewickelt, stundenlang ohne

Wärme zu spenden vor sich hin. Der Mangel an inneren und äußeren Wärmemöglichkeiten im Weinstüberl dauerte noch lange über das Kriegsende hinaus an.

Eine erste, leichte Besserung in der Beheizung trat ein, als ich, nach kurzer amerikanischer Kriegsgefangenschaft heimgekehrt, herausfand, daß im Passauer Winterhafen ein Berg schlechter, schwefelreicher Schiffskohle lagerte. Nun galt es nur noch, den Transport zu organisieren. Auch das gelang, hätte mich aber beinahe das Leben gekostet. Das kam so. Nach längerem Suchen fand ich endlich einen freundlichen Fuhrunternehmer, der sich bereit erklärte, mit seinem holzkocherbetriebenen Laster eine Ladung besagter Schiffskohle in die Brunngasse 11 zu transportieren. Nach mühsamem Schaufeln des abenteuerlichen Gemisches aus Kohlenstaub und riesigen Brocken konnten wir endlich schwerbeladen Richtung Stadt lostuckern.

Damals kreuzte noch eine Bahnlinie auf halbem Weg die Auerbacher Straße. Ich saß neben dem Fahrer im Führersitz, als wir uns den Schienen näherten. Aus der entgegengesetzten Richtung, nämlich von der Donaulände her, kam uns dampfzischend ein Güterzug entgegen. Wir plauderten munter über unsere noch so kurz zurückliegende Militärzeit, ich ahnungslos und entspannt, weil mir nicht entgangen war, daß der Fuhrunternehmer den herankommenden Zug fest im Auge hatte. Aber weitere, nunmehr schon kostbare Zeit verstrich, ohne daß wir auch nur im geringsten vom unvermeidlichen Kollisionskurs abwichen. Ich warf einen verzweifelten Blick auf den Fahrer, der mit aufgerissenen, aber merkwürdig leeren Augen entschlossen schien, in den sicheren Tod zu steuern. »Ein Selbstmörder«, durchfuhr es mich siedendheiß. Ich stieß ihn in die Seite und schrie gellend »Halt!« Wie aus einem Trance-Zustand gerissen, fuhr er zusammen und trat augenblicklich auf die Bremse. Quietschend kamen wir wenige Meter vor der vorbeidonnernden Lokomotive zum Stehen. Ich war wie betäubt. Da lächelte mich der Kamikaze-Fahrer erleichtert und freundlich an. »Gut, daß Du mich angestoßen hast, Kamerad. Ich dürfte eigentlich nicht Auto fahren, weil ich einen Kopfschuß hab'. Da bin ich manchmal total weggetreten.«

Die Schiffskohle qualmte entsetzlich, doch hat sie uns mehrere Winter vor der schlimmsten Kälte bewahrt und auch dem Weinstüberl samt Insassen das Überleben erleichtert. Aber jeder Schaufelwurf in die verschiedenen Öfen hat mich an diesen Schreckenstransport erinnert.

Das Ende des Kachelofens

Einige Jahre nach dem Krieg ging es mit dem alten Kachelofen merklich bergab, obwohl es inzwischen längst wieder ordentliches Brennmaterial gab. Er zog nicht mehr, und immer öfter erschallte im Weinstüberl der Ruf »Legts nach, uns friert!« Umso lauter, wenngleich vergeblich, forderte man daher täglich einen neuen Ofen. Vater Münch, kostspieligen Neuanschaffungen stets abhold, blieb schwerhörig. Die Stammgäste ließen sich daraufhin sogar zu einem regelrechten Attentat auf den Kachelofen hinreißen. An einem Faschingsdienstag füllten sie ihn mit einer Ladung Pulverfrösche. Aber als der Knall verhallt und die Rußwolke verzogen war, stand der Kachelofen wie durch ein Wunder unversehrt, nur zog er irgendwie beleidigt – in der Folgezeit noch schlechter als vorher.

Eine Neuanschaffung ließ sich nun wirklich nicht mehr umgehen, und Vater Münch stellte bereits düstere Mutmaßungen über die auf ihn zukommenden Unkosten an. Da ereignete sich ein kleines Wunder, an dem der Dachdeckermeister wesentlichen Anteil hatte.

Eines Tages, als der Franzi bereits gemütlich am Stammtisch saß, betrat der Rudl, ein großgewachsener und erfolgreicher Geschäftsmann, mit dem aber, wenn er schlecht gelaunt war, nicht gut Kirschen essen war, das Weinstüberl. Sofort knisterte die Luft, denn die beiden waren schon öfter aneinandergeraten. Und dann ging es Schlag auf Schlag. Kernige bayerische Schimpfworte flogen hin und her, bis sich der baumlange Rudl dem Franzi mit den Worten »wart', Dich zerdrück' ich, Du fette Wanz'« drohend auf Nahkampf-Distanz näherte.

Diese Art der Herausforderung war selbst dem gutmütigen Franzi zuviel. Er stand langsam auf, das Gesicht regungslos, nur seine Biberaugen funkelten. Dann zog er blitzschnell den Kopf ein, unterlief den ihm körperlich weit überlegenen Gegner, stemmte ihn hoch – so wie er es als erfolgreicher Gewichtheber tausendmal geübt hatte – und katapultierte ihn gegen den Kachelofen. In diesem Augenblick gab der Gute für immer seinen Geist auf. Er sank in sich zusammen und hüllte den zwischen zerbrochenen Schamottesteinen und Kacheln liegenden Rudl in eine Rußwolke ein. Dem also Hingestreckten blieb nur noch ein schmählicher Rückzug, den obendrein das schadenfrohe Gelächter der Stammgäste begleitete.

Vater Münch hatte sich bei dem Zusammenstoß, den er beim besten Willen nicht mehr verhindern konnte, wohlweislich im Hintergrund gehalten. Aber er fällte anschließend ein, wie zumindest ihm schien, salomonisches Urteil und erklärte den Rudl als Angreifer für schadenspflichtig. Nach angemessener Frist präsentierte er ihm die Rechnung für einen neuen Ofen und war angenehm überrascht, als der Adressat anstandslos bezahlte.

Vater Münch erging sich aus diesem erfreulichen Anlaß in tiefsinnigen Betrachtungen darüber, daß sich schwierige Probleme manchmal durch Hinausschieben von selbst lösen. Er hatte, obwohl dem Kaufmannsstand zugehörig, instinktiv und mit Erfolg das jedem Beamten wohlvertraute dilatorische Prinzip angewandt.

Kirsch mit Rum im Bombenhagel

Die allerletzte Begebenheit ist schnell erzählt. Mit ihr verabschiede ich mich vorerst vom Franzi, in – wie ich meine – ihm würdiger Form. Es war im letzten Kriegsjahr. Unsere Stadt wurde häufig von Fliegeralarm geplagt und bereits von Bombenangriffen heimgesucht. Als an einem Spätnachmittag wieder einmal die Sirenen heulten, verließen die wenigen noch verbliebenen Stammgäste eiligst das Weinstüberl, um einen Schutzraum oder zumindest ihr eigenes Haus aufzusuchen. Zurück blieben die schon hochbetagte Oma Mattessohn, meine Mutter Luise und meine Schwester Lore.

Alle drei flehten den ebenfalls im Aufbruch befindlichen Franzi an, doch zu bleiben und sie nicht allein in der Brunngasse 11 zurückzulassen. Oma Mattessohn schleppte mit zitternden Händen ein Flascherl Kirsch mit Rum herbei, das sie bis zuletzt als eiserne Reserve gehütet hatte. Der Franzi blieb, und während die Stadt unter Bombenexplosionen erbebte, trank er mit ruhiger Hand ein Achterl nach dem anderen. Als endlich die Entwarnung kam, war auch die Flasche leer. Franzi ließ drei getröstete Frauen zurück und ging festen Schrittes nach Hause.

Der Baurat und die Liebe

Inzwischen war die Schlüsselfigur aus der »Fahrprüfung«, der sangesfreudige Baurat aus München, fester und fröhlicher Bestandteil der Weinstüberlrunde geworden. Sogar der Franzi verzieh ihm, daß er ihn als angeblicher Fahrprüfer hereingelegt hatte, ja sie wurden sogar gute Freunde. Der Baurat leitete im Hauptberuf erfolgreich das Großprojekt Kraftwerk Jochenstein, aber im Nebenberuf war er Lebenskünstler und erfreute jedermann in der Weinschenke durch seinen Gesang und sein sonniges Gemüt.

Eines Tages saß neben ihm am Tisch ein junges, offensichtlich über beide Ohren verliebtes Paar. Sie hatten gerade eine Flasche Sekt bestellt und die Mari um einen Teller gebeten, auf dem sie zwei Stücke einer herrlichen Butterkrem-Torte plazierten.
Der Baurat versuchte zunächst jovial, mit ihnen ins Gespräch zu kommen. Vergeblich, die beiden waren sich selbst genug. Da wandte sich der Baurat zur anderen Seite, und sofort kam dort eine angeregte Unterhaltung zustande. Erst nach einiger Zeit drehte sich der Baurat wieder nach dem Pärchen um, lächelte verständnisvoll über soviel Verliebtheit und nahm gleichzeitig einen kräftigen Schluck aus dem Sektglas der jungen Dame. Das wiederholte sich nun in kürzeren Abständen mit beiden Gläsern. Auch die appetitliche Torte wurde probiert, für vorzüglich befunden und in die weitere Versorgung mit einbezogen. Als Gläser und Tortenteller geleert waren, stellte der Baurat fest, daß der gute Sekt schon zu lange offen stand. Er schenkte sich kräftig nach, ohne daß auch nur die geringste Reaktion der Verliebten erfolgte. Als die Flasche endlich leer war, verabschiedet sich der Baurat und warf im Weggehen noch einen langen, nachsichtigen Blick auf das weltvergessene Paar. »Mei', ist das schön, wenn man so verliebt ist«, meinte er verständnisvoll und fügte lächelnd hinzu, »aber manchmal ist das Zuschaun noch schöner!«

Zurück zu den Ahnen: Otto und Elise Mattessohn

Als Oma Mattessohn, geborene Riedl, aus einer kinderreichen Schmiedemeistersfamilie in der Oberpfalz stammend, und unser Großvater Otto Mattessohn vor hundert Jahren heirateten, da brachte Elise, wie sie hieß, zehntausend Goldmark mit in die Ehe, die sie als Köchin bei einer jüdischen Kaufmannsfamilie in Regensburg in langjährigen, treuen Diensten verdient und zur Seite gelegt hatte. Voller Stolz erzählte sie uns Kindern, wie entsetzt ihr Patron auf die Nachricht von ihrer Verehelichung reagiert und seiner Frau zugerufen habe: »Waih' geschrie'n, die Elise verläßt uns! Wer kocht uns jetzt die fetten Soßen?« Die fetten Soßen durfte dann unsere Familie zwei Generationen lang genießen. Jeden Sonn- und Feiertag hatten wir Schweinskarree abgezogen mit handgeriebenen Reiberknödeln auf dem Teller, die Oma Mattessohn unermüdich mit ihrer ebenso schmackhaften wie fetten Soße übergoß. Wem jetzt die Haare zu Berge stehen, der sollte bedenken, daß man nach neuesten Erkenntnissen der Ernährungswissenschaft durch allzu gesunde Ernährung erst recht krank werden kann.

Otto Mattessohn

Ottos Mutter starb mit 41 Jahren und hinterließ ihren Mann, den königlichen Postexpeditor in Ortenburg, Carl Mattessohn als Witwer mit fünf unmündigen Kindern. Der ging unerschrocken mit den Worten »für mich reichts«, früh in Pension und starb erst in hohem Alter. Ungeachtet der bescheidenen Pension führte er mithilfe der Zuschüsse seiner inzwischen erwachsenen Kinder ein großzügiges Leben.
Eines Tages legten die um ihn versammelten Kinder dem Herrn Vater ehrerbietig nahe, daß er sich etwas einschränken sollte. Daraufhin erklärte er mit erhobener Stimme, »Kinder und Enkelkinder, merkt Euch eines, ich bin gewohnt von Jugend an, alle meine Bedürfnisse zu befriedigen!« Damit war die Meuterei im Keim erstickt. Der Ausspruch hat ihn in der Familie Münch-Mattessohn unsterblich gemacht und ihm nicht zuletzt auch Vater Münchs uneingeschränkte Bewunderung eingebracht. Vermutlich wanderte Otto, der Sohn des Postexpeditors nicht zuletzt nach Amerika aus, um sich dieser Unterhaltspflicht zu entziehen.
Im Gegensatz zu Elise brachte Otto nichts mit in die Ehe außer ein Kochbuch »Für die Deutschen in Amerika«, das seine Elise auf den Dachboden verbannte, weil darin verschwenderische Kuchenrezepte mit dreißig Eiern standen, einen kupfernen Krug mit Büffelhorngriff, sowie sieben Jahre Amerikaerfahrung als Soldat, Tellerwäscher und Goldsucher in den Vereinigten Staaten.

Hoffnungsvoll hatte er mit anderen Auswanderern beim Antritt der mühseligen Reise gesungen »Jetzt ist die Zeit und Stunde da, wir fahren nach Amerika«. Wie sich jedoch in der Folgezeit herausstellte, wurde Otto Mattessohn für den Aufstieg Amerikas zur Weltmacht nicht benötigt. Arm wie eine Kirchenmaus kehrte er in seine niederbayerische Heimat Ortenburg zurück. Etwas beengt muß er sich nach der Weite Amerikas schon gefühlt haben, als dort die Frau Bas' nach prüfendem Blick zum Nachbarhaus mißbilligend ausrief: »Da schauts 'nüber, wias da aus der Kuchl raucht, da backn's wieder Pfannakuacha!«
Als er dann mit den hartverdienten Goldmark seiner jungen Frau die Brunngasse 11 in Passau gekauft hatte, ging er – schon in jungen Jahren ein schwergewichtiger Mann – umso würdevoller die Brunngasse hinunter, die Zigarre in der rechten Hand mit weggespreiztem kleinen Finger elegant hin- und herschwenkend, sodaß jedermann die welt-

Otto und Elise Mattessohn mit Luise, Otto jun. und Emilie

männische Aura des weitgereisten neuen Ladenbesitzers mit Händen greifen konnte.

Freilich fehlte manchen Mitmenschen jede Voraussetzung, Otto Mattessohns Qualitäten als Weltmann auf Anhieb zu erkennen. Eines Tages im Zug nach Ortenburg starrte ihn eine unendlich dicke, etwas einfältige Bäuerin lange Zeit unentwegt an, bis es aus ihr herausbrach: »Han's Herr, daß Sie gar so foast (feist) san?« Worauf er sie in schneidendem Hochdeutsch mit den Worten »das geht Sie nichts an, Sie impertinente Person, kümmern Sie sich um Ihr eigenes Gewicht«, in die Schranken wies. –

Leider starb Otto Mattessohn, der seinen drei Kindern ein liebevoller Vater war und nur mit dem ungebärdigen Otto jr. seine liebe Not hatte, schon 1914. Ihm blieb somit der Erste Weltkrieg erspart, aber Witwe Mattessohn sah sich gezwungen, mit den noch unmündigen Kindern den Laden mehr schlecht als recht allein weiterzuführen, bis 1923 Vater Münch unsere Mutter Luise heiratete und die Geschäftsführung übernahm.

Vater Münch betritt die Arena

Vater Münch, der gelernte Büttnermeister aus Hersbruck, war achtundzwanzig Jahre alt, als er sich zu der großen Reise von Hersbruck nach Passau durchrang und um sein Luiserl anhielt. Später warnte er mich oft eindringlich – besonders gern in Gegenwart meiner Mutter – vor einem ähnlich überstürzten Entschluß in so jungen Jahren. Aber der Luise hat er sicher gefallen mit seiner damals drahtigen Figur und dem kessen Oberlippenbärtchen im gutgeschnittenen Gesicht. Wenn sein selbstsicheres, leicht spöttisches Lächeln um die schmalen Lippen spielte, erinnerte er entfernt an den amerikanischen Herzensbrecher Clark Gable, wenngleich er dessen Haarfülle nicht im entferntesten aufweisen konnte. Vater Münch wußte dennoch vom zartesten Kindesalter an, daß er schön, unwiderstehlich charmant und außergewöhnlich begabt war. – Als vierjähriger Bub fragte er nach mäßigem Gesang solange eindringlich »gell' Mutter, ich sing' schenner als a Nachtigall«, bis ihm seine genervte Mutter um des lieben Friedens willen aus voller Brust bestätigte »ja, Bub, Du singst schenner als a Nachtigall«. Vater Münch wuchs heran und war in ganz Hersbruck und Umgebung als blendender Tänzer bekannt. Am liebsten tanzte er mit einem jungen Mädchen, das an Rückgratverkrümmung litt. Er umfaßte den Stock auf ihrem Rücken, der als Geradhalter diente, und wirbelte mit ihr Walzer rechts und links herum konkurrenzlos elegant durch den Ballsaal. So sah er sich, zumindest in seiner Phantasie, immer von Frauen umschwärmt. Kein Wunder, wenn er auch noch in späteren Jahren seine drei Kinder ab und zu traurig anblickte und beklagte, daß niemand die Schönheit des Vaters geerbt habe. Eines Tages ertappte ihn meine ältere Schwester, wie er wieder einmal sein unwiderstehliches Lächeln vor dem Spiegel einübte. Indigniert verbat er sich ihr schallendes Gelächter.

Ein neuer Platzhirsch in der Brunngasse 11

Vater Münch pflegte in seinem ganzen Leben nie ohne Not zu verreisen. In seiner Hersbrucker Gesellenzeit meldete sich nur einmal kurz das Zigeunerblut in ihm. Er verbrachte einige Wochen bei einem Büttnermeister im fünf Kilometer entfernten Lauf, kehrte aber bald von Heimweh überwältigt in seine Hersbrucker Kirchgasse zurück. So kann jeder ermessen, daß die Einheirat in die Brunngasse 11 für ihn ein tollkühner Sprung in die Ferne war.

Nach seinem Eintreffen in der Dreiflüssestadt zog er Bilanz. Sie fiel in materieller Hinsicht bescheiden aus. Auf der Habenseite standen zuvorderst seine brave, fleißige, ihm treu ergebene Luise und der Einstieg in ein alteingesessenes Geschäft. Auf der Sollseite ein dürftig ausgestatteter Spirituosen- und Kramladen mit einem Warenbestand von achthundert Rentenmark, dem die gerade beendete Inflation schwer zugesetzt hatte, ein Keller mit zerfallenden Likör- und Weinfässern und eine resolute Schwiegermutter, die den Neuankömmling mißtrauisch beäugte und entschlossen war, ihm bei erster Gelegenheit die Schneid abzukaufen. Da hatte sie allerdings ihren Schwiegersohn gründlich unterschätzt. Seinem in unzähligen Hersbrucker Jugendstreichen geübten Schalk, aber auch seinen lautstarken Schimpfkanonaden war sie nicht gewachsen. So fand man nach anfänglichem Geplänkel allmählich zu begrenzter Zusammenarbeit. Aber auch später erfolgten zur Erheiterung unserer Gäste und von uns Kindern allerlei Zusammenstöße, bei denen Oma Mattessohn, wie zu erwarten, meist den Kürzeren zog. Im Laufe der Zeit gab es in der Brunngasse 11 schließlich nur noch einen Platzhirsch, und das war unangefochten Vater Münch.
Zunächst sah es allerdings anders aus. Vater Münch erhielt, wie ihm schien, einen Knebelvertrag. Oma Mattessohn verlangte Logis und Verpflegung, dazu Schlüsselgewalt in Haus und Geschäft, sowie eine monatliche Zuwendung von dreihundert Rentenmark. Vater Münchs Angebot von zweihundert Mark wies sie als »Dienstbotenlohn« entschieden zurück.
Diesen für die damaligen Verhältnisse der Brunngasse 11 stattlichen Austrag mußte der neue Geschäftsführer zunächst aus dürftigen Ladeneinnahmen bestreiten, mit denen kaum der Warenbestand auf seinem bescheidenen Niveau gehalten werden konnte. Vater Münch merkte bald, daß das noch aus einem anderen Grund nicht mit rechten Dingen zugehen konnte.
Durch Zufall, genauer durch einen unsanften Weckruf seiner Schwiegermutter, kam er einem Vampir auf die Spur, der die Brunngasse 11 seit langem aussaugte. Ihm galt es das Handwerk zu legen.

Der Ladendieb

Kurz nach Vater Münchs Einzug in die Brunngasse 11 gab es die erste ernstere Auseinandersetzung mit seiner Schwiegermutter. Nach einer sangesfreudigen Nacht mit späten Gästen im Hinterhof wurde er morgens um sieben Uhr von Omas energischer Stimme jäh aus dem Schlummer gerissen: »Steh' endlich auf und komm' in den Laden, wir haben keinen Faulenzer geheiratet!« Besonders erbost über den plural majestatis »wir«, und unter kräftigen mittelfränkischen Flüchen »Himmeldunnerwetter, Kieseldunnerwetter«, sprang er aus dem Bett und bezog knurrend Stellung hinter der Ladentheke. Was sonst noch vorfiel haben wir nie genau erfahren. Vater Münch erzählte später lediglich schmunzelnd, sie habe sich danach nie mehr erlaubt, ihn nach später Heimkehr morgens ins Geschäft zu beordern.

Jedenfalls machte der unfreiwillige Frühaufsteher an jenem Morgen die Bekanntschaft eines regelmäßigen Frühkunden, der bei Oma Mattessohn wegen seiner außergewöhnlichen Liebenswürdigeit in hohem Ansehen stand. Herr Rath, sein Vorname ist heute nicht mehr feststellbar, sodaß sich die Nachwelt mit seinem Ehrbarkeit vortäuschenden Familiennamen begnügen muß, erschien seit Jahren täglich kurz nach sieben, bekleidet mit einem weiten, schwarzen Radmantel in der Brunngasse 11. Nach überschwenglicher Begrüßung der lieben Frau Mattessohn, verlangte er eine winzige Menge des damals beliebtesten, weil preiswerten, magenstärkenden und schnell berauschenden Getränkes, nämlich deutschen Wermuts. Jeder Halbsatz war von der Standardformel »Bigasche« (bitt'gar schön) begleitet. Das hörte sich etwa so an: »Frau Mattessohn, geh bigasche, zwei Zehnterl Wermut, bittschön. Geh bigasche hams vielleicht a kleins Flascherl, bigasche, nur a kleins Flascherl«.

Entzückt trippelte Oma Mattessohn nach hinten durch die Küche über zwei hohe Stufen in den Hinterhof, um in der großen Kiste ein geeignetes Flascherl auszusuchen. In der Zwischenzeit verstaute Herr Rath in aller Ruhe ein ganzes Sortiment handlicher Spirituosen und Kolonialwaren in den Innentaschen seines Mantels. Die Verabschiedung fiel, wen wundert es, womöglich noch liebenswürdiger aus.

Was Oma Mattessohn in Jahren nicht gelang, durchschaute ihr Schwiegersohn auf Anhieb und beschloß, dem Ladendieb ein für alle Mal auf ganz einfache Weise das Handwerk zu legen. Er bediente das nächste Mal den Herrn Rath persönlich und, als dieser wieder unter kunstvoll plazierten »bigasche« ein Flascherl verlangte, griff Vater Münch einfach

Legende

unter die Ladentheke nach dem Gewünschten. Wie er später erzählte, muß der Herr Rath in diesem Augenblick so traurig dreingeschaut haben, daß er ihm fast wieder leid tat. Der verhinderte Ladendieb versuchte zwar noch zu retten, was zu retten war, und meinte, das angebotene Flascherl sei vielleicht doch etwas zu groß, aber als ihm sofort ein kleineres aus dem unter der Theke vorbereiteten Sortiment angeboten wurde, gab er endgültig auf, zahlte, verschwand und ward nie wieder gesehen. Von da an ging es mit dem Geschäft finanziell langsam bergauf.

Vater Münch fabriziert

Zuerst machte sich der verflixte Schwiegersohn über die Fässer und den Keller her, denn das hatte er als Faßbinder in Hersbruck gelernt. Tag für Tag umkreiste er tänzelnd ein senkrecht gestelltes Faß nach dem anderen und zog hämmernd erst die großen, dann die kleinen Reifen fest. Er bohrte die ausgefranzten Spunde nach, brühte die angegrauten Holzhähne, und, wenn nötig, auch die Fässer selbst, mit kochendem Wasser aus und wässerte schließlich alle Fässer solange ein, bis das aufquellende Holz jegliche Spalten zwischen den Dauben geschlossen hatte.

Erst als die Fässer endlich dicht waren, konnte er an das Fabrizieren von Spirituosen denken. Nie wäre es jemand in der Familie eingefallen, diese Tätigkeit anders als »fabrizieren« zu bezeichnen. Vater Münch ging dabei feierlich, bedeutungsvoll und sorgfältig zu Werke. Für ihn war Fabrizieren eine ernste Handlung. Diese Einstellung hat ihm sehr geholfen, sich ohne Vorbildung auf diesem Gebiet in den folgenden Jahren zu einem anerkannten und geschätzten Spirituosenfachmann zu entwickeln. Das eigentliche Geheimnis seines Erfolges bestand darin, daß er weder Mühe noch Kosten scheute, um die besten Likördestillate und Fruchtsäfte ausfindig zu machen und für seine Erzeugnisse zu verwenden. Vieles kam in großen Korbflaschen oder holzverkleideten Glasballons aus dem Württembergischen oder von den großen Brennereien am Rhein. Die exotischen Produkte wie Jamaica Rum und Batavia Arrak importierte er über Hamburg und Bremen oder direkt.

Für die Liköre wurde außerdem eine große Menge klaren Zuckersirups benötigt. Den kochte Vater Münch im Sirupkeller in einem großen Emaillekessel aus feinstem Kristallzucker. Ich half mit, kaum daß ich auf den Beinen stehen konnte, wenn er den Kessel anheizte und süßlicher Rauch den Sirupkeller erfüllte. Ein Karton Plattenzucker nach dem anderen verschwand im dampfenden Kessel, den Vater Münch geduldig stundenlang abschäumte, bis ein sämiger, goldgelber und glasklarer Sirup zurückblieb. Aber selbst bei dieser einfachen Verrichtung war Phantasie gefragt, und die hatte Vater Münch, wie sich gleich zeigen wird, in reichlichem Maße.

Auf warmem Wege hergestellt

Die Likörfabrik Anton Riemerschmid in München war für Vater Münch Geschäftspartner, Vorbild und Konkurrenz zugleich. Er verkaufte zwar in erheblichen Mengen auch die gefällig verpackten Riemerschmid'schen Produkte, war jedoch der Meinung, daß seine Liköre genauso gut, aber wesentlich preisgünstiger waren, weil sie schlichter verpackt oder sogar offen vom Faß verkauft wurden. Eines Tages kam er stirnrunzelnd mit einer Werbeanzeige der Firma Riemerschmid in den Keller. Darauf stand in großen Lettern: »Alle unsere Liköre werden auf warmem Wege hergestellt.« Vater Münch überlegte intensiv, dann ging ein Leuchten über sein Gesicht. »Was der Riemerschmid kann, können wir schon lange«, meinte er. »In Zukunft lassen wir unseren Sirup nicht mehr abkühlen, sondern kippen ihn heiß in die Likörfässer.« So geschah es, und Vater Münch hatte einen neuen Werbeschlager, den er unermüdlich zum besten gab und – wie konnte es anders sein – auf seine Weise wie folgt formulierte: »Wir stellen alle unsere Liköre nur auf warmem Wege her« und recht beiläufig, wenn überhaupt, fügte er hinzu: »übrigens macht es auch die Firma Riemerschmid so wie wir.«

Je öfter er im Laufe der Jahrzehnte diese Zauberformel wiederholte, desto mehr erlag er selbst ihrer Faszination, und diese teilte sich auf geheimnisvolle Weise seinen Zuhörern im Weinstüberl mit. Sobald er ansetzte »alle meine Liköre...«, fiel der eine oder andere beifällig mit ein, »sind auf warmem Wege hergestellt«.

Die Fabrikation selbst war im Grunde einfach. Es galt, sechsundneunzigprozentigen Alkohol, Sirup, reines Wasser und die verschiedenen Destillate oder Fruchtsäfte mit großen Meßkannen, Zinnbechern oder Reagenzgläsern in der richtigen Menge und Reihenfolge in das bereitgestellte Faß zu füllen sowie durch mindestens halbstündiges Schütteln gründlich zu mischen. Hier, wo nur durch äußerste Sorgfalt der Qualitätsstandard gehalten werden konnte, war Vater Münch in seinem Element.

Ich vergesse nie, wie es beinahe eine Ohrfeige setzte, als ich ihm eine ausgespülte Zehnliter-Meßkanne reichte, aus der, als er sie noch einmal umdrehte, noch ein paar Tropfen Wasser liefen. »Erlaub' Dir das nie wieder«, fauchte er mich an. »Laß' mir ja die Kannen gründlich abtropfen. Unsere Kunden wollen anständige Ware und kein Wasser«. Nie gab es bei seinen Produkten eine Beanstandung, wenn das Zollamt von Zeit zu Zeit den Alkoholgehalt überprüfte. Vater Münchs Werte stimmten genau. Das war nicht überall so. Unter dem Siegel der Verschwiegenheit erzählte er mir, nicht ohne Schadenfreude, daß anderswo nach einer solchen Nachprüfung schon einmal ein ganzes Likörfaß in den Ausguß gekippt werden mußte.

Das endlose Schütteln der auf warmem Wege angenehm temperierten, aber zentnerschweren Likörfässer, die dabei in Schräglage geduldig gedreht und im richtigen Rhythmus hin und her gestoßen werden mußten, wälzte er allerdings frühzeitig auf meine Schultern ab. Die wurden dadurch zusehends breiter. Ich ärgerte mich oft über diese stupide

Plackerei. Was ich damals nicht wußte: Vater Münchs Kraft-Training im Keller hat mir später das Überleben im Nazidrill und beim Militär erleichtert.

Fort mit dem alten Geraffel

1928, ich war noch nicht drei Jahre alt, wurde es höchste Zeit, Laden und Weinstüberl zu renovieren. Die wurmstichigen Regale, die vielen verquollenen braungestrichenen Schubladen mit den altertümlichen Porzellanschildern flogen im Hinterhof auf einen großen Haufen. Die schimmligen Fußböden wurden herausgerissen, worauf unter dem Weinstüberl statt eines ordentlichen Kanals ein halbverfaulter, ausgehöhlter Baumstamm zum Vorschein kam. Vater Münchs feine Nase hatte schon lange vorher Unrat gewittert. Jetzt lag die Bescherung offen zu Tage. Für mich war das eine aufregende Zeit, als im Hinterhof auf großen Blechen Kies für die Fußbodenfüllungen auf offenen Feuern getrocknet wurde und das Wasser durch den Baumstamm plätscherte, wenn jemand die Kette im Hinterhof-Abort zog.
Während ich mich von unserer alten Otile (Otilie) nur widerstrebend in den Kindergarten abschleppen ließ, spielte sich auf dem Hinterhof eine höchst amüsante Szene ab, die Vater Münch später immer wieder mit tiefer Befriedigung zum besten gab.
Da man während der Renovierungsarbeiten keine Kunden verlieren wollte, fand im Kolonialwarenlager auf dem Hinterhof eine Art Notverkauf statt. So gelangte auch die Gattin des als Stammgast hochgeschätzten Herrn Zollfinanzrats – der das streunende Gebiß des Tuchhändlers zerschmetterte – in diese chaotische Hinterwelt. Als treue Kundin wußte sie, daß Vater Münch für die Übernahme der Brunngasse 11 gewisse finanzielle Gegenleistungen erbringen mußte. Daher rief sie beim Anblick des Abraums spontan »Um Gottes willen, Herr Münch, ist das ein altes Geraffel. Hoffentlich haben Sie nicht zuviel bezahlt für dieses alte Geraffel!« Derweilen lugte Oma Mattessohn aus ihrer Wohnung im ersten Stock direkt über dem Hinterhof bitterböse zwischen ihren Geranienstöcken hervor. Wenn Blicke töten könnten, wäre die Frau Rat in diesem Augenblick tot zu Boden gesunken. Anders Vater Münch. Er hätte die Dame am liebsten dankbar umarmt, wenn ihn Respekt und Standesunterschied nicht davor zurückgehalten hätten.

Onkel Ernesto aus Argentinien

Um diese Zeit tauchte urplötzlich Onkel Ernesto aus Argentinien auf, quartierte sich wieder bei seinen Eltern, dem Bankdirektor nebst Gattin im nahen Bratfischwinkl ein und ging sogleich in der Brunngasse 11 vor Anker. Der Ernstl war dick, gutmütig, schlichten Gemütes und ein fröhlicher, alles andere als strebsamer Lebenskünstler, den die Familie, die immerhin einen Bankdirektor und einen hohen Kirchenmann aufzuweisen hatte, in der Hoffnung, ihn endgültig loszuwerden, nach Argentinien geschickt hatte. Nach zehn Jahren kehrte er noch mittel- und sorgloser als vorher in den Schoß der überraschten Familie zurück, aber uns Kinder erfreute er vom ersten Tag seines Erscheinens an mit seinen argentinischen Geschichten. Wir bewunderten ihn glühend.
Ernesto, der eigentlich ein schlichter Ernstl war, lächelte uns versonnen an und begann zu erzählen. Alle seine Geschichten hatten zwei Anfänge. »Als ich noch in Argentinien war« oder »als ich noch über die Pampas ritt«. Nie wieder war Argentinien so riesig, die Pampas so abenteuerlich wie damals, als wir geborgen auf seinen gut durchwachsenen Oberschenkeln sitzend seinen exotischen Geschichten lauschten.
Eine ist mir noch in Erinnerung. Ernesto stand auf der Hazienda eines Morgens auf und wollte noch schlaftrunken nach seinen auf der Stuhllehne baumelnden Hosenträgern greifen. Da habe er aber seine Hand schnell zurückgezogen, weil es gar nicht seine Hosenträger waren, sondern eine schwarze Mamba.
Vater Münch geriet damals bei uns Kindern mit seinen lustigen, aber vergleichsweise alltäglichen Hersbrucker Geschichten immer mehr ins Hintertreffen. Aber ungestraft hat er sich nie von irgend jemandem in die Ecke stellen lassen. Er nahm uns zur Seite, und wir erfuhren unter dem Siegel der Verschwiegenheit, wie Onkel Ernsts Argentinien-Abenteuer in Wirklichkeit verlaufen war.
Nachdem Ernesto längere Zeit entfernte Verwandte in Buenos Aires mit seiner Anwesenheit erfreut und etwas Spanisch gelernt hatte, zog er mit einem uralten hölzernen Photoapparat nebst Stativ von Hazienda zu Hazienda, um die heiratsfähigen Töchter zu photographieren und diese Photos zwecks Eheanbahnung auf anderen Gütern vorzuzeigen. Das ging eine Weile ganz gut, bis eine Heiratskandidatin Schwierigkeiten bekam, weil der Bräutigam daran zweifelte, daß sie lesen und schreiben konnte. Um diese Zweifel auszuräumen, wurde Ernesto beauftragt, ein neues Photo zu überbringen, auf der die Braut zeitunglesend abgebildet war. Ernesto erledigte etwas zerstreut seinen

Auftrag und gewahrte nicht, daß die junge Bäuerin die Zeitung verkehrt in der Hand hielt. Leider merkte es der Bräutigam, obwohl er selbst nicht lesen konnte, weil die Bilder der Zeitung auf dem Kopf standen. Das Verlöbnis ging in die Brüche, ebenso Ernestos Photoapparat, und er wurde mit Schimpf und Schande von der Hazienda gejagt. So kehrte er zu unserer Freude nach Passau und in die Brunngasse zurück.

Ernesto renoviert im Weinstüberl

Da Ernesto bereits erhebliche Zechschulden angesammelt hatte, beschloß Vater Münch, wohl wissend, daß er diese Schulden auf andere Weise niemals eintreiben konnte, ihn bei den Renovierungsarbeiten im Schenkzimmer zu verwenden. Als erstes wurde er beauftragt, die zwei großen Holzbänke an der Wand mit rotbrauner Ölfarbe neu zu streichen. Onkel Ernst löste diese Aufgabe praktisch und zeitsparend. Statt die Ölfarbe zu verdünnen und mehrmals aufzutragen, bemalte er die Bänke in einem Arbeitsgang. Die zahlreich sich bildenden Blasen stach er an und übermalte sie erneut.
Als Vater Münch dieses Meisterwerk stirnrunzelnd in Augenschein nahm, war nichts mehr rückgängig zu machen. Die Bänke trockneten eine Woche im Hinterhof, ehe Vater Münch es wagte, sie wieder im Weinstüberl aufzustellen. Die Katastrophe folgte auf dem Fuße. Als die Zecher einige Zeit bei steigenden Temperaturen auf den sich mehr und mehr erwärmenden Bänken ruhten, war die Stimmung noch völlig ungetrübt. Das änderte sich schlagartig, als sie aufstehen wollten und feststellten, daß sie alle dank Ernestos wieder erweichter Ölfarbe an den Bänken festklebten. Einen so lautstarken Abgang hat das Weinstüberl selten erlebt. Vater Münch mußte blutenden Herzens auf seine Kosten zahlreiche Hosen reinigen lassen, und Ernesto wurde zu unserem Leidwesen für einige Zeit aus der Brunngasse 11 in seinen Bratfischwinkl verbannt. Uns Kinder hat seine Abwesenheit aufrichtig betrübt, und wir jubelten, als wir im Schenkzimmer endlich wieder die vertraute Stimme hörten, »als ich noch in Argentinien war....«

Oma im Hinterhof

Um die Mittagszeit saß Oma Mattessohn gern in der einzigen besonnten Ecke des Hinterhofes zeitunglesend im alten Lehnstuhl, wobei sie nebenbei ein Auge auf die dort mit Holzhacken oder Kellerarbeiten beschäftigten Schwiegersohn hatte. Das mißfiel ihm so sehr, daß er ihr eines Tages, während sie das Blatt dicht vor Augen hatte, heimlich die Zeitung am unteren Ende anzündete und getrost das gewaltige Donnerwetter in Kauf nahm, das auf den boshaften Brandstifter herniederging.

Aber erst nach einem anderen Vorfall ließ sie sich für längere Zeit von ihrem Kontrollposten vertreiben. In Vorbereitung auf künftige Jagdfreuden in Niederbayern übte Vater Münch bereits regelmäßig mit einem Zimmerstutzen im Hinterhof. Oma Mattessohn saß dabei näher als ihr lieb war in ihrer Ecke und quittierte jeden Schuß mit deutlichem Mißfallen, was aber die ruhige Hand des Schützen nicht zum Zittern brachte. Als er den Zimmerstutzen gerade wieder geladen und bereits eingetupft, d.h. für leichtestes Auslösen des Schusses scharf gemacht hatte, fiel die Scheibe an der Wand gegenüber herunter. Leichtsinnig lehnte er das Gewehr gegen die Mauer, um die Scheibe wieder festzumachen. Da fiel der Stutzen um, ging los, und die Kugel schlug so knapp oberhalb des Kopfes der Schwiegermutter in die Wand, daß der Putz auf ihre Zeitung herunterrieselte.

Zur Ehre Vater Münchs sei gesagt, daß er erbleichte, aber Oma Mattessohn ahnte nicht einmal, daß sie soeben dem Tod entronnen war. Sie schüttelte den Kalk ab, brummte etwas von unerträglichen Störungen und zog sich unwirsch in ihre Gemächer zurück.

Oma Mattessohn

Liebe Oma, Du hast es aus vielerlei Gründen verdient, daß ich Dir ein besonderes Kapitel widme. Ohne Deine Ersparnisse hätte die Brunngasse 11 nie erworben werden können. Du hast über ein halbes Jahrhundert in unserem Heimathaus gelebt, bis zu Deinem Tod dort für uns gekocht und auf Deine rauhe Art unermüdlich für uns gesorgt. Als einziges Familienmitglied hast Du die Brunngasse 11 selbst in den Wirren der letzten Kriegswochen nicht verlassen und sie allein gegen wiederholte Angriffe der Amerikaner verteidigt.

Nur in den ersten Jahren hast Du nach ebenso heftigen wie unnötigen Auseinandersetzungen mit Deinem Schwiegersohn einige Male vorübergehend im Altersheim der evangelischen Schwestern Logis genommen. Im Erdgeschoß darunter befand sich unser Kindergarten, sodaß ich Dir oft freundlich zuwinken konnte. Die Familie trug Deine Abwesenheiten mit Fassung. Die kommt bald wieder, hieß es, und so war es in der Tat.

Omas Domizil

Für mich war meine Oma ein Glücksfall. Nicht, daß sie uns mit Zärtlichkeiten verwöhnte. Dazu war sie als Tochter des kinderreichen Schmiedemeisters Riedl in der Oberpfalz zu hart aufgewachsen. Auch ihre Geschenke rissen uns nicht vom Stuhl. Als ich ganz klein war, faszinierten mich anfänglich die merkwürdigen Druckmuster auf den Oblaten der Lebkuchen, die sie für mich aus dem hohlen Porzellangockel auf der Kommode herausholte. Die Faszination wich, als mir allmählich klar wurde, daß die Lebkuchen ein Jahr alt waren und die Muster von Maden stammten.
Aber bei ihr zu übernachten war ein Fest. Ich nächtigte auf einem alten Diwan mit zahlreichen Höhen und Tiefen, in einem Sammelsurium von Kissen und Bettdecken. Jedes Umdrehen war ein schaukelndes und federknarrendes Abenteuer. Im Raum stapelten sich unzählige leere Kartons, Schachteln, Bonbon- und Heringsbüchsen aller Formen und Größen bis an die Decke. Nichts war aufregender, als die von Zeit zu Zeit einstürzenden Stapel wieder so aufzutürmen, daß schmale Gänge den Einstieg in die Betten oder den Zugang zu Kleiderschrank und Waschtisch ermöglichten. Aber am liebsten war mir das Kommando, geh Bub', zieh mir die Uhr auf: die alte Wanduhr mit dem handgearbeiteten, emailleverzierten Zifferblatt und dem ganz alten, zum Teil noch hölzernen Uhrwerk. Bei jedem Stundenschlag sank der schwere Bleizapfen an der Kette schnarrend tiefer, und kaum war die Nacht vorbei, durfte das Wunderwerk zu meiner Freude schon wieder aufgezogen werden.

Omas gesegnete Verdauung

Immer wenn in der Kolonialwarenecke des Ladens der letzte Brathering oder Rollmops aus der Dreiliterdose verkauft war, begab sich Oma Mattessohn mit der Blechbüchse in die Küche und leerte den stattlichen Rest Essigbrühe mit Zwiebeln und Senfkörnern in einem Zug, neiderfüllt beobachtet von ihrem Schwiegersohn. »Wenn sie mir nur ihren eisernen Magen vererben könnte, sonst will ich gar nichts von ihr«, seufzte er, der die fetten Soßen seiner Schwiegermutter zwar mit großem Appetit, aber nur unter heftigem Sodbrennen bewältigen konnte.
Oma Mattessohn war wegen ihrer gesegneten Verdauung für eine ebenso wichtige wie angenehme Aufgabe, nämlich das sogenannte

Kundschaftessen geradezu prädestiniert. Wenn der Wirt in Neustift oder sonst wo längere Zeit Weine und Spirituosen aus der Brunngasse 11 bezogen hatte, fuhren Oma Mattessohn und ich, frohgemut an ihrer Hand, per Lokalbahn oder Bus am Kirchweihtag dorthin. Oma steuerte in der festlich geschmückten Wirtsstube entschlossen eine gemütliche Ecke an. Wir bestellten für jeden Backhendl oder gar ein Gansviertel zu Mittag und langten kräftig zu.

Satt und ermattet lehnte sich Oma Mattessohn dann zurück, zog meinen Kopf auf ihren Schoß und die ausgebreitete Donauzeitung wie einen Schutzschild über uns beide. Wenn wir, ungeachtet des fröhlichen Treibens um uns herum, nach längerem Mittagsschlaf erquickt wieder erwachten, bestellte sie Kaffee mit knusprigen Strauben und butterschmalztriefenden Krapfen. In solchen Stunden war meine kleine Welt makellos in Ordnung. Aber auch die Wirte waren zufrieden. »Münch, die zwei kannst Du mir bald wieder schicken« sagten sie nach solchen Ausflügen bisweilen anerkennend zu meinem Vater.

Omas Grenzgänge

Gelegentlich dehnten wir unsere gemeinsamen Unternehmungen auch über die Grenzen nach Österreich hin aus. Waldschloß und Bergkeller waren beliebte Stationen. Insbesondere der Bergkeller war über den kleinen Exerzierplatz und den schaukelnden Fünferlsteg hinüber, am Friedhof vorbei, Inn aufwärts, nach tollkühnem Überqueren der Schienen an der Eisenbahnbrücke und anschließend eine kleine Anhöhe hinauf, für Oma Mattessohn bequem zu erreichen. Für meine winzigen Füße war es ein gewaltiger Fußmarsch. Kein Wunder, daß ich daher meist in ihrem Kielwasser hinterhertrottete, während sie mit ihrem krummen, früh weit vornüber gebeugten Rücken für meinen Geschmack viel zu schnell voranschoß.

Als Nachhut konnte ich meiner zerstreuten Oma nicht selten nützliche Hinweise geben. »Oma, Du hast ja unter der Schürze nur den Unterrock an«, oder »Oma, was ziehst Du denn hinter Dir nach«, wenn sie die Strumpfhalter vergessen hatte und die heruntergesackten schwarzen Baumwollstrümpfe wie Schlangen hinter sich herzog. Der Vormarsch wurde dann mit dem Notruf, »du liebe Zeit, du liebe Zeit« überstürzt abgebrochen, um daheim die Garderobe zu vervollständigen.

Unvergeßlicher Bergkeller, wo eines Tages Omas größtes Donnerwetter auf mich niederging. Nach einer gemeinsamen Stärkung in der Bergwirtschaft hatte sie in der dortigen Metzgerei den Sonntagsbraten für die Familie – Schweinskarree abgezogen – erstanden und verstaute das umfängliche Paket sorgfältig in ihrem wallenden Obergewand, wo es oberhalb des Gürtels zu liegen kam und eine eindrucksvolle Oberweite vortäuschte.

Ich beobachtete arglos, aber doch mit einer gewissen Neugier die für mich ungewöhnliche Transportvorbereitung. Noch verwunderter war ich, als meine Oma die Frage des Zöllners, ob sie Ware mitführe, mit einem klaren »Nein« beantwortete. Eilfertig ihre anscheinende Vergeßlichkeit korrigierend, setzte ich mit durchdringender Kinderstimme an, »aber Oma, Du hast doch da oben...!« Ein schmerzhafter Ruck am Arm brachte mich zum Schweigen. »Dummes Zeug«, zischte sie mich an und sah dem Zöllner furchtlos in die Augen. Beide musterten sich einige Sekunden lang schweigend. Der Schweinebraten in Omas Busen begann leicht zu zittern, befand er sich doch in diesem Augenblick in höchster Gefahr. Aber dann muß den biederen Beamten wohl der Mut zur Nachsuche an derart delikater Stelle verlassen haben. Zögernd gab er den Weg frei.

Kaum waren wir außer Sicht- und Hörweite, prasselte zum ersten Mal ein fürchterliches Donnerwetter meiner Oma auf mich nieder, das mich tief verletzte, weil es mir unverständlich blieb. Ich hatte doch nur helfen wollen. Mir dämmerte die schmerzliche Erkenntnis, daß man die Gunst lieber Menschen trotz bester Absichten auf grausame Weise verlieren kann.

Die Sackltrager

Selbst in meiner eigenen Familie weiß man heute kaum noch, daß Oma Mattessohn in jüngeren Jahren jahrzehntelang den Laden um fünf Uhr morgens aufsperrte, um den »Sackltragern« das erste Frühstück in Form von großen Gläsern Schnaps zu servieren, bevor sich diese an das Entladen der Lastschiffe machten, die an den Kais der Donaulände vertäut warteten. Das waren wild dreinschauende, aber meist gutmütige Gesellen. Einer von ihnen, der Faltinger Toni, hatte Arme und einen Brustkorb wie ein Orang-Utan. Ich betrachtete ihn mit Ehrfurcht, weil er nie weniger als vier Zentner Getreide auf seinen Rücken lud. War die für damalige Verhältnisse gut bezahlte Akkordarbeit getan, erschien er weißgepudert wie ein Gespenst wieder in der Brunngasse, um den Mehlstaub mit einem halben Dutzend Vierteln Wermut aus seiner Kehle zu waschen.

Aus riesiger Höhe grinste er stets freundlich auf mich herunter, und ich lächelte dankbar zurück, denn er war Vater Münchs Schutzengel. Wenn schwere Fässer vor der Brunngasse 11 abgeladen werden mußten, war er wie durch Zauberei zur Stelle, und dann wußte ich, daß mein Papa nicht zerquetscht unter der Schanze enden würde, auf der das Faß in den Hausgang rollte. Selbst meine Mutter, die vom Ladeneingang aus, stets einem Herzinfarkt nahe, zuschaute, mäßigte ihre panische Angst, wenn das Ungetüm von einem Faß, ein Halbstück mit sechshundert Litern Wein, den kritischen Punkt, die Eisenkrallen der Eichenschanze, erreicht hatte und im Abkippen außer Kontrolle zu geraten drohte. Der Toni war ja dabei, da konnte nichts passieren. Damals war ich fest überzeugt, daß er allein das ganze Faß mit bloßen Händen herunterheben konnte, wenn er nur gewollt hätte.

Später standen die alten »Stamperl« der Sackltrager unbenützt noch lange im Küchenschrank. Irgendwann landeten sie leider auf dem Müll. Niemand war je wieder dem Schnapsquantum der riesigen, sechseckigen Tüten aus dickem Glas gewachsen.

Vom Schenkzimmer zum Weinstüberl

Die rauhen Gesellen vom Hafen stellten, gutmütig wie sie waren, keine hohen Ansprüche an ihre Bedienung. Als sich das Schenkzimmer allmählich zum Weinstüberl mauserte und im »Oberhaus«, nämlich am oberen Tisch, auch feineres Publikum einkehrte, fiel Oma Mattessohn die Umstellung nicht immer leicht. Vater Münch zögerte dann nicht, sie zur Ordnung zu rufen und ihr in hartnäckigen Fällen ein Bedienungsverbot anzudrohen. Eines Tages war wieder einmal der kritische Punkt erreicht. Vater Münchs zürnendem Auge bot sich eine Szene, die er zwar schärfstens mißbilligte, deren unfreiwilliger Komik sich aber selbst er nicht ganz entziehen konnte.

Die Gäste im Weinstüberl erhielten ihre Getränke direkt aus dem Laden, sei es aus dem großen Kühlschrank, wenn es sich um Weißweine, sei es aus den zahlreichen Fünfliterflaschen in langen Regalen, wenn es sich um Spirituosen handelte. Eingeschenkt wurde auf dem mit Abflußlöchern versehenen Zink-Schankblech der Ladentheke. Oma Mattessohn füllte das bestellte Getränk ein, hob das Glas prüfend ans Auge und erkannte am Eichstrich, daß sie zu gut eingeschenkt hatte. In der naiven Absicht, die Diskretion zu wahren, drehte sie dem Kunden vor dem Ladentisch den Rücken zu und nippte je nach Bedarf ein- oder zweimal an dem Glas. Niemand war erstaunter als sie selbst, wenn in ihrem Rücken ein kollektives »Prost Frau Mattessohn« erschallte. Mit einem unwirschen »dummes Zeug« und einem strafenden Blick auf das taktlose Publikum entschwand sie mit dem Glas kopfschüttelnd im Weinstüberl.

Oma Mattessohn und der »Hammer«

Oma Mattessohn war glücklich, wenn sie die Fünfliterflaschen vom Keller in den Laden tragen konnte. Aber als sie an Jahren zu- und an Kräften abnahm, unterliefen ihr bisweilen Mißgeschicke, die beim Schwiegersohn Schimpfkanonaden auslösten. Einmal stolperte sie auf dem langen Weg zum Laden über eine der vielen überflüssigen Schwellen, ein andermal glitt ihr der feuchte Flaschenhals aus der zittrigen Hand und das Gefäß samt kostbarem Inhalt zerschellte in einer Alkohollache am Boden.

So stand Oma Mattessohn kurz vor dem endgültigen Beförderungsverbot für Fünfliterflaschen, als sie eines Tages mit der vollen Bergamottelikör-Flasche in der Hand schmerzverzerrt in die Küche humpelte. »Der Hammer, der Hammer ist mir auf den großen Zeh' gefallen«. Während Mutter Luise den bereits blau angeschwollenen Zeh versorgte, eilte Vater Münch, mißtrauisch wie immer, in den Keller. Sein scharfer Blick suchte vergeblich nach einem Hammer, aber dafür entdeckte er auf der weißgetünchten und an dieser Stelle ziemlich niedrigen Kellerdecke deutliche Spritzer des orangegelben Bergamottelikörs. Das Rätsel war gelöst. Oma Mattessohn war wieder einmal die Fünfliter-Flasche aus der Hand geglitten. Verzweifelt bemüht, ein Zerschellen auf dem Betonboden zu verhindern, schob sie den Fuß unter die fallende Flasche und dämpfte den Aufprall erfolgreich mit ihrem großen Zeh – aber unter welchem Opfer! An den Likörspritzern auf der Kellerdecke konnte man die Wucht ermessen, mit der die Flasche zu Boden gegangen war.

Oma Mattessohn humpelte ohne zu klagen noch mehrere Wochen. Über den Vorfall wurde nicht mehr geredet. Selbst Vater Münch, sonst beileibe kein zartbesaiteter Schwiegersohn, schmunzelte nur, wenn der »Hammer« zur Sprache kam, preßte ihr aber kein Geständnis ab, denn er meinte, sie habe bereits genug gebüßt, und ließ sie großmütig weiterhin in Geschäft und Schenkzimmer mitarbeiten.

Oma und die Dynastien

Oma Mattessohn erzählte nie Geschichten, aber sie hatte, woher auch immer, eine genaue Kenntnis der europäischen Königshäuser und ihrer Familien. Unter diesem Gesichtspunkt durchforschte sie alle Zeitschriften, derer sie habhaft werden konnte. Hie und da nahm sie mich ins Café Stadt Wien auf dem Ludwigsplatz mit. Sie bestellte eine Tasse Kaffee, sammelte alle Lesehefte ringsum ein, setzte sich darauf und nahm sich dann gemächlich eines nach dem anderen vor. Ab und zu erlaubte sich ein anderer Gast höflich um ein Exemplar aus dem gehorteten Stapel zu bitten. Gern, aber nach mir, lautete die lakonische Antwort, die erstaunlicherweise meist ohne Widerspruch blieb.
Mehr als fünfzig Jahre später kreuzte ich auf einem Empfang in Sao Paulo die durchlauchten Wege des Fürsten Johannes und der Fürstin Gloria zu Thurn und Taxis, die gerade ihre brasilianischen Güter besuchten. Ich konnte der Fürstin Gloria mitteilen, daß ich von Kindheit an über die Besitzverhältnisse ihres Hauses gut unterrichtet sei und zitierte Oma Mattessohn: »Die Fürsten zu Thurn und Taxis haben neunundneunzig Güter. Mehr können es aus steuerlichen Gründen leider nicht sein«.
Die Fürstin fand das interessant, aber es war ihr neu und sie meinte, sie wolle es nachprüfen. Ob eine Nachprüfung erfolgte und mit welchem Ergebnis, habe ich nie erfahren. Oma Mattessohns Information steht also noch immer unwidersprochen im Raum.
Bald erwies sich Oma Mattessohn auf einem ganz anderen Gebiet als unentbehrlich.

Steuerwolken über der Brunngasse 11

Solange ich zurückdenken kann, höre ich Vater Münch von den schrecklichen Auswirkungen der Besteuerung sprechen. Zu der Zeit kannte ich das Wort »steuern« nur vom Umgang mit meinem kleinen Leiterwagen, den ich mit großer Freude stundenlang vom Hinterhof auf den langen Gang bis an den Rand der Brunngasse und zurück steuerte. Allmählich begriff ich dann, daß es sich bei dieser Art Steuern um die grausame Wegnahme von Geldern handelte, die der Familie und dem Spirituosengeschäft den Lebensnerv abzutöten drohte.
Dann überstürzten sich die Ereignisse. Der alte Buchhalter, den Vater Münch in den Anfangsjahren beschäftigte, schaute mehr ins Glas als in die Bücher und beschwichtigte alle Sorgen meines in Steuerfragen

noch unerfahrenen Vaters, bis die erste Betriebsprüfung ins Haus stand. Mit den Worten »Herr Münch, aus is', alles ist hin«, schlug er die Hände vors Gesicht und verließ in Panik für immer das Haus. Jetzt war guter Rat teuer. In der Brunngasse 11 herrschte eine Grabesstimmung, die sich selbst uns kleinen Kindern bedrückend mitteilte. Eine Familien-Krisensitzung wurde anberaumt, an der auch Oma Mattesohn teilnahm. Vater Münch hegte noch eine leise Hoffnung, daß der stellvertretende Leiter des Passauer Finanzamts, Herr Regierungsrat Neumann, als evangelischer Glaubensgenosse christliche Milde üben und Gnade vor Recht ergehen lassen könnte. Es wurde beschlossen, daß Oma Mattesohn den hohen Herrn als erste aufsuchen und das Terrain vorbereiten sollte. »Du kannst ja auf Kommando weinen«, meinte Vater Münch in Erinnerung an die zahlreichen Auseinandersetzungen mit ihr.
So geschah es und auf ihren Spuren trat kurze Zeit später Vater Münch den Canossa-Gang ins Finanzamt an. Als er gerade mit brechender Stimme ansetzen wollte, fiel ihm der Herr Regierungsrat mit mühsam gewahrtem Ernst ins Wort: »Herr Münch, bleiben Sie bitte sachlich und fangen Sie um Gottes willen nicht auch noch zu weinen an. Das hat ihre Frau Schwiegermutter bereits reichlich besorgt.« Alles weitere verlief dann in geordneten und, wie selbst Vater Münch nachher zugeben mußte, in korrekten, aber menschlichen Bahnen. Es kostete ihn ziemliche Überwindung, doch legte er nach und nach die Karten auf den Tisch und kam mit einer gehörigen Nachzahlung noch glimpflich davon.
Unsere eigene Lage daheim besserte sich deswegen noch lange nicht. Vater Münchs endlose Klagelieder bestärkten uns Kinder mehr und mehr in der Gewißheit, daß wir dem sicheren finanziellen Ruin entgegengingen, ja bereits total verarmt waren. Eines Tages fragte unsere liebe Volksschullehrerin Lampelsdörfer, wer in der Klasse unterstützungsbedürftig sei, worauf meine ältere Schwester spontan in die Höhe schoß. Das führte zu einer erstaunten Rückfrage der Lehrerin bei meinen Eltern. Vater Münch war peinlich berührt und mäßigte in der Folgezeit, wenn auch mühsam, sein Lamentieren zumindest in unserer Gegenwart.
Als zur Entlastung des Stadtsäckels der Stadt Passau in den Dreißiger Jahren eine zehnprozentige Steuer auf alle ausgeschenkten Getränke eingeführt wurde, lief Oma Mattesohn erneut zu großer Form auf. Sie jonglierte so virtuos mit noch gültigen oder bereits entwerteten Steuermarken in den Taschen ihrer Küchenschürze, daß selbst die unversehens auftauchenden Steuerkontrolleure in Verwirrung gerieten.

Wenn schließlich das Maß voll schien und eine Strafe drohte, gelang es ihr, die härtesten Herzen mit ihrer Hilflosigkeit zu rühren. Sie wies auf ihr schwindendes Augenlicht hin, obwohl sie bis an ihr Lebensende keine Brille gebraucht hat, und versicherte glaubhaft, daß sie alte Frau mit dieser komplizierten Art der Besteuerung völlig überfordert war. Selbst Vater Münch staunte und schüttelte manchmal mißbilligend den Kopf, jedoch zu einem Bedienungsverbot konnte er sich aus diesem Anlaß nicht durchringen.

Die Jahre vergingen und Oma Mattessohn sorgte weiterhin im Hintergrund für die Familie. Erst in den Kriegswirren 1945 trat sie noch einmal streitbar in Erscheinung. 1947 starb sie, und ihr gefaßtes Erwarten des herannahenden Todes war für uns und viele Menschen ein Beispiel. Aber darüber später.

Onkel Otto

Onkel Otto Mattessohn, der einzige Bruder unserer Mutter Luise, hatte die Brunngasse 11, für deren Weiterführung er sich als völlig ungeeignet erwies, gleich nach dem Abitur verlassen und studierte in München Agronomie, um später in die deutschen Kolonien zu gehen. Er war der Ungebärdigste aller Mattessohns, alles an ihm geriet aus den Fugen. Fast zwei Meter groß, war er für damalige Zeiten ein Riese und gefürchteter Säbelfechter seiner schlagenden Verbindung.

Wegen seiner jungen Frau Emmy, einem hübschen Stubenmädel in einem Münchner Hotel, mit schwarzem Lockenkopf, blendender Figur und zwei Rentenmark im Portemonnaie, war er rasend eifersüchtig. Auch die Emmy war verliebt in das stattliche Mannsbild. Er hat mich aus Liebe und nicht wegen meiner Mitgift geheiratet, verkündete sie triumphierend unter Hinweis auf den Inhalt des Portemonnaies. Das hinderte sie nicht daran, im Café feurige Blicke um sich zu werfen. Wenn sich dann ihr Otto erhob, mit finsterem Blick den bestürzten Herrn am Nebentisch ansteuerte und ihm ein, »Sie haben meine Frau fixiert, ich fordere Satisfaktion«, ins Gesicht schleuderte, fühlte sich Emmy im siebten Himmel. Denn jeder nahm vor dem Otto Reißaus. Emmy jubelte. »Einen hat er sogar auf Pistoooolen gefordert«, erzählte sie uns Kindern mit funkelnden Augen und wiederholte, »auf Pistoooolen«.

Emmy ernährte sich von Kaffee und Zigaretten und bestärkte ihren ungeschlachten Otto nach Kräften in seiner unbürgerlichen Lebensweise. Natürlich blieben heftige Zerwürfnisse nicht aus. Dann erinnerte sich

Otto wehmütig an seine alte Heimat und setzte sich mit großem leeren Rucksack zu seinem Luiserl nach Passau in die Brunngasse 11 ab.

Onkel Otto in der Brunngasse 11

Die Meldung, der Otto kommt, löste in der Familie gemischte Gefühle aus. Oma Mattesohn sagte mit gerunzelter Stirn, »er verdirbt uns die Kinder mit seinen schweinischen Witzen.« Das erhöhte unsere Vorfreude. Mutter Luise seufzte nur. Sie liebte trotz allem ihren Bruder, aber gleichzeitig war ihr schmerzlich bewußt, daß ihr besänftigender Einfluß auf den Grobian noch geringer war als auf Vater Münch. Der dagegen nahm als Platzhirsch und Herr im Haus die Nachricht ganz gelassen. Der Otto genoß zwar als erstgeborener Mattesohn noch Heimatrecht, aber poltern durfte in der Brunngasse 11 nur Vater Münch, und das respektierte selbst der Otto.
Dann stand er plötzlich in der Küche, wo er unter der niederen Decke fast den Kopf einziehen mußte, und lachte auf uns herunter. »Onkel Otto, was hast Du für große Schnitte im Gesicht?« fragten wir neugierig. Er drehte sich um und zeigte auf sein mächtiges Hinterteil: »Da hinten hab' ich den größten!« dröhnte seine Stimme. Oma Mattesohn fiel vor Entrüstung der Kochlöffel aus der Hand. Derweil ließ sich der Otto krachend auf einen Küchenstuhl fallen und schälte seine gewaltigen Füße aus den klobigen Straßenschuhen. Meine Schwester, die ihm am nächsten saß, wurde blaß und hielt sich die Nase zu. Er grinste über das ganze Gesicht. »Ja, ich hab' ein gemütliches Heim«, sagte er, »wenn ich d'Schuh auszieh', laufen die Fenster an!« Oma Mattesohn war versucht, ihm die volle Makkaroni-Pfanne auf den Kopf zu hauen. Wir quietschten vor Vergnügen. Onkel Otto war wieder da.

Onkel Ottos Kasperltheater

Mit Windeseile sprach sich im Vorderhaus Ottos Eintreffen herum, und alle Kleinen fanden sich in der Küche zur ersten Vorstellung ein. Onkel Otto kam mit einem Minimum an Figuren aus, und die Dialoge waren an Einfachheit nicht zu überbieten. Aber die bayerische Drehorgel, mit der er unter gewaltigem Stimmaufwand die Vorstellung eröffnete, ließ uns vor Aufregung erzittern. Nie mehr haben wir so dramatische Watschenkämpfe zwischen Kasperl und Teufel erlebt. Das klatschte, krachte und wogte, von gräßlichen Verwünschungen begleitet, hin und her. Der Teufel drohte dem Kasperl vergeblich »Du mußt

Tante Emmy und Onkel Otto

mit mir in die Hölle fahren, auf einem eisernen Schubkarren«. Am Ende fuhr er, wie kein Teufel vor oder nach ihm, mit einem Getöse sondergleichen selbst in die Hölle.
Dann ertönte hinter der Bühne unter Gurgeln und Zischen Ottos Stimme: „Achtung, Achtung meine Damen und Herren! Jetzt kommt unter Riesenelefant. Er muß gleich Wasser lassen! Kinder und Nichtschwimmer auf die Galerie!"
Wir waren hingerissen. Die kleine Erna kletterte nach der Vorstellung ganz mitgenommen die Treppe im Vorderhaus hinauf. »Nein so ein Kasperltheater hab' ich noch nie gesehn«, wiederholte sie immer wieder. Sie sprach uns allen aus der Seele.

Ein geräuschvoller Gast

Aber es blieb nicht beim Kasperltheater. Oma Mattessohn füllte die größte Pfanne mit Makkaroni und Leberkäswürfeln und mußte doch angstvoll zuschauen, wie alles im Nu und ohne äußere Anzeichen von Sättigung in Ottos unergründlichem Magen verschwand. Auch sein Durst war unstillbar. Zum Glück beschränkte er sich auf Apfelmost, den Vater Münch damals zum Preis von 14 Pfennigen pro Liter in kleinen Holzfässern aus Ortenburg, dem Stammsitz der Mattessohn bezog. Die Treibwirkung mehrerer Liter Most pro Tag ließ nicht auf sich warten. Onkel Otto besetzte ausgiebig das eigentlich für die Gäste des Weinstüberls reservierte Kabinett, und wie weiland Ludwig der Vierzehnte ließ er die ganze Brunngasse 11 an den Geräuschen seiner Verrichtung teilnehmen, ja er begleitete jeden Ton mit aufmunternden Ausrufen. Oma Mattessohn war entsetzt, aber um keinen Preis der Welt hätte ihr Otto auf seine »Entschlackungskuren« verzichtet.

Die Mittagsruhe verbrachte Otto in der abgelegensten Kammer des Hinterhauses. Vergeblich, denn er röhrte, daß alle Fenster zitterten. Einmal wurde er dringend am Telefon verlangt, und Mutter Luise schickte das Lehrmädchen Herta, um ihn aufzuwecken. Diesen Auftrag wird sie ihr Leben lang nicht vergessen. Von bangen Vorahnungen erfüllt, näherte sich Herta der Kammer und klopfte erst ganz zaghaft, dann immer lauter und am Schluß mit Donnerschlägen an die Tür. Otto schnarchte unentwegt weiter. Herta trat zitternd ein und rief mit lauter Stimme, »Herr Mattessohn, Telefon«. Auch dies und der folgende Ruf direkt in sein Ohr blieben wirkungslos. Da hielt sie ihm mit dem Mut der Verzweiflung einfach die Nase zu. Der Sauerstoffentzug wirkte sich augenblicklich und fürchterlich aus. Der Otto gurgelte und fuhr mit einem Grunzer hoch, der Herta durch Mark und Bein ging. Sie flüchtete schreiend aus der Kammer und fiel mehr als sie lief die Hintertreppe hinunter, während Otto wegen der gestörten Mittagsruhe unentwegt hinter ihr her schimpfte. Ganz verschreckt bat sie Mutter Luise, den Herrn Mattessohn in Zukunft lieber persönlich aufzuwecken.

Der Briefmarkensammler

Otto war von Kindheit an ein fanatischer Briefmarkensammler und nannte eine komplette Bayernsammlung mit vielen Varianten des begehrten Schwarzen Einsers sein Eigen. Alles andere war nur Beiwerk, wurde jedoch mit ebensolchem Fanatismus als Tauschware gehortet.

Mit einer Reihe von befreundeten Sammlern schloß er einen Erbvertrag auf Gegenseitigkeit, und jedesmal, wenn einer starb, wurde dem Otto das traurige Ableben des Freundes durch die Erweiterung seiner schon stattlichen Sammlung versüßt.
Eines Tages übergab ein alter Herr, der regelmäßig im Weinstüberl verkehrte, Mutter Luise eine ansehnliche, wenn auch völlig ungeordnete Sammlung mit der Bitte, der Herr Mattessohn möge sie sich doch einmal anschauen. Das tat der Otto lang und gründlich. Erst viel später kam der alte Herr ganz verlegen zu Mutter Luise und meinte, er vermisse einiges in seiner Sammlung. Der Herr Bruder könnte ja aus Versehen.... Mutter Luise schloß eine solche Möglichkeit empört und kategorisch aus, versprach aber, bei Gelegenheit nachzufragen. Dabei fiel sie aus allen Wolken. »Frag' nicht so dumm«, fauchte Otto sie an. »Die paar Marken sind in meiner Sammlung endlich am richtigen Platz. Nur da haben sie ihren Wert und werden in Ehren gehalten.« Mutter Luise wunderte sich, daß in diesem Zusammenhang der Begriff »Ehre« auftauchte. Sie wollte weiter in ihn dringen, aber da fuhr er sie so grob an, »hast was gsagt«, daß ihr das Wort im Halse stecken blieb. Der alte Herr war sich zu fein und vielleicht auch nicht interessiert genug, um noch einmal nachzufragen. Dadurch ersparte er der armen Mutter Luise eine Lüge, aber sie konnte ihm nie mehr ohne Scham in die Augen schauen. Tief betrübt beichtete sie mir eines Tages die Untat. Seitdem begegne ich allen fanatischen Sammlern mit einem gewissen Mißtrauen.

Kuckuck, Kuckuck, rufts aus dem Wald

Gelegentlich besuchte Vater Münch, mehr von Emmys Charme als von Schwager Otto angezogen, das junge Paar in München oder Holzkirchen, wo sie kinderlos und in bescheidenen Verhältnissen lebten. Einmal fiel ihm die Emmy schon an der Wohnungstüre besonders liebevoll um den Hals, aber ehe sich Vater Münch so richtig darüber freuen konnte, erfaßte sein Jägerblick den Kuckuck, der überall an den Einrichtungsgegenständen klebte. Schweren Herzens zog Vater Münch einen Hundert-Mark-Schein aus der Brieftasche ans Tageslicht, um als bejubelter Retter in der Not wohl oder übel das Mobiliar wieder auszulösen.

Otto der Regierungsrat

Wechselfälle und Rückschläge begleiteten zeitlebens Ottos Werdegang. Schon beim Militär brachte er es nur bis zum Unteroffizier. Vergeblich drang Oma Mattessohn furchtlos bis zum Standortkommandanten in Passau, einem evangelischem Glaubensgenossen, vor und stellte ihm die bohrende Frage: »Herr Major, warum wird mein Sohn nicht befördert?« Sie wußte nicht, daß eine Beförderung mit besonders hartem Fronteinsatz verbunden gewesen wäre. Der Herr Major fragte zurück, »Frau Mattessohn, wollen sie einen beförderten oder einen lebenden Sohn?« Oma Mattessohn blieb die Antwort schuldig und trippelte unverrichteter Dinge in die Brunngasse zurück.
Auch sein Studium der Agronomie stand unter einem Unstern. Schon als Praktikant auf einem Bauernhof war er wegen seines maßlosen Appetits gefürchtet. Sobald ein Huhn gackerte, rief die Bäuerin, »Leni d'Hen hat gagazt, ram' d'Oa weg, sonst saufts da Praktikant wieder aus!«(Leni, die Henne hat gegackert, räum die Eier weg, sonst säuft sie der Praktikant wieder aus).
Es kam schlimmer. Deutschland verlor den Krieg sowie seine Kolonien, und der Otto somit das angestrebte Betätigungsfeld. Mühsam kam er in der Arbeitsamtsverwaltung unter. Nach langen, frustrierenden Dienstjahren an kleinen oberbayerischen Ämtern war es eines Tages endlich soweit. Oma Mattessohn verkündete feierlich, »der Otto ist Regierungsrat« und fügte triumphierend hinzu, »jetzt ist er hoffähig und wir sind geehrt durch ihn«. Das war Vater Münch zuviel. »Ja, besonders durch den Kuckuck und die Briefmarkensammlung«, spöttelte er, war aber trotz Omas scharfer Nachfrage nicht bereit, den tieferen Sinn seiner Worte zu erläutern.
Stramm deutsch national gesinnt, hatte sich Otto nach dem ersten Weltkrieg bei verschiedenen Freikorps auch unter Ritter von Epp herumgeschlagen, während andere ihr Studium fortsetzten. So kam er beruflich ins Hintertreffen. Vater Münch betrachtete ihn als ein warnendes Beispiel, das er uns unaufhörlich vor Augen hielt. Selbst sein Eintritt in die SA einige Jahre nach Hitlers Machtübernahme brachte keinen Karriereschub. Im zweiten Weltkrieg schaffte es Otto immerhin bis zum Kriegsverwaltungsrat, aber seine eigene Skepsis wuchs. 1944, als ich schon selbst Soldat war, trafen wir uns auf dem Passauer Bahnhof zwischen zwei Zügen. Er nahm mich zur Seite und warnte mich eindringlich vor jeglicher Profilierung. »Der Krieg ist verloren«, sagte er. »SS und selbst Wehrmacht haben große Schuld auf sich geladen. Wir werden dafür zur

Verantwortung gezogen werden. Es wird eine schreckliche Abrechnung geben. Du bist noch jung, daher halte Dich raus, wo Du kannst!« Diese Warnung hat mich gerade deswegen besonders beeindruckt, weil ich sie von ihm nicht erwartet hatte.
Der Otto kehrte aus dem Krieg nach München zurück, blieb beruflich in Ungnade und ging unbefördert in den Ruhestand. Im Alter nahm er gewaltig an Leibesumfang zu, und seine Stimme dröhnte lauter als je zuvor. Sein Korps lud ihn regelmäßig zum Oktoberfest ein, und dort wurde er zur Legende. Das letzte Mal saß er dort mit seiner Emmy vom Nachmittag bis in die Nacht. Beide verzehrten zusammen drei ganze Brathendl und tranken zwanzig Maß Bier, eine Leistung, die umso bewundernswerter war, als Emmy zu der Zeit nur noch über ein Drittel Magen verfügte. Mutter Luises angstvolle Warnung, an seine Gesundheit zu denken und sich zu mäßigen, schlug er in den Wind. Kurze Zeit später verschied er schon mit siebzig unerwartet an Herzinfarkt. Die kostbare Bayernsammlung gelangte in fremde Hände und ist inzwischen wer weiß wohin gewandert. Dieses Mal war Otto an der Reihe, einem Freund durch seine eigene Sammlung den Abschiedsschmerz zu versüßen.

Kostspielige Überschwemmung

Mit neun Jahren durfte ich nach langem Drängen zum ersten Mal unter Leitung des alten Sportlehrers Balzer nach Oberfrauenberg zum Schifahren und kehrte aus der neuen Welt des Telemarks und Kristianias stolz in die vorweihnachtliche Brunngasse 11 zurück.
Schüchtern, wie ich war, ließ ich, um den neugierigen Blicken der Kunden und des Weinstüberls zu entgehen, den vollen Laden rechts liegen und ging durch den langen Hausgang bis zum Gittertor am Hinterhof. Dort rief ich solange, bis mein Vater aus dem Keller herbeieilte und mir aufsperrte. Wohlgefällig musterte er mich in meiner neuen Schiausrüstung und ließ mich trotz meines Protestes unter Drehen und Wenden im Hinterhof auf und ab paradieren. Dabei hatte er völlig vergessen, daß im Keller eine Fünfliterflasche unter dem offenen Hahn des Blutorangelikör-Fasses stand und längst übersprudelte. Als er, gräßliche Verwünschungen ausstoßend in den Keller spurtete, war das Faß fast leer, und auf dem Betonboden stand ein betäubend duftender See. Auch über mir öffneten sich alle Schleusen väterlichen Zorns. Ich flüchtete schleunigst über die Hintertreppe, ließ die Schier fallen, zog eine Kellerschürze über, und stellte mich zur Schadensbegrenzung tapfer dem tobenden Vater zur Seite.

Der machte sich ans Werk und wurde dabei langsam ruhiger. Mit einem Brecheisen hob er die schwere Eisenplatte im Vorkeller aus den Fugen, die einen tiefen Brunnenschacht bedeckte. Der Brunnen besteht noch heute. Vater Münch behauptete, stets unwidersprochen, daß die Brunngasse nach unserem Brunnen benannt sei, aber in dieser Situation stand ihm nicht der Sinn danach.

Er nahm eine leere Fünfliterflasche, befestigte eine starke Schnur an ihrem ausgestülpten Hals und senkte sie vorsichtig in den Brunnen ab. Der übergelaufene Likör hatte sich glücklicherweise hinter der hohen Türschwelle gestaut, weil es im Likörkeller, wo selten ein Tropfen daneben ging, keinen Abflußkanal gab. Er führte einen dünnen Schlauch vom Likörsee in die abgesenkte Flasche, und mithilfe der Sogwirkung des natürlichen Gefälles konnte er nach und nach zwei Fünfliterflaschen mit dem kostbaren Getränk füllen. Zweimal gefiltert lagerte der gerettete Teil des Blutorange-Likörs schließlich kristallklar in einer großen Korbflasche.

Dennoch hätte Vater Münch nicht im Traum an eine kommerzielle Wiederverwendung gedacht. Noch bohrte tiefer Schmerz in ihm. »Das Weihnachtsgeschäft ist gelaufen«, jammerte er. »Wir werden heuer umsonst arbeiten!« Die herzlosen Schenkzimmergäste lachten ihn aus. Für sie war das Mattessohn-Spirituosengeschäft selbst gegen besseres Wissen schon immer eine Goldgrube.

Bei Onkel Otto löste der Vorfall einen Jubelschrei aus. Er erschien umgehend mit seinem großen Rucksack und schleppte die Korbflasche nach München ab. »Ausschließlich zum persönlichen Gebrauch und auf eigene Verantwortung«, schärfte ihm Vater Münch ein. Dem Otto bekam der Likör blendend, und schneller als wir uns träumen ließen lieferte er den leeren Ballon wieder in der Brunngasse ab. »Hoffentlich war das nicht die letzte Überschwemmung«, grinste er.

Leider sollte sein Wunsch tatsächlich in Erfüllung gehen.

Erdbeben und Überschwemmung

Einige Jahre später, es war noch in der Vorkriegszeit, kam uns die alte Mari, die ihr Zimmer direkt über dem Weinkeller hatte, schreckensbleich entgegen und berichtete von einem angeblichen Erdbeben in der Nacht. Das ganze Haus hat gezittert, meinte sie. Als wir den Weinkeller aufsperrten, wunderte uns das nicht mehr. Gräßliches war geschehen.

Wie immer in der Vorweihnachtszeit hatte sich der viel zu kleine Keller allmählich bis zur Decke mit Weinen und Spirituosen gefüllt. Zu-

unterst lagerten auf Kniehöhe bereits angezapfte oder noch versiegelte Fässer, und an den Wänden, hoch darüber, türmten sich auf Holzregalen die vollen Weinkisten. So standen sie jedes Jahr um diese Zeit seit Jahrzehnten. Auf einer konnte man noch, von zittriger Hand unseres längst verstorbenen Großvaters verfaßt, »Nierensteiner« lesen. Es war, als sei er noch immer im Keller mit dabei.
Als die oberen Regale zum Bersten voll waren, prüfte Vater Münch die Tragebalken und meinte zuversichtlich, da habe noch viel mehr Platz. Leider rechnete er nicht damit, daß einer der Mauerhaken, die die Balken hielten, aus der Wand brechen würde. Als das mitten in der Nacht geschah, kippten die schweren Kisten nach vorne und in die Tiefe. Zu allem Unglück fielen sie auf zwei darunter liegende Fässer mit Wermut und Rum. Die Wucht des Aufpralls riß die Fässer aus ihrem Lager. Sie stürzten auf den Boden, dabei brachen die Faßhähne aus und jeweils hundert Liter Rum und Wermut ergossen sich über das Schlachtfeld einer unbekannten Zahl von zersplitterten Weinflaschen. Dieser See war im Vergleich zum Blutorange-Tümpel ein Ozean.
Im hinteren Weinkeller sah es aus als sei eine von Vater Münchs legendären Handgranatenkisten tatsächlich mit voller Ladung explodiert. Er war zutiefst getroffen. Dieses Mal konnte er zu allem Unglück nicht einmal eine Teilschuld auf mich abwälzen. Mir wurde er fast unheimlich, denn er war so verzweifelt, daß er nur noch leise vor sich hinschimpfte.
Trotz seiner Bedenken schaufelte ich das abenteuerliche, eher an eine Medizin erinnernde Gemisch mit einer flachen Schüssel in ein altes Faß und ließ es zweimal durch den Filter laufen. Niemand hätte Onkel Otto daran hindern können, sich bis zum letzten Tropfen daran zu laben.
Kein Wunder, daß sich seine Besuche häuften. Aber jedes Faß geht einmal zu Ende, und neue Katastrophen blieben Gott sei Dank zunächst aus. Aus Schaden klug geworden, beauftragte Vater Münch den alten Bauarbeiter Fritz aus Kohlbruck, eine schmale Mauer hochzuziehen, auf der die Balken jetzt sicher ruhten.
Als der Otto wieder einmal erschien, erlaubte sich seine Schwester Luise, krank zu sein, sodaß ihm nicht die gewohnte Aufmerksamkeit zuteil wurde. Das passierte ihm kurze Zeit später noch einmal, weil die arme Luise nach einem Fehltritt die Treppe vor der Nibelungenhalle hinuntergestürzt war und längere Zeit mit einer Gehirnerschütterung das Bett hüten mußte. Als Otto ahnungslos in der Brunngasse aufkreuzte und die schlechte Nachricht erfuhr, erstarb ihm das übliche Begrüßungshallo auf den Lippen. Er wurde fuchsteufelswild. »Dauernd muß man

in diesem Haus Unangenehmes erleben«, fauchte er. »wie soll man sich denn da erholen?« Wütend rauschte er mit leerem Rucksack wieder nach München ab. Mutter Luise war nicht beleidigt, ja sie wunderte sich nicht einmal, denn sie kannte ihren Bruder. Erschreckt hätte er sie höchstens, wenn er statt abzureisen besorgt an ihr Bett geeilt wäre.

Vater Münchs Jugendtraum

Von frühester Jugend an hegte mein Vater den glühenden Wunsch, Förster zu werden. Hierfür war aber zumindest die mittlere Reife erforderlich. Nur widerstrebend erlaubte ihm Großvater Georg den Besuch des Hersbrucker Gymnasiums, weil bereits der ältere Bruder Hans für den Lehrberuf vorgesehen war und Karl daher die Faßbinderei übernehmen sollte. Schon im dritten Gymnasialjahr ging der Förstertraum jäh zu Ende. Der kleine Münch stand an jenem denkwürdigen Tag vor dem Unterrichtsbeginn frohgemut auf dem Lehrerpodium und deklamierte unter großem Beifall seiner Klassenkameraden das Spottgedicht vom armen Dorfschulmeisterlein:
»Wenn er dann auf der Kirchweih ist, da sollt Ihr sehn wie er frißt, wie er frißt. Was er nicht frißt, das steckt er ein, das arme Dorfschulmeisterlein. Und wenn er dann gestorben ist, begräbt man ihn wohl auf dem Mist, der Hund setzt ihm den Leichenstein, dem armen Dorfschulmeisterlein«.
Leider hatte er im Eifer nicht bemerkt, daß der Klaßleiter bereits eingetreten war und mit zornrotem Gesicht zuhörte. Der ertappte Rezitator goß mit der verunglückten Entschuldigung, das Gedicht sei nicht persönlich gemeint, zusätzlich Öl aufs Feuer. Es setzte einen strengen Verweis. Daraufhin nahm Vater Georg seinen ungezogenen Sprößling mit der wenig einleuchtenden Begründung »benehmen kann sich jeder Sauhirt« von der Schule. So landete er wieder in der ungeliebten väterlichen Faßbinderei und mußte ein schon damals sterbendes Handwerk erlernen. Das hat er seinem Vater nie verziehen.

Jagdfreuden in Niederbayern

Erst lange Zeit später – in Passau – konnte Vater Münch daran denken, die Jagd wenigstens als Sonntagsjäger auszuüben. Sie wurde seine große, lebenslange Leidenschaft. Salzweg hieß sein Stamm-Revier. Dort war er viele Jahrzente vor und nach dem Krieg fester Jagdgast und später auch Mitpächter. Bald reichten die Wände des Weinstüberls nicht mehr aus, um alle Trophäen aufzunehmen. Nur die schönsten Sechserböcke, voran die prämierten »G'wichtl« erhielten einen dauernden Ehrenplatz und nahmen dort, von Nikotinschwaden gebeizt, allmählich eine goldbraune Färbung an. Die »Kimmerer« verbannte er in große Kartons. Aber auch von dort holte er sie von Zeit zu Zeit hervor und betrachtete sie liebevoll. Jeder erlegte Bock hatte seine besondere Geschichte, die Vater Münch unermüdlich seinen Gästen erzählte, ob man sie hören wollte oder nicht.

Ich habe ihn als Bub ab und zu auf der Jagd begleitet und mich stets gewundert, wie der eher banale Vorgang des Erlegens sich schon auf dem Weg zum Wirtshaus zu einem aufregenden Ereignis mauserte. Aber erst nach der ersten Maß beim Spetzinger lief Vater Münch zu absoluter Hochform auf. Am Biertisch lauschte man teils gebannt, teils skeptisch den verblüffenden Details, in denen der Erzähler schwelgte, während ich, der wohlweislich schweigende Augenzeuge, kaum noch Ähnlichkeiten mit dem ursprünglichen Ereignis wiedererkennen konnte. Das lag nicht zuletzt daran, daß sich Vater Münch eine umfangreiche Jagdbibliothek zugelegt hatte und gelesene Geschichten so kunstvoll mit erlebten mischte, daß er nach wiederholtem Erzählen selbst nicht mehr zwischen Wirklichkeit und Dichtung unterscheiden konnte. Daher reagierte er ehrlich empört, wenn jemand den Wahrheitsgehalt seiner Geschichten in Zweifel zog.

Die arme Mutter Luise wurde selbst noch im Ehebett mit Jagdgeschichten berieselt. Eine Zeitlang war Vater Münchs Lieblingsausdruck »dieses herrliche Gebäude«. Als er zum zehnten Mal ansetzte: »Dann trat der Bock aus der Deckung und stand da, Luis', Du glaubst es nicht, was für ein herrliches Gebäude«, verlor selbst seine sanfte Luise die Fassung. Erstens war sie gerade am Einschlafen und zweitens rätselte sie noch immer, ob mit »Gebäude« die Gestalt oder das Gehörn des Rehbocks gemeint war. »Hör' endlich auf mit Deinem ewigen ‚Gebäude'«, fuhr sie ihn an. »Das wird ja immer größer. Dein Bock ist inzwischen anscheinend schon zweistöckig oder gar ein Elefant.«

Tiefbeleidigt ob soviel Unverständnis drehte sich Vater Münch zur Seite und seiner Luise das schwerhörige rechte Ohr zu. Endlich trat Stille im Schlafzimmer ein. Mehrere Tage vergingen, bis sich der verschreckte Bock wieder aus der Deckung wagte.

Ebenso kränkte ihn, wenn ihm seine Blattschüsse aus großer und während des Erzählens noch ständig wachsender Distanz nicht abgenommen wurden. Manchmal fielen die Zuhörer im Wirtshaus reihenweise und schonungslos über ihn her. Dann rief er in der Not den treuen

Freund an seiner Seite, den Jagdaufseher Thomas Lippl, genannt Damerl, als Zeugen an. Der ließ ihn nie im Stich. Wenn es einmal selbst dem Damerl zu dick aufgetragen war, dann schwieg er eben und lächelte unergründlich in seinen Schnauzbart hinein.

Das Nasentröpferl

Die Krönung eines jeden Pirschgangs bildete der anschließende Wirtshausbesuch. Am Spetzinger führte beim besten Willen kein Weg vorbei. Erstens gehörte zu dem stattlichen Wirtshaus ein so bedeutender Grundbesitz, daß der Spetzinger bei der Jagdvergabe ein entscheidendes Wort mitzusprechen hatte, und zweitens konnte dort der unerträgliche Durst auf köstliche Weise gestillt werden.
Gewöhnlich betrat Vater Münch mit seinem Lieblingsausspruch, »einen Bach könnt' ich aussaufen«, den treuen Damerl an der Seite, das Gasthaus, freundlich begrüßt von der Spetzingerin und vom alten Wirt. Vater Münch und der alte Spetzinger mochten sich. Der Wirt liebte Münchs Jagdgeschichten und noch mehr seine Hersbrucker Streiche. Beide hatten eine gemeinsame Schwäche für Volkslieder. Wenn der alte Spetzinger in Stimmung war, sang er für meinen Vater mit leicht zittriger, aber noch immer wohllautender Stimme »Ich habe den Frühling gesehen, ich habe die Blumen gegrüßt«. Vater Münch hörte aufmerksam zu und wunderte sich, daß der alte Wirt nach einem langen Leben in rauher Umgebung noch so zarter Regungen fähig war.
Wieder einmal hatten sich Vater Münch und der Damerl durstig in ihrer Stammecke niedergelassen, und schon schlurfte der alte Wirt vornübergebeugt mit einer frischen Maß herbei. Der Gang zum Freund mit der ersten frischen Maß war ihm Ehrensache. Wohlgefällig ruhte Vater Münchs Blick auf dem nahenden Freudenquell. Aber sein Jägerauge erspähte Unheil. Unter Spetzingers riesiger, blauroter Nase hing ein großer, glänzender Tropfen, der während des Anmarsches noch an Volumen zunahm und schnupftabakgesprenkelt in allen Farben schillerte. Vater Münch stockte der Atem. Er dachte gerade noch »der wird doch nicht...«, da war die Katastrophe schon eingetreten. Durch die Erschütterung beim Aufsetzen des Kruges auf den Tisch hatte sich der Tropfen gelöst und war mitten in den Krug gefallen. Dort ruhte er, nun etwa pfennigstückgroß, im sonst blütenweißen Schaum.
Was tun? Vater Münchs Gehirn arbeitete fieberhaft. Den Krug zurückzuweisen war ausgeschlossen. Das hätte eine Freundschaft zerstört. Schon richtete sich des alten Wirtes Auge erwartungsvoll auf den

Vater Münch mit Jagdaufseher Damerl

Freund. Der Eröffnungsschluck war fällig. Vater Münch umklammerte mit beiden Händen verzweifelt den Krug. Dabei kam ihm eine rettende Idee. »Damerl, trink Du an, mir's zu kalt, ich bin nämlich erkältet«, forderte er den nichtsahnenden Jagdgefährten an seiner Seite auf. Der senkte bereitwillig seinen gewaltigen Schnauzbart in den Krug, und das Tröpferl verschwand mit leisem Zischen auf Nimmerwiedersehen. Mutter Luise war nicht die einzige, die das angebliche leise Zischen für unglaubwürdig hielt und als reine Erfindung zurückwies. Am meisten ärgerte sie aber, daß Vater Münch die Tröpferlgeschichte unaufhörlich und am liebsten zu Beginn einer Mahlzeit, gleichsam als Aperitif, nichtsahnenden Gästen zum besten gab. Ihr lauter Protest war jedoch nicht nur vollkommen nutzlos, ja er bewirkte sogar das Gegenteil. Denn nichts in der Welt hätte Vater Münch, wenn er erst einmal angesetzt hatte, davon abhalten können, diese oder eine andere seiner Lieblingsgeschichten zu erzählen. – Wo immer er jetzt weilt, wird er sich darüber freuen, daß das Nasentröpferl nunmehr breiten Kreisen zugänglich geworden ist.

Nahe am Tod vorbei

Anfang der Dreißiger Jahre war Vater Münch, das ließ sich nun nicht mehr leugnen, ein ganz erfolgreicher Passauer Geschäftsmann geworden. Uns Kindern gegenüber verheimlichte er diesen Umstand sorgfältig und war umso mehr darauf bedacht, daß wir uns der verehrten Kundschaft gegenüber in Aufmerksamkeit und Demut übten.
Plötzlich spielte ihm die Gesundheit einen Streich. Vermutlich vom vielen Stehen im kalten Keller hatte er sich eine Venenentzündung geholt und nur halb auskuriert. Eine Embolie war die Folge, der Blutpfropf blieb im Herz stecken. Vater Münch fiel in der Brunngasse 11 ohnmächtig vom Stuhl und wurde mehr tot als lebendig zu Dr. Hellge, dem damaligen Gott in Weiß der Stadt Passau, gebracht. Aber selbst der war machtlos. Doch dann entschied ein Größerer, daß Vater Münchs Uhr noch nicht abgelaufen war. Der Pfropf besann sich eines besseren, zwängte sich durch die Herzkammern und verschwand irgendwo im Körper, nicht ohne einen gewaltigen Herzklappenschaden zu hinterlassen.
Begleitet von einem Teil der Familie – ich war glücklicherweise nicht unter den Auserwählten – trat Vater Münch eine längere Kur in Bad Nauheim an. Ich schließe nicht aus, daß man ihn dort noch heute in schrecklicher Erinnerung hat. Er war kurz gesagt unleidlich, hielt sich an keinerlei Anweisung und sah in allem entweder ein Attentat auf sein Leben oder zumindest auf seinen Geldbeutel. Nur sein Appetit soll vorzüglich, wenn auch ständig von Diätvorschriften bedroht gewesen sein. Aber da blieb er eisern. »Was ich teuer bezahlen muß, das eß' ich auch« war eine seiner Devisen, mit denen er die Krankenschwestern in Harnisch brachte.
Hingegen fand der Kurarzt bei ihm ein offenes Ohr. Von ihm übernahm Vater Münch den gemessenen »Nauheimer Bade- und Herzschritt« und den Grundsatz absoluter Gemächlichkeit gegenüber jedem und unter allen Umständen. Dieser Maxime ist er mit einer einzigen Ausnahme, auf die ich noch zurückkomme, bis an sein Lebensende treu geblieben. In dem Maße, in dem er sich und sein krankes Herz schonte, entwickelte er zum Ausgleich eine erstaunliche Fähigkeit, andere für seine Dienste zu Schnelligkeit und Höchstleistung anzuspornen.

Einmal brachte ich ihn zum Zug nach Nürnberg. Erst wenige Minuten vor der Abfahrt fiel ihm auf, daß er seine Reisetasche vergessen hatte. »Los, Karl, das schaffst Du noch«, feuerte er mich an, »denk an Nurmi!« Ich hetzte wie ein Rasender in die Brunngasse und mit dem Rad an der Donaulände entlang zum Bahnhof zurück. Im Endspurt konnte ich ihm den Koffer noch ins Fenster des bereits anfahrenden Zuges reichen. – Vater Münch winkte erleichtert zurück. Den freundlichen Abschiedsblick hatte ich mir sauer verdient.

Aufregende Hasenjagd

Regelmäßig im Spätherbst geriet Vater Münch in ein schweres Dilemma. Einerseits nahm die Kellerarbeit zu, weil für das große Weihnachtsgeschäft fabriziert und abgefüllt werden mußte, andererseits lockten zahlreiche Einladungen zur Hasenjagd in der Umgebung. Aber Vater Münch blieb standhaft. Schließlich wußte er, was er dem Geschäft und seiner Familie schuldig war. Jedoch seine Unruhe in Keller und Weinstüberl wuchs. Immer wieder prüfte er das winzige Stück Himmel über dem Hinterhof der Brunngasse 11 und stellte – natürlich ohne jeden Hintergedanken – Wetterprognosen für die kommenden Tage auf. Dann äußerte er zunehmend die Befürchtung, die anderen Jagdpächter könnten ihn vermissen und deswegen beleidigt sein. Als erste erbarmte sich Mutter Luise und drängte ihn, die Einladung anzunehmen. Am Ende redete die ganze Familie mit Ausnahme der Schwiegermutter auf ihn ein, um seine letzten Bedenken zu zerstreuen. Die alte Mari holte Rucksack und Gewehr. Scheinbar noch sorgenvoll, den Pflichten zugewandt, im Geiste aber schon weit draußen in Wald und Flur, brach Vater Münch zur Hasenjagd auf. Nichts liebte er mehr als die damaligen Treibjagden, als es noch überall von Hasen wimmelte und die eingeladenen Schützen oft zum Schuß kamen.

Eines Tages war es wieder so weit. Vater Münch hatte gemächlich seinen Stand im Kessel bezogen. Er schob zwei Schrotpatronen in die Doppelflinte, entsicherte und hörte mit genüßlich wachsender Spannung, wie das Hurraxdax der Treiber lauter wurde. Plötzlich flitzte ein Hase genau in der richtigen Distanz quer über die Herbstwiese. Vater Münchs Flinte schwenkte mit gewohnter Routine in die Laufrichtung ein und – der Geschwindigkeit des Hasen angepaßt – darüber hinaus, dann zog er durch. Meister Lampe rollierte und blieb im Feuer liegen.

Vater Münch lächelte zufrieden, wartete vorsichtshalber noch einige Minuten auf etwaige weitere Hasen und ging dann im gewohnten Nauheimer Herzschritt langsam auf seine Beute zu. Als er kurz davor stand, stockte ihm der Atem. Gleich neben dem toten Hasen lag im Gras hingestreckt ein lebloser Bub.
Vater Münch war erst wie vom Schlag gerührt, dann lief er in Panik zu dem nahegelegenen Gehöft. Vergessen war der Nauheimer Schonschritt. Das Herz klopfte ihm bis zum Hals. Im Laufen dachte er die ganze Zeit, »lieber Gott, wenn der Bub tot ist, dann laß mich auch sterben.« Nach Luft ringend stolperte er ins Bauernhaus, »kommts, da draußen liegt ein Bub, der rührt sich nicht mehr!«

Schreckgelähmt heftete sich die ganze Familie an Vater Münchs Fersen. Die Bäuerin wimmerte unentwegt, »mein Buam hams erschossen!«. Die Sekunden bis zum Schauplatz des tragischen Geschehens dehnten sich zur Ewigkeit. Als sie endlich dort anlangten, lag der Hase noch da, der Bub war jedoch wie vom Erdboden verschluckt. Ratlosigkeit machte sich breit. Dem Bauern dämmerte als erstem ein Verdacht. Alle hasteten zum Hof zurück und stöberten nach fieberhafter Suche den Buben im Heuboden auf. Der hatte eine große Beule am Hinterkopf, aber er weinte eigentlich nur noch aus schlechtem Gewissen und Angst vor der drohenden Tracht Prügel. Daß sie ausblieb, war seine größte Überraschung.
Der ganze Hergang konnte dann schnell geklärt werden. Der Bub hatte sich zu Beginn der Jagd trotz strengsten Verbotes aus dem Haus geschlichen und in eine flache Mulde gelegt, um das Jagdgeschehen mitzuverfolgen. Als der Hase hinter ihm vorbeilief, traf ihn ein einziges Schrotkorn aus Vater Münchs Flinte am Hinterkopf. Er verlor für einige Minuten das Bewußtsein, und als er wieder aufwachte, verkroch er sich schuldbewußt in der Scheune. – Die Erleichterung aller Beteiligten konnte selbst Vater Münch, wenn er später die Geschichte erzählte, nie in adäquate Worte fassen.
Lange nach dem Krieg rief er mich einmal schmunzelnd in den Laden zu einem stattlichen Mann mit bereits gelichtetem Haar. Ich durfte einen winzigen Höcker am Hinterkopf betasten, auf den der Besitzer sichtlich stolz war: Das Schrotkorn war noch immer da, hat aber seit dem Einschlag nie mehr gestört.

Ansitzen mit Trauerflor

Im Sommer störten Schwärme von Bremsen und Mücken Vater Münchs Wohlbefinden schon beim Anmarsch und erst recht in Ruhestellung auf dem Hochsitz, indem sie schamlos ihre gierigen Saugrüssel in seine weiße Alabasterhaut, auf die er so stolz war, senkten. Denn, seiner Zeit auch in dieser Hinsicht weit voraus, setzte Vater Münch seinen Körper nie der Sonne aus. Beim Baden in der Stromlänge oder in der Oberilzmühle ruhte er stets im Schatten, seine brennende Brasil-Zigarre lag weitab seitlich im Gras. Wenn andere Badegäste mit nackten Füßen darauf traten und vor Schmerz hoch in die Luft sprangen, zeigte er wenig Mitleid, wohl aber, falls er es für angebracht hielt, gelegentlich durchaus Anerkennung: »Donnerwetter, ein Meter vierzig aus dem Stand, mein Kompliment!« Dann wunderte er sich, daß die Betroffenen selten geschmeichelt reagierten.
Zurück zu Vater Münchs Alabaster-Haut. Ein Mückenschleier sollte Abhilfe schaffen. Da es damals so etwas in Passau nicht gab, wurde Mutter Luise beauftragt, bei der Hutkönigin einen Damenschleier zu besorgen. Sie kehrte nach längerem Suchen mit einem dunklen Trauerflor zurück, den Vater Münch zunächst mit Stirnrunzeln entgegennahm. Schließlich stellte sich aber heraus, daß die Sicht unter dem Schleier besser war als vermutet.
Einige Tage später bestieg Vater Münch in abenteuerlicher Vermummung seinen Hochsitz in Salzweg. Er hatte sich den dunklen Schleier über den Kopf bis auf die Brust gezogen und den Jagdhut darauf gestülpt. Wohlgerüstet wartete er in der langsam heraufkommenden Abenddämmerung auf einen heraustretenden Bock. Statt dessen ließ sich zu seiner Enttäuschung ein Liebespaar am nahen Waldrand nieder und begann immer lauter zu turteln. Da sich kein Ende des Liebesspiels absehen ließ, stieg Vater Münch ergrimmt von seinem Hochsitz, pirschte sich nahe an das Paar heran, streckte den verschleierten Kopf aus dem Gebüsch und machte durch diskretes Räuspern auf sich aufmerksam.
Die Wirkung war durchschlagend. Das Pärchen fuhr entsetzt hoch und suchte schreiend das Weite, ehe sich Vater Münch als Jäger zu erkennen geben und beruhigend auf die Erschrockenen einwirken konnte. Kopfschüttelnd kehrte er auf seinen Sitz zurück und harrte dort vergeblich aus, bis die Nacht angebrochen war. Liebespaar und Rehbock waren wie vom Boden verschluckt. Da sich der Schleier sehr schnell als wenig abschreckend für die geflügelten Blutsauger erwies, jagte Vater

Münch bald wieder ohne Trauerflor und war froh, daß ihn außer den Verliebten niemand in dem lächerlichen Aufzug gesehen hatte. Dennoch munkelte man in der ganzen Gegend noch längere Zeit von einem gefährlichen, schwarz vermummten Wilddieb.

Der Damerl in Frauenhof

Aus Vater Münchs Jägerleben ist der Thomas Lippl, genannt Damerl, nicht wegzudenken. Der Damerl lebte mehr schlecht als recht mit seiner Familie von einem kleinen Anwesen in Frauenhof bei Salzweg. Auch seine Leidenschaft war die Jagd. Daher hatte er seit langem für kärglichen Lohn die Jagdaufsicht des Salzweger Reviers übernommen und übte sie bis an sein Lebensende mit größter Hingabe aus.

Vor der großen Flurbereinigung mußte ihn mein Vater oft auf einem seiner weitverstreuten, kleinen Ackerflecken aufspüren, wo er sich mit Frau und Kindern abrackerte. Wie Vater Münch sein Geschäft ließ er dann, obwohl ebenso zwischen Pflicht und Leidenschaft hin- und hergerissen, sein Feld im Stich, so ein Pirschgang lockte.

Wenn die beiden am Abend müde und hungrig in Damerls bescheidene Behausung einfielen, schleppte Frau Lippl einen großen Krug mit selbstgemachtem Most herbei. Die Karbidlampe in der rohgezimmerten Sitzecke wurde angezündet. In ihrem grellweißen, leise zischenden Licht schnitt der Damerl mit scharfer Klinge ein Rankerl Selbstgeräuchertes in hauchdünne Scheiben, die sich Vater Münch, getreu seinem Motto »dünn schneiden, hoch schichten«, auf deftigem Hausbrot reichlich einverleibte. Dann genehmigte sich die Bäuerin, nach einem Tag voll Mühe und Arbeit, ein Glas Zwölf Apostel Wein aus der Münch'schen Kellerei. Es wurde bedächtig über die Jagd und vieles andere diskutiert. Vater Münch erzählte alte, längst bekannte Geschichten, denen die Lippls immer wieder gern zuhörten, während Tochter Reserl, die junge Näherin, im Hintergrund die Nähmaschine schnurren ließ.

Statt dort zu nächtigen, schwang sich Vater Münch meist doch lieber auf sein Fahrrad, fuhr auf einsamer Feldstraße bis Salzweg und dann in langen Kehren die Hauptstraße zur Ilzstadt hinunter, um donauaufwärts dem heimatlichen Bett zuzusteuern. Im gastfreundlich angebotenen Paradebett der Lippls schwitzte sich nämlich Vater Münch unter dem prall gefüllten Oberbett fast zu Tode, und daß in Frauenhof die ganze Nacht ein Hund nach dem anderen anschlug, raubte ihm den Rest des Schlafes.

»Im grünen Wald, dort wo die Drossel singt«

Ich selbst wurde beileibe nicht zur Jagd geboren, und obwohl ich sie im Ausland gelegentlich ausübte, habe ich nie annähernd die Leidenschaft meines Vaters entwickelt, ja als Kind sogar einen Abscheu dagegen verspürt. Als ich gerade erst zwischen den Stühlen und Tischen im Hinterhof der Brunngasse 11 hin- und hertrippeln konnte, erfaßte ich zum ersten Mal die ganze Grausamkeit des Tötens.
Vater Münch sang unterstützt von willfährigen Begleitern oft und gern das traurige Lied vom sterbenden Rehlein. »Im grünen Wald, dort wo die Drossel singt, wo im Gebüsch das muntre Rehlein springt.« Mein lautes Weinen war umsonst. Beim Höhepunkt, »getroffen wars und sterbend lag es da,« ließ Vater Münch den gespreizten rechten Daumen an seinem Adamsapfel vibrieren, um seiner eher schwachen Stimme ein der Tragik angemessenes Tremolo zu entlocken. Dieses Tremolo raubte mir vollends die Besinnung. Vom Schmerz überschwemmt erfaßte ich gerade noch, daß hier in letzter Sekunde ein Mord verhindert werden mußte. Ich stieß gellende Schreie aus, warf mich zu Boden, strampelte mit den Füßen und schlug verzweifelt um mich, tiefer wissend, daß das Rehlein nicht mehr zu retten war. In meiner Unschuld ahnte ich damals nicht, daß mein Geschrei dem Lied in den Ohren dieser Barbaren besondere Würze verlieh und das Rehlein gerade deswegen immer wieder sterben mußte.
Allmählich – vielleicht war es Notwehr – verhärtete sich das Kinderherz. Es wuchs zudem in eine unaufhaltsam sich heroischer gebärdende Welt hinein. Kimme und gestrichenes Korn, erst mit Luftgewehr und dann mit Kleinkaliber. Ein richtiger Mann muß schießen können! Wir übten viele Nächte im Keller meines Freundes Helmut tief unter der Klingergasse und wurden allmählich gute Schützen. Vater Münch trug es mit erstaunlicher Gelassenheit, wenn er seinem »Lausbuben« gegenüber des öfteren den Kürzeren zog. Ab und zu durfte ich nun den Damerl auf seinen Pirschgängen begleiten. Ich verehrte ihn als großen Jäger und war stolz, wenn ich an seiner Seite das Gewehr tragen durfte. Einmal hätte ich dennoch beinahe seine Freundschaft verloren.

Die wildernde Dogge

Damerl und ich pirschten gerade an einem Waldrand entlang, als sich uns von rechts über eine große Wiese eine Rehgeiß mit Kitz in voller Flucht näherte, eine weiß-braun gefleckte Dogge dicht auf ihren Fersen. Wir erstarrten. Damerl deutete auf das Gewehr in meiner Hand und flüsterte zwischen den Zähnen, »mach Dich fertig«. In mir sträubte sich alles. Mit einer ablehnenden Geste streckte ich ihm das Gewehr hin. Da warf er mir einen vernichtenden Blick zu und zischte »Schoiß«! Jetzt gab es kein zurück mehr. Ich nahm mein Herz in beide Hände und hob das Gewehr. Gerade zog die wilde Jagd in etwa fünfzig Metern Entfernung an uns vorbei, das langsamere Rehkitz schon fast in den Fängen des keuchenden Hundes. Da stieß der Damerl einen gellenden Pfiff aus. Wie angewurzelt stand der Hund, nur die Rehe liefen weiter. Ich drückte ab, die Dogge gab einen letzten, langen Heulton von sich und brach tot zusammen.

Ich fühlte mich wie ein Mörder. Aber der Damerl ließ mir keine Zeit für Reuegefühle. Mit einem prüfenden Blick vergewisserte er sich, daß nach dem Schuß auf dem Gehöft oben am Berg alles ruhig blieb. Dann trieb er mich zu höchster Eile an. In wenigen Minuten war der Kadaver im Dickicht verscharrt und blieb so für immer spurlos verschwunden. Mit gutem Grund, denn seinen Besitzer hätte sich Damerl zum Todfeind gemacht und bei der nächsten Jagdvergabe todsicher seine Zustimmung verloren. So lebte der Damerl gezwungenermaßen gefährlich. Er wußte aus Erfahrung, daß nur auf diese drakonische Weise die wildernden Hunde der Bauern in Schach zu halten waren. Reue kannte er deswegen nicht. Die überkam ihn aus einem ganz anderen Grund.

Der Tod im Revier

Auf einer Hasentreibjagd wollte der Damerl gerade in einer abgelegenen Ecke des Reviers in Stellung gehen. In der Nähe stand ein Waldarbeiter bei seinem Pferdefuhrwerk. Der fuhr den Damerl grob an. »Verschwind', Du machst mir die Gäule scheu«. Darauf der Damerl, »auf meiner Jagd mach ich, was ich will«. Wütend ging der Holzknecht auf ihn los und versuchte, ihm die bereits geladene Flinte zu entreißen. Durch das Gerangel löste sich plötzlich ein Schuß, der den Angreifer auf kürzeste Entfernung in die Brust traf und ihn auf der Stelle tötete. Damerl, den man zunächst verdächtigte, absichtlich geschossen zu haben, wurde in der Gerichtsverhandlung von aller Schuld freigesprochen. Jeder, der ihn näher kannte, hätte die Hand dafür ins Feuer gelegt, daß der Damerl selbst im ärgsten Streit niemals einen Menschen erschießen würde. Dennoch war dieser Tod für ihn als tiefgläubigen Katholiken eine persönliche Tragödie. Von da an wurde der Damerl noch ernster und verschlossener. Einmal kam Vater Münch verspätet zum vereinbarten Treffpunkt im Revier. Da sah er den Damerl auf einer Lichtung knien und hörte, wie er den Herrgott um Vergebung seiner Schuld bat. Auch später hat Vater Münch den Damerl wiederholt betend im Wald angetroffen und sich jedesmal schleunigst zurückgezogen, um ihn nicht zu stören.

Als der Damerl starb, übernahm sein Sohn Loisl, ein gelernter Zimmerer, die Jagdaufsicht in Salzweg. Er war zwar aus gröberem Holz geschnitzt als der Damerl, aber den alten Jäger Münch hat er mit rührender Anhänglichkeit bis zu dessen Tod betreut. Heute ist der Loisl selbst nicht mehr gesund genug für die Jagd, aber die Jagdbücher aus der Bibliothek meines Vaters liest er und hütet sie wie einen kostbaren Schatz. Manche Geschichten werden ihm bekannt vorkommen. Wenn Vater Münch noch am Leben wäre, würde er schmunzelnd sagen, »natürlich, weil sich das alles in der Salzweger Jagd zugetragen hat.«

Das schwarze Kanapee im Weinstüberl

In Vater Münchs frühen Passauer Jahren stand an der linken Wand der Weinschenke direkt unter der Durchreiche zur Küche ein altes schwarzes Lederkanapee. Als kleiner Bub habe ich es mühsam bestiegen und manchmal mit Erfolg in seinen tiefen seitlichen Ritzen nach Münzen gefischt. Aber auch ein schreckliches Erlebnis verband mich mit dem Sofa.

Es erschien einmal ein Fremder im Weinstüberl, setzte sich zu mir auf das Kanapee, gab mir Spielkarten in die linke Hand, faßte meine schon ängstlich widerstrebende Rechte und hieß mich, fest in seine Augen schauen. Ich würde dann, meinte er, die Karte ziehen, die er schon vorher auf einen Zettel geschrieben hatte.

Eingeschüchtert starrte ich gehorsam in seine Augen. Plötzlich verwandelten sich diese im Dämmerlicht des Schenkzimmers in riesige, schwarze Mühlräder. Mir fielen die Karten aus der zitternden Hand, und ich lief weinend in die Küche. Um seine Brut zu verteidigen, schoß Vater Münch augenblicklich wie ein Habicht aus dem Kontor auf den verdutzten Gast los. Ohne auch nur zu fragen, was vorgefallen war, fuhr er ihn an, mich gefälligst in Ruhe zu lassen.

Der Fremde stammelte etwas von einem telepathischen Experiment und verschwand tiefbeleidigt. Ich schaute ihm mit schlechtem Gewissen nach, denn ich hätte ja alles erklären können. Aber dann hätte ich das schreckliche Geheimnis preisgeben müssen, daß er statt Augen Mühlräder im Kopf hatte, und ihn damit womöglich noch mehr gekränkt.

Vater Münch bekämpft die Unzucht

Lange Zeit machte Vater Münch auf dem Kanapee seinen Mittagsschlaf. So war er, sanft schlummernd, immer bereit für etwaige auch in der Mittagsruhe einfallende Zecher. Kein Wunder, daß ihm das Kanapee lieb und teuer war. Als jedoch die dünnen Beine immer wackliger wurden und aus dem verschlissenen Leder Rosshaar zum Vorschein kam, scheute Vater Münch vor den Kosten einer Neuanschaffung zurück. Nach längerem hin und her entschied er salomonisch, kein neues Kanapee mehr aufzustellen. »Ein Kanapee gehört nicht in das Schenkzimmer«, erklärte er kategorisch seiner Luise und der ebenso überraschten Schwiegermutter, »weil es der Unzucht Vorschub leistet«. Von da an saß man im Weinstüberl nur noch auf Holz. Unzüchtiges passierte genau so selten wie vorher. Wenn sich wirklich einmal ein angeheiterter Gast mit »Frauenzimmer« dorthin verirrte, so dirigierte Vater Münch das Paar diskret in die hinterste Ecke direkt unter der Wanduhr. Mich entband er in solchen Fällen aus pädagogischen Gründen sofort von der Kellnertätigkeit.
Trotzdem ist mir nicht entgangen, daß es in der Ecke unter dem Tisch in solchen Fällen zu gewissen Handgreiflichkeiten kam. Das war zwar genau genommen nur eine Vorstufe der Unzucht, aber mir mißfiel schon damals, daß so etwas Unanständiges unter dem Tisch des Oberhauses und noch dazu auf dem Stammplatz des Herrn Zollfinanzrates vor sich ging. Aber dann erlebte das Schenkzimmer doch noch ein echtes Liebesdrama.

Ein Eifersuchtsdrama in der Brunngasse 11

Eines Tages vergnügte sich ein im Weinstüberl gern gesehener, friedlicher Stammgast mit Freunden im Faberhof an der Donau. Nachdem man ihn mit einem Wein-Likörgemisch schon leicht narkotisiert hatte, eröffnete ihm ein übler Spaßvogel, daß seine Frau seit langem fremdgehe und zur Zeit mit ihrem Liebhaber in der Brunngasse 11 säße. Der Ehemann war, wie das öfter der Fall sein soll, der einzige, der nichts davon wußte.
Wutschnaubend steuerte er auf schnellstem Weg die Brunngasse an und tauchte wie ein Rache-Engel im Weinstüberl auf. Sein Verdacht wurde zu schrecklicher Gewißheit. Das Paar saß in trauter Zweisamkeit in der üblichen Ecke unter der Wanduhr. Der betrogene Ehemann verfiel in eine seltsame Raserei. Merkwürdigerweise richtete sich sein Zorn über-

haupt nicht gegen das ertappte Paar. Das blieb sitzen und schaute fasziniert zu, wie er, in seinem Schmerz und Suff fast tierische Klagelaute ausstoßend, auf die anderen Gäste einschlug. Vater Münch stellte sich dazwischen und hätte ihn kräftemäßig leicht bezwingen können, aber sein krankes Herz streikte. Er ließ ab und sank erschöpft auf einen Stuhl.

Mutter Luise eilte entsetzt auf die Straße, um Hilfe zu holen. Inzwischen kam der Raser zur Besinnung, ließ von den Gästen ab und suchte das Weite. Mutter Luise glaubte, er sei hinter ihr her und flüchtete zu Frau Paul ins nachbarliche Nähwaren-Geschäft. Dabei stolperte sie über die bereits für den Ladenschluß quergelegte Eisenschiene des Türgitters und brach sich den Arm. Der Amokläufer kehrte einige Wochen später beschämt in die Brunngasse zurück und entschuldigte sich tief zerknirscht bei Mutter Luise. »Sie, liebe Frau Münch, wären die letzte, der ich etwas zuleide tun könnte.« Davon wurde der gebrochene Arm allerdings auch nicht mehr heil.

Eine Rose aus Frankreich

Einmal, wenige Jahre nach dem Krieg, fielen ein paar lustige Leute im Weinstüberl ein, darunter eine allerliebste junge Französin, die es bei Kriegsende in unsere Gegend verschlagen hatte. Still saß sie zwischen den lärmenden Zechern, eine Rose im Dornengestrüpp. Ich sah nur noch sie.

Unverzüglich fing Vater Münch auf seine Weise zu balzen an. Er schwärmte von seinen Erfolgen bei den Französinnen im ersten Weltkrieg, darunter eine gewisse »Julienne«, und sang dann zur allgemeinen Erheiterung sogar das alte französische Soldatenlied »Mon Dieu, mon Dieu qu' c'est triste, partir comme réserviste«. (Mein Gott, wie traurig ist das Scheiden für den Reservist'). Ich bediente und blieb lange stumm im Hintergrund.

Aber Vater Münch balzte weiter und überspannte den Bogen. Er drehte sich mit vorgetäuschtem Bedauern nach mir um und beklagte wieder einmal, daß niemand in der Familie, am wenigsten sein Sohn, die Schönheit des Vaters geerbt habe. Da schaute mich die Fremde plötzlich ganz aufmerksam an und sagte schelmisch, »oui, mais le fils est plus intéressant!« (Ja, aber der Sohn ist interessanter!) Mich durchrieselte ein Wonneschauer. Ich hatte auf einmal Mut und sprach sie in meinem besten Französisch an. Ihre Muttersprache hatte sie wohl schon längere Zeit entbehrt, denn ihr Gesicht erhellte ein zauberhaftes Lächeln. So-

gleicht war das Eis gebrochen, und im Wohlklang französischer Laute sprang der Funke noch rascher über. Da uns der Lärm im Weinstüberl störte, holte ich sie in den bereits geschlossenen Laden hinaus und bewirtete sie mit einem Gläschen Likör. Aber Vater Münch, von allen guten Geistern verlassen, wich auch dort nicht von unserer Seite. Vergeblich warf ich ihm geradezu flehende Blicke zu. Plötzlich sagte die dunkelhaarige Märchenfee mit drolligem französischen Akzent energisch: »Herr Münch, Sie werden in der Weinstube gebraucht!«
Ganz verdutzt zog sich Vater Münch zurück, und wir waren endlich allein. Über den Ladentisch hinweg kamen sich unsere Gesichter näher, ihres mit großen, zärtlichen, und wie mir schien, traurigen Augen. Ich litt damals selbst an einer unerfüllbaren Liebe. Wir schauten uns an, und jeder verstand ohne Worte die Sehnsüchte des andern. Es wurde ganz still im Laden. Aus den bunten Flaschenregalen in unserer Ecke trat unversehens das Glück – nein, nur ein Hauch von ihm und nur ein Lächeln lang. So flüchtig, daß schon das Knarren der Schenkzimmertüre genügte, es zu vertreiben – und doch hinterließ es eine Spur für alle Zeiten.
Damit endete auch schon die Geschichte, denn wir haben uns nicht wiedergesehen. Vater Münch, das sei zu seiner Ehre gesagt, hat nie ein Wort darüber verloren, daß die französische Rose, all seinem Charm zum Trotz, sich an jenem Abend mehr dem Sohn als dem Vater zugeneigt hatte.

Preußischer Damenbesuch

Vor dem Krieg hörte man im Weinstüberl fast nur bayerische Laute. Gäste aus dem hohen Norden hatten eher Seltenheitswert, waren aber stets willkommen, ja man lauschte mit einer gewissen Hochachtung ihrem gepflegten Deutsch. Einmal saß ein besonders zungengewandter General-Vertreter von weit jenseits der Mainlinie unter den Stammgästen und erklärte seinen gutmütigen Zuhörern mit markiger Stimme, wie er im Gegensatz zum rückständigen Süden seine Geschäfte betreibe. Dabei führte er ständig das Wort »waggonweise« im Mund. Alles staunte. Dem Dachdeckermeister Franzi blieb der Mund offen, und er konnte nur noch ein lahmes »ja, dös gibts«, hervorbringen. Selbst der alte Dorner, sonst um eine boshafte Bemerkung nie verlegen, wenn er Vater Münch ärgern konnte, blieb stumm und ruckte nur nervös mit seinem Kopf hin und her. Eine totale bayerische Niederlage zeichnete sich ab.

Da flog die Weinstüberl-Türe scheppernd gegen die Wand und herein stürmte eine adrett gekleidete, anscheinend wild entschlossene Dame. Den Großvertreter traf ein vernichtender Blick: »Hier finde ich Dich also. Was fällt Dir ein? Du wirfst einfach den Quirl weg und überläßt mir den Teig, das wirst Du mir büßen!« Auf die momentane Stille folgte tosendes Gelächter. Dennoch wurde die streitbare Dame freundlich aufgefordert, ihren Ärger zu vergessen und ein Glas Wein mitzutrinken. »Nein, nicht hier in dieser Spelunke«, schoß sie zurück. Damit war das Maß an Toleranz voll und die bayerische Volksseele kochte über. »Raus!« rief jemand, und der alte Dorner setzte nach mit einem kernigen »Saupreißn!« Der frustrierte Großhändler trat im Schlepptau seiner Frau einen überstürzten Rückzug an und ward – waggonweise oder anderswie – nie mehr gesehen.

Der Schreinermeister Eichbichler

Am Anfang der bedeutungsvollen Freundschaft, lange vor dem zweiten Weltkrieg, zwischen Vater Münch und dem Schreinermeister Eichbichler, stand ein geborstener Abortdeckel. – Eines Tages inspizierte Vater Münch die sanitären Anlagen des Weinstüberls, zu jener Zeit schlicht ein Abort mit hölzerner Klo-Brille. Zu seiner Bestürzung war der Ring wegen Überbelastung im Falz auseinandergebrochen. Der Versuch einer Eigenreparatur schlug fehl. Vater Münch mußte schmerzlich erkennen, daß er als Büttnermeister für diese heikle Aufgabe branchenfremd und daher überfordert war. Mehrere, zum Teil sogar grenzüberschreitende Anrufe bei Schreinereien, zeitigten zu seiner Enttäuschung nicht das geringste Interesse an dem Reparaturauftrag.
Aber Vater Münch gab nicht auf. Er erinnerte sich an eine kleine Schreinerei in der Altstadt, die ein flüchtiger Bekannter namens Eichbichler betrieb. Telefon war nicht vorhanden. Mit genauer Adresse versehen, den lädierten Abort-Deckel mit der weithin sichtbaren Kreideaufschrift »Münch« um den Hals, trabte ich gehorsam in die Altstadt und fand den Schreinermeister in seiner lichtlosen, winzigen Werkstatt. Ein großer Spiegel an der Eingangstür warf von dem schmalen Streifen Himmel über der engen, hohen Gasse gerade soviel spärliches Tageslicht auf die Werkbank, daß er ohne Beleuchtung arbeiten konnte. Ich trat ein und sah zum ersten Mal Eichbichlers kleinen Römerkopf mit den kurzen, grauen Locken und sein verschmitztes Gesicht mit tausend Lachfalten. Eins fiel mir sofort auf, lieber, alter Eichbichler, die lichtlose Bude leuchtete von Deiner Fröhlichkeit!

Die Freundschaft begann mit einer Klobrille

Sein spärlicher Auftragseingang erlaubte ihm nicht, wählerisch zu sein. Bereitwillig reparierte er für ein paar Pfennige die Klobrille und brachte sie persönlich in die Brunngasse, sodaß Vater Münch nicht umhin konnte, sich mit ein paar Vierteln Wermut dankbar zu zeigen. Von da an übernahm Eichbichler alle anfallenden Schreinerarbeiten und wurde ein regelmäßiger, gern gesehener Gast in der Brunngasse. Daß er eines Tages Vater Münchs besonderer Schutzengel werden würde, konnte in jener Zeit niemand voraussehen.
Im Weinstüberl schätzten ihn alle aus einem anderen Grund. Eichbichler war ein begnadeter Moritatensänger.

Eichbichler tritt ins Rampenlicht

Vater Münch war entzückt, als er im Weinstüberl zum ersten Mal Eichbichlers gepflegten Bariton vernahm. Niemand hätte in Eichbichlers zwar muskulöser, aber schmächtiger Gestalt eine so gewaltige Stimme vermutet. Eine andere angenehme Überraschung war das für die Brunngasse 11 maßgeschneiderte Repertoire. Wenn Eichbichler den Wildschütz intonierte und zum Höhepunkt kam mit der Strophe: »Der Wildschütz er gibt keine Antwort, er kennt seine sichere Hand, ein Knall und gleich drauf ein Aufschrei, und der Förster lag sterbend im Sand«, dann legte er alle Tragik der Welt in seine Stimme, und im Weinstüberl wurde es so still, daß man ein Blatt hätte fallen gehört. – Noch fast beliebter, weil auch Nichtjäger unmittelbar emotional angesprochen wurden, war das Lied vom Elterngrab mit dem ergreifenden Kernsatz, »Das liebste, was ich auf Erden hab', das ist die Rasenbank am Elterngrab«.
Als dem Elterngrab an Schmerzempfindung ebenbürtig erwies sich das Lied vom Sohn, der seine Mutter zurückläßt: »Sohn, der zieht in die Welt hinaus, s'Mutterl bleibt allein zu Haus, die Reue kommt zu spät, die Reue kommt zu spät«.
Wem dieses Lied und seine anklagende Melodie nicht an die Nieren ging, der mußte ein Herz aus Stein haben. Ich jedenfalls war danach jedesmal wild entschlossen, mein Mutterl nie zu verlassen. Leider blieb es beim guten Vorsatz.

Klassenkampf im Weinstüberl

Mit diesem Liederprogramm bereicherte Eichbichler, aufgefordert oder spontan, jahrelang das kulturelle Leben in der Mattessohn-Weinschänke. Auch die Geburtstage der Stammgäste verschönte er bereitwillig mit seinen Liedern. So gab eines Tages auch der großmächtige Direktor vom Reichsnährstand, dem schon in den Jahren vor dem Krieg die Verteilung der knapper werdenden Ernährungsgüter für Passau Stadt und Land oblag, leutselig seine Zustimmung zu Eichbichlers Auftreten, freilich ohne zu ahnen, daß ihm eine böse Überraschung bevorstand.
Eichbichler saß zu dem Zeitpunkt, wie es sich gehörte, im Unterhaus, d.h. am unteren Tisch auf der Bank, und zufällig neben ihm, wenn auch selbstverständlich schon im Oberhaus, am oberen Tisch, der Herr Direktor. Letzterer lehnte sich in Erwartung eines der üblichen Rühr-

stücke Eichbichlers jovial lächelnd zurück, gleichzeitig darauf bedacht, etwas mehr Abstand zu dem Volkssänger zu gewinnen. Dazu war es aber bereits zu spät.

Urplötzlich kündigte Eichbichler etwas ganz Neues, nämlich das Gedicht »der Arbeiter« an. Im selben Augenblick veränderte sich seine ganze Persönlichkeit auf seltsame Weise. Er sprang auf, warf sich in die Brust, schob das Kinn nach vorne und ballte die erhobene rechte Faust. In dieser Kampfhaltung schmetterte er dem verdutzten Herrn Direktor Strophe über Strophe eines langen, militanten Arbeitergedichtes entgegen. Jede Strophe schloß mit einem donnernden »drum verachtet mir den Arbeiter nicht. Wer es wagt, einen Schlag ins Gesicht!« Bei dem Stichwort »Schlag« fuhr seine Faust jedesmal ruckartig weiter nach vorn und näherte sich in bedrohlicher Weise der prominenten Stabsleiternase. Niemand konnte sagen, ob der gute Eichbichler nur von seinen aus tiefster Seele hervorbrechenden linken Emotionen überwältigt wurde, oder das wohlgenährte, zusehends röter werdende Gesicht des Herrn Direktors so nahe vor ihm sich zu einer Art Feindbild verdichtete. Wie in Trance rückte er unaufhaltsam vor und sein Opfer notgedrungen im gleichen Rhythmus zurück.

Dem Herrn Direktor war das joviale Lächeln längst vergangen. Er geriet immer mehr in Panik. Den linken Arm in Schutzhaltung erhoben, drängte er die Herren am Oberhaus so ungestüm in die rechte Ecke, daß ein Weinglas umfiel. Schweißperlen traten ihm auf die Stirn, und die große Warze in seinem Gesicht fing vor Aufregung an zu tanzen. – Vater Münch stand im Hintergrund und kostete die Szene bis zum letzten aus. Eine geradezu überirdische Schadenfreude verklärte sein Gesicht. Aber die sich bereits abzeichnende Krönung, der offene Schlagabtausch, fand nicht mehr statt.

Nach der letzten Strophe sank Eichbichler erschöpft auf die Bank zurück, die proletarische Flamme erlosch, der Stabsleiter atmete erleichtert auf, und das Oberhaus nahm allmählich wieder seine gewohnte Sitzordnung ein. Der Spuk im Weinstüberl war vorüber. Zurück blieb ein sanfter, fast verlegen lächelnder Schreinermeister, der niemandem ein Haar krümmen konnte. Da ritt Vater Münch der Teufel. Er, dessen Gemüt niemals ein sozialistischer Gedanke gestreift hatte, reklamierte scheinheilig in die Stille hinein, Eichbichler habe das Gedicht abgekürzt. Das Publikum wolle alle Strophen hören. Ein vernichtender Blick des Reichsnährstandes belehrte ihn, daß er zu weit gegangen war, und er verzog sich mit einigen leeren Gläsern schleunigst in den Laden.

Vater Münch im ersten Weltkrieg

Als Vater Münch 1914 gemustert wurde, rief der Stabsarzt bewundernd aus, »Donnerwetter, kommt da ein schöngebauter Mann!« Selbiger hat dann als Ingolstädter Pionier den ganzen ersten Weltkrieg auf Kriegsschauplätzen in Ost und West mitgemacht. Auf einem alten Foto in feldmarschmäßiger Uniform, mit Tornister, Pickelhaube und aufgepflanztem Bajonett, den Blick kühn in die Ferne gerichtet und mit dem entschlossenen, schmalen Mund unter dem kecken Oberlippenbärtchen sah er ohne Zweifel aus wie ein Elitesoldat Seiner Majestät Kaiser Wilhelms II.

Für mich war Vater Münch von Kindesbeinen an aus verschiedenen Gründen ein großer Kriegsheld. Während ich ihm im Weinkeller assistierte, sang er ständig alte Soldatenlieder, vor allem sein Leiblied »Argoner Wald, um Mitternacht, ein Pionier steht auf der Wacht«. Bei der letzten Strophe »Argoner Wald, Argoner Wald, ein stiller Friedhof wirst Du bald«, wurde mir so gruselig zumute, daß ich am liebsten unter die Fässer gekrochen wäre.

Aber selbst da unten stieß ich auf handfeste Zeugnisse von Vater Münchs Heldentum. Dort standen nämlich zwei dunkelgrau gestrichene, seitenverstärkte Handgranatenkisten. Vater Münch benützte sie beim Entleeren der Fässer. Er stellte eine große Emailleschüssel zwischen die beiden Kisten und rollte das Faß mit dem Spund nach unten langsam auf den Kisten hin und her. Ich lag dabei auf dem Boden und hatte die verantwortungsvolle Aufgabe, seine Bewegungen zu dirigieren, damit nichts danebenlief.

Durch meine neugierigen Fragen ließ er sich nur allzu gern entlocken, daß er diese mit Handgranaten gefüllten Kisten in der Abwehrschlacht von Cambrai zahllosen englischen Tanks entgegengeschleudert und sie so außer Gefecht gesetzt habe. Dann schränkte er bescheiden ein, »zahllos ist vielleicht doch ein wenig übertrieben, aber ein halbes Dutzend wirds schon gewesen sein.« Ich war tief beeindruckt und spielte seine Heldentaten im Hinterhof nach, indem ich die leeren Eisenfässer der Monopolverwaltung auf unserem leicht abschüssigen Hinterhof anrollen ließ und sie dann mitten im Schwung mit entgegengeworfenen Holzscheiten zum Stehen brachte.

Eigentliche Siegerin in der Abwehrschlacht von Cambrai auf dem Hinterhof der Brunngasse 11 blieb jedoch Oma Mattessohn. Eines Tages war ihre Geduld zu Ende. Sie schimpfte wegen des Höllenlärms, den die rollenden Eisenfässer unentwegt verursachten, von ihrem Fenster

Legende

im ersten Stock dermaßen auf mich herunter, daß die britischen Tanks ab sofort ihre Angriffe und alle künftigen Aktionen einstellen mußten. Allmählich nagte die Zeit am selbstgestrickten Ruhm meines Vaters. Ich fing langsam an, mich zu wundern, daß die Handgranatenkisten, wenngleich wiederholt explodiert, noch so gut erhalten waren. Auf längere Sicht konnte mir auch nicht verborgen bleiben, daß nie ein Orden Vater Münchs Brust geziert hat und daß er nach vier Jahren Krieg genauso wie er ausgezogen war, nämlich als einfacher Soldat wieder zurückkehrte. Das gab mir allmählich zu denken. Wie konnte so großes Heldentum gänzlich unbelohnt bleiben?

Zum Helden ungeeignet

Mit der Militarisierung Deutschlands unter den Nazis trat Vater Münchs abgrundtiefe Abneigung gegen das Soldatentum voll zutage. Kein Wunder, denn er haßte jede Art von Uniformierung und war um keinen Preis bereit, sich unterzuordnen. Zu seinen Lieblingsbüchern zählte Erich Maria Remarques Antikriegsbuch »Im Westen nichts Neues«, obwohl es bei den Nazis längst verpönt war.
Der Kriegsbeginn 1939 löste bei ihm einen Wutanfall aus, und das wiederholte sich bei jedem weiteren Blitzkrieg. Denn selbst von den Siegen der ersten Jahre ließ er sich zu meinem damaligen Befremden nicht beeindrucken. Als der Überfall auf die Sowjet-Union erfolgte, kam ich gerade vom Milchholen beim alten Gärtner Graswald auf der Windschnur zurück, brachte von dort die Nachricht mit und zeigte unvorsichtigerweise Ansätze von patriotischer Begeisterung. Daraufhin drohte mir Vater Münch Ohrfeigen an und verwünschte in einem Zornesausbruch, dessen Lautstärke sogar mich noch beeindruckte, den größenwahnsinnigen Führer, der uns alle seiner festen Überzeugung nach in das sichere Unglück stürzte. Ich zog beleidigt ab und haderte mit dem Schicksal, das mich mit einem derart begeisterungsunfähigen Vater geschlagen hatte.

Der Heldenklau greift sich Vater Münch

Obwohl Vater Münch in der Familie und in vertrautem Kreis ständig mit der Staatsführung haderte, sah er sonst keine Veranlassung, den geruhsamen Nauheimer Badeschritt, den er sich seit seinem Herzklappenschaden anerzogen hatte, zu verändern. Auch auf die Jagd nach Salzweg fuhr er weiterhin meist mit dem Fahrrad, das zerlegte Jagdgewehr im Rucksack. Das blieb natürlich dem braunen Oberbürgermeister nicht verborgen, der von seiner direkt an der Donaubrücke gelegenen Bäckerei Vater Münchs Jagdausflüge mit Mißfallen beobachtete.
Eines Tages schrieb das Nazioberhaupt persönlich an das Wehrbezirkskommando, wann dieser offensichtlich gesunde Münch, der dauernd zur Jagd fahre und außerdem ein Defaitist sei, endlich eingezogen werde. Prompt flatterte unserem am Boden zerstörten Vater ein Einberufungsbefehl ins Haus. Dagegen war nun kein Kraut mehr gewachsen. Selbst Vater Münch kapitulierte und packte einen kleinen Koffer. Noch einmal spazierte er mit seiner Luise zur Ortspitze, dem atemberaubend schönen Zusammenfluß der drei Flüsse Donau, Inn

und Ilz, setzte sich Hand in Hand mit ihr auf eine Bank und sagte mit feuchten Augen, »dieses herrliche Passau soll ich jetzt verlassen«. Luise war gerührt und lächelte unter Tränen, denn sie hatte von ihm im Zorn auch schon anderes gehört.

Dann reiste Vater Münch termingemäß zum Truppen-Übungsplatz Grafenwöhr. Unsere streitbare Tante Emilie, die Schwester von Mutter Luise, hatte sich bereits bei uns in Passau einquartiert, um der des Oberhaupts beraubten Familie beizustehen. Sie wollte ihrem Schwager bei der Abreise Mut zusprechen mit dem Hinweis, daß er nun, wie alle anderen, Gelegenheit zu vaterländischer Pflichterfüllung habe. Fuchsteufelswild rief Vater Münch über die Schulter zurück: »Ich pfeif' auf Deine Pflichterfüllung, in vierzehn Tagen bin ich wieder da, das schwör ich Dir.« Und, bei Gott, er hat Wort gehalten.

Tante Emilie und Vater Münch

Tante Emilie hat Spuren in der Brunngasse 11 hinterlassen. Wenn sie jetzt ins Bild tritt, müssen die Ereignisse in Grafenwöhr leider noch etwas zurückgestellt werden. – Energisch, sportlich und unternehmungslustig wie sie war, hatte sie früh das Elternhaus Mattessohn verlassen und war geschätzte Bankangestellte in Nürnberg geworden. Das hinderte sie aber nicht daran, den Einzug von Schwager Münch in der Brunngasse mit der Bemerkung zu kommentieren, »er hat mir meine Heimat geraubt«, und sich für einige Zeit mit Oma Mattessohn gegen ihn zu verbünden. Das legte sich aber bald. Ja, da ihre eigene Ehe kinderlos blieb, wurde sie unsere treueste Tante, die uns mit Geschenken verwöhnte, aber auch mit strengen Erziehungsmethoden unserem chaotischen Aufwachsen in einem Geschäftshaushalt mit mäßigem Erfolg entgegenwirkte. Im übrigen erfuhren wir alles über Tante Emilie, weil sie selber uns gegenüber sehr mitteilsam war und Vater Münchs spöttische Zunge die restlichen Informationen lieferte.

Tante Emilie hatte sich in einen jungen Ingenieur der Pulverfabrik in Fürth verliebt, aber das Verlöbnis ging in die Brüche. Sie beschloß daher, sich das Leben zu nehmen und reiste zu diesem Zweck an einem schönen Maitag an den Arbersee. Als sie schon bis zu den Knien im Wasser stand, wurde es ihr zu kalt. Tante Emilie kehrte daher wieder ins Leben zurück und heiratete aus Trotz den Freund ihres Ex-Verlobten. Es folgten stürmische Ehejahre mit Fritz, dem erfolgreichen Photoreporter, den sie wegen vermutlicher Untreue von einem Privatdetektiv beobachten ließ, im übrigen aber voll an der Kandare hatte. Die

Observation kostete Tante Emilie eine Menge Geld, aber wir ergötzten uns an ihren dramatischen Schilderungen seiner Seitensprünge. Zum letzten Schuldbeweis reichte es dennoch nicht, daher blieben die beiden zusammen, und daraus wurde ein sehr glückliche Ehe.
Tante Emilies eheliche Dominanz war unserem patriarchalisch eingestellten Vater ein Greuel. Er mußte darüberhinaus befürchten, daß das schlechte Beispiel seine sanfte Luise zur Aufsässigkeit verleiten könnte. Schwager Fritz nannte er nur »den Waschlappen«. Mir war diese Titulierung so geläufig, daß ich sie gedankenlos einmal in ihrer Gegenwart gebrauchte. Das hat mir unsere liebe Tante Emilie lange Zeit sehr übel genommen.

Tante Emilie und der Passauer Mafioso

Als wir Kinder noch recht klein waren, verbrachten meine Eltern einige Tage in Hersbruck, und Tante Emilie hütete in der Brunngasse 11 ein. Ich erinnere mich noch wie heute, daß wir mit ihr den Ludwigsplatz heruntergingen und bei Toni, dem hageren Italiener mit den buschigen Augenbrauen, eine Tüte heiße Maroni erstanden. Daß er uns Kinder nicht mochte, war nicht verwunderlich. Er rief »heiße Maroni«, und wir »stinkender Toni«. Sonst war der Toni sicher ein völlig harmloser Mensch.
Aber Tante Emilies Mißtrauen war bereits geweckt. Sie erinnerte sich plötzlich, daß er ihr beim Einfüllen der Maroni in die Tüte einen stechenden Blick zugeworfen hatte. Zu allem Unglück kam der Toni später in unseren Laden und trank ein Viertel Wermut. Nun war die Indizienkette lückenlos. Für Tante Emilie stand absolut fest, daß er noch in der Nacht in das Mattessohn-Spirituosengeschäft einbrechen würde. Ein angstvoller Abend brach herein. Tante Emilie schrieb an drei verschiedenen Stellen die Telefonnummer der Polizeiwache in der Heilig-Geist-Gasse an und versicherte sich noch, daß Vater Münchs Pistole im Nachtkästchen griffbereit war, dann löschte sie das Licht, und wir erwarteten im elterlichen Ehebett, eng an sie geschmiegt, gemeinsam das Verhängnis.
Etwa um Mitternacht war es plötzlich soweit. Die Haustürglocke schrillte. Tante Emilie fuhr mit dem Schrei »jetzt kommt er« aus dem Bett, riß die Pistole aus dem Nachttisch und lud mit fliegenden Händen durch. Ohne daß auch nur eine Spur vom Feind zu sehen war, löste sich donnernd bereits der erste Schuß und fuhr zum Glück ohne Schaden anzurichten in den elterlichen Fußboden.

Tante Emilie wirkte augenblicklich ernüchtert, hatte aber einige Mühe, den erschrocken herbeieilenden Parteien im Vorderhaus den Anlaß ihrer Schießübung zu erklären. Vom Toni war weit und breit nichts zu sehen. Lediglich ein spät heimgekehrter Hausbewohner hatte versehentlich auf die falsche Klingel gedrückt. Bald schlummerten wir wieder friedlich an Tante Emilies Seite. – Vater Münch war nach seiner Rückkehr höchst erzürnt über Tante Emilies voreiligen Griff zur Pistole. Er bezeichnete ihr Vorgehen wenig schmeichelhaft als Hirngespinste einer hysterischen Person und räumte das gefährliche Schießeisen für immer aus dem Weg.

Vater Münchs hochherrschaftlicher Fimmel

Oft war Tante Emilie unsere willkommene Verbündete gegen den tyrannischen Vater. Als wir ins Haus auf der Windschnur einzogen, durften wir uns anfänglich nur auf den Zehenspitzen bewegen, um Haus und Garten zu schonen. Eines Tages erschallte wieder vom ersten Stock sein ärgerlicher Ruf »geht sofort aus dem Rasen heraus!« Da flog das Fenster neben ihm auf, und wir hörten zu unserem Entzücken Tante Emilies durchdringende Stimme: »Ha, Rasen, daß ich nicht lache. Du hast wohl jetzt den hochherrschaftlichen Fimmel. Laß doch die Kinder in Deiner sauren Wiese spielen!« Das saß. Vater Münch rang nach Luft und knallte tiefbeleidigt das Fenster zu.

Geheimnisvoller Besuch bei der alten Dame

Onkel Fritz kehrte heil aus Rußland zurück und führte mit Tante Emilie eine ungetrübte Ehe, bis er etliche Jahre vor seiner Frau starb. Bei aller Treue zu ihm hatte Tante Emilie ihre erste große Liebe nicht vergessen, obwohl sie anfängliche Versöhnungsversuche stolz zurückgewiesen hatte. Sie war schon in den Achtzigern, als sie eines Abends einer Freundin mit der Begründung absagte, daß sich ein ihr wichtiger, unerwarteter Besucher angekündigt habe. Der Fremde kam und hinterließ einen großen Strauß roter Rosen. Die standen noch auf dem Tisch, als man Tante Emilie am nächsten Tag nach einem schweren Schlaganfall ohnmächtig ins Krankenhaus brachte, wo sie starb, ohne das Bewußtsein wieder erlangt zu haben. Das Geheimnis ihrer letzten Begegnung, die hoffentlich eine beglückende war, hat sie mit ins Grab genommen.

Vater Münchs stille Tage in Grafenwöhr

Die ersten, noch trügerisch stillen Tage in den Kasernen von Grafenwöhr, waren ein einziger Alptraum für Vater Münch. Seine spätere Schilderung der Ereignisse und spärliche Informationen weniger Augenzeugen geben nur ein lückenhaftes Gesamtbild. Jedenfalls bewegte sich Vater Münch, der seine Freiheit über alles liebte, wie in einem bösen Traum durch die Kasernengänge, innerlich entschlossen, lieber zu sterben, als sich noch ein zweites Mal in seinem Leben herumjagen zu lassen. Ohne je von dieser literarischen Figur gehört zu haben, war er dabei, sich in einen bayerischen Schwejk von zweihundertzehn Pfund Lebendgewicht zu verwandeln.

Als erstes hielt er bei jeder Verrichtung eisern an seinem langsamen Nauheimer Bade- und Herzschritt fest. Er war ihm im sinnlosen Beschäftigungsgetümmel der Kaserne, wo alles im Laufschritt zu erfolgen hatte, eine echte, wenn auch vom Kammerbullen und anderem Stammpersonal wenig geschätzte Lebenshilfe.

Da erhellte ein kleines Wunder Vater Münchs verdüstertes Gemüt. Wer stand da, als er die ihm zugewiesene Unterkunft betrat, und grinste mit tausend Lachfalten im Gesicht als Stubenältester den Neuankömmling an: Unteroffizier Eichbichler, der Moritatensänger der Brunngasse 11. Die Welt verändert sich, wenn in der Not ein treuer Freund auftaucht. Vater Münch legte in vorgetäuschtem militärischem Gehorsam die Hände andeutungsweise an die Hosennaht und meldete sich vorschriftsmäßig als Schütze Münch zur Stelle. »Rühren!« schnarrte Eichbichler und das Grinsen auf seinem Gesicht wurde noch breiter. Von da an wich er wie ein guter Geist nicht mehr von seiner Seite. Eichbichler, dekorierter und erfahrener Truppführer des ersten Weltkriegs, witterte im voraus alle Gefahren, die Vater Münch bedrohen konnten, und stellte sich schützend vor ihn.

Erste und letzte Gefechtsübung

Das ging solange gut, bis an einem frühen Nachmittag der Kompagniechef unvermutet zur Stubendurchsicht erschien und vor Zorn erstarrte: Schütze Münch lag zigarrenrauchend und zeitunglesend auf seinem Feldbett, während Unteroffizier Eichbichler, den Besen in der Hand, gerade an seiner Stelle den Stubendienst erledigte. Der Hauptmann war fassungslos. Eine solche Umkehrung der Rangordnung war ihm in seiner ganzen militärischen Laufbahn noch nicht untergekom-

men, und Eichbichlers gestotterte Meldung brachte ihn noch mehr in Rage. Sein Augenmerk richtete sich nun voll auf Vater Münch.
Der legte erst bedächtig Zigarre und Zeitung beiseite und richtete sich sodann langsam auf. Später schilderte er uns geradezu poetisch, er habe sich selbst gewundert, wie ruhig er im Auge des Orkans geblieben sei. »Mann, stehen Sie sofort auf und nehmen Sie Haltung an«, fuhr ihn der Hauptmann an. »Melde gehorsamst, Herr Hauptmann, das geht leider nicht: Ich bin schwer herzleidend, angina pectoris. Wenn ich schnell aufstehe, wird mir schwindlig«, erwiderte Vater Münch getreu seiner Nauheimer Schule. Der Hauptmann ignorierte Schütze Münchs medizinischen Lagebericht und rauschte mit den Worten »das wird noch ein Nachspiel haben« wütend aus der Truppstube.
Am selben Nachmittag mußte das Bataillon zum ersten Mal und noch in Zivil zugweise ins Gelände ausrücken. Zu dem Zeitpunkt hatte sich Vater Münch bereits seine eigene Gefechtstaktik zugelegt. Als das Kommando »volle Deckung« ertönte, beschloß er es nur einmal, dafür aber umso sorgfältiger auszuführen. Er prüfte erst die Bodenbeschaffenheit, wählte eine angenehm grasbewachsene Stelle in der Nähe und ließ sich dort, um den gefürchteten Knieschnackler zu vermeiden, in der Zeitlupe senkrecht nieder. Erst als seine Hände Bodenberührung hatten, knickte er wie ein alter Elefant vorsichtig auf die Unterarme gestützt nach hinten ein. Endlich in liegender Stellung, schien er daran Gefallen zu finden, denn als das Kommando »auf« ertönte, machte er nur einen Scheinversuch, wie die anderen aufzustehen.
Vater Münch war nämlich bereits hoffnungslos überfordert. Er preßte die Arme gegen die Brust und kämpfte offensichtlich mit einer Herzattacke. Mißtrauisch sprang der Zugführer hinzu und bellte ihn wütend, aber vergeblich an. Das Schimpfen verschlimmerte im Gegenteil noch Vater Münchs bedauernswerten Zustand. Am Ende war der halbe Zug, statt mit der Gefechtsübung, damit beschäftigt, Vater Münch mühsam wieder aufzurichten und auf zwei Mann gestützt in die Kaserne zurückzuführen.

Die großdeutsche Wehrmacht trennt sich von Vater Münch

Wie sich die Bataillonsführung intern mit dem Phänomen »Münch« auseinandersetzte, entzieht sich jeglicher Kenntnis. Jedenfalls scheint man klar erkannt zu haben, daß seine gefährliche, da kaum nachweisbare Form der Wehrkraftzersetzung im Keim erstickt werden mußte,

bevor sie Schule machte. Vater Münch wurde daher ab sofort von weiteren Geländeübungen ausgeschlossen.
Aber das war längst nicht alles. Zwei Tage später verlas der Hauptmann beim Mittagsappell vor versammelter Kompanie sichtlich angewidert folgenden kurzen Bataillonsbefehl: »Schütze Münch wird als überzählig entlassen!« Aber auf das Kommando »Schütze Münch vortreten!« rührte sich nichts. Auf des Hauptmanns gereizte Frage »wo ist denn dieser Münch?« brüllte die ganze Kompanie einstimmig, »im Wirtshaus, Herr Hauptmann!« In der Tat hatte es Vater Münch inzwischen wegen starken Sodbrennens vorgezogen, sich in einem nahegelegenen Wirtshaus auf eigene Kosten zu verpflegen, allerdings ohne vorher eine Ausgangserlaubnis einzuholen. Wütend warf der Kompaniechef den kostbaren Entlassungsschein in den Dreck und ließ wegtreten. Unteroffizier Eichbichler hob ihn auf und überbrachte Vater Münch die frohe Botschaft. Eichbichlers Gesicht war ein einziges Grinsen. Dieses Mal salutierte er vor dem Schützen Münch, und in dem Gruß schwang echte Hochachtung mit: »Gratuliere, Du Saukerl hast es tatsächlich geschafft!«
Vater Münch sagte kein Wort. Ihm wars als sängen die Engel. Er schüttelte Eichbichler lange die Hand und schmunzelte tief in sich hinein. Im Geist war er schon nicht mehr in Grafenwöhr.

Vater Münchs Rückkehr

Seine überraschende Rückkehr nach nur zehn Tagen wurde ein wahrer Triumph. Die ganze Familie jubelte, Mutter Münch weinte Freudentränen, nur Tante Emilie konnte kaum ihren Ingrimm verbergen und reiste überstürzt nach Fürth zurück. Ebenso schnell kehrte Vater Münchs alte Spottlust wieder zurück. »Hut ab vor der Wehrmacht«, sagte er lakonisch zu uns, »sie hat gleich gemerkt, daß sie auch mit mir den Krieg nicht mehr gewinnen kann.«
Von einer großen Last befreit, pendelte Vater Münch wieder wie gewohnt zwischen Keller, Weinstüberl und der Salzweger Jagd hin und her. Aber er war vorsichtiger geworden. Vor allem gegenüber dem erbosten Nazi-Oberbürgermeister praktizierte er das Prinzip »volle Deckung«, vermied die obere Donaubrücke und begab sich nur noch auf Schleichwegen über die Hängebrücke in sein Jagdrevier.

Vater Münch der Antiheld

Von jetzt an richtete er sein ganzes Sinnen und Trachten darauf, ihm nahestehende Menschen, voran in der eigenen Familie, vor dem sinnlosen Tod an der Front zu bewahren. Erst später habe ich die Hellsicht bewundert, mit der er das schreckliche Ende des Krieges, die unausweichliche Niederlage voraussah, und die Hartnäckigkeit, mit der er selbst gegen unseren Willen sein Ziel, uns am Leben zu erhalten, verfolgte. Denn, wer von uns Schülern war in den ersten Kriegsjahren frei von patriotischen Illusionen?

Als ich einmal mit meinem Vater in Passau unterwegs war, begegnete uns ein wenige Jahre älterer, ehemaliger Schulkamerad in Leutnantuniform, auf der Brust bereits das Eiserne Kreuz, den Offiziersdolch lässig in der Linken, die Verlobte am Arm. Die makellose Uniform mit den hohen, feinledrigen Schaftstiefeln, der gemessene, gerade noch freundschaftliche, aber meinem armseligen Schülerdasein weit entrückte Gruß durch Antippen der Schirmmütze, alles, aber auch alles offenbarte, daß da ein Held vorüberging.

Ähnliches passierte nun immer öfter, und Vater Münch blieben meine bewundernden Blicke nicht verborgen. Mich erstaunte, daß er nicht schimpfte. »Schau sie Dir ruhig genau an«, sagte er. »Lange wirst Du sie nicht mehr sehen.« Er sollte leider Recht behalten. Viele sah ich nicht wieder. Dafür erschienen ihre Namen zwischen eisernen Kreuzen in der Zeitung, und hinter dürren Floskeln blieb den Angehörigen nur unendliches Leid.

Wenigstens bei mir hat Vater Münch sein Ziel erreicht. Widerstrebend absolvierte ich auf sein ständiges Drängen hin einen Funkkurs in der Dompost beim Postsekretär und Amateurfunklehrer Kleingütl. So landete ich später als Horchfunker bei den Luftnachrichten, was mir möglicherweise den Heldentod an der Front erspart hat.

Als er mich zum ersten Mal in Luft-Nachrichten-Uniform sah, schmunzelte er befriedigt. Er wäre aber nicht Vater Münch gewesen, wenn er nicht spöttisch hinzugefügt hätte, »mit Deinen Schalltrichtern« – er bezog sich gewohnt liebevoll auf meine großen und abstehenden Ohren – »bist Du jetzt genau am richtigen Platz!«

Leider scheiterte sein Rettungsversuch in einem anderen Fall auf tragische Weise.

Adi der Sonnenstrahl

Meine ältere Schwester heiratete blutjung mitten im Krieg, und so kam Schwiegersohn Adi wie ein Sonnenstrahl in die Brunngasse 11. Von seiner Mutter Anna stammten seine Frohnatur und sein Temperament, die ihn sofort zum Mittelpunkt jeglicher Gesellschaft machten. Darüberhinaus wurde dem Adi, woher auch immer, eine verschwenderische Fülle von Talenten und Begabungen in die Wiege gelegt. In der Klosterschule Metten hatte er als Gymnasiast so gut Latein und Griechisch gelernt, daß er zu Kriegsbeginn mühelos die Staatsprüfung als Altphilologe ablegte. Nebenbei war er in seiner Studienzeit begehrter Barpianist im Münchner Regina-Hotel. Wenn der Adi auf dem Klavierstuhl wippend die Chansons von Peter Kreuder spielte und sang, war jeder hingerissen. Einer von Adis Lieblingsschlagern klingt mir noch im Ohr. Er hörte sich bei aller Fröhlichkeit schon fast wie ein heimlicher Protestruf an, vor dem sich verdüsternden deutschen Himmel: »Schönes Wetter heute, und so nette Leute, und die Welt ist voller Sonnenschein.«

Der Adi spielte gern und gut auf der Kirchenorgel in Schalding links der Donau. Er konnte jedes Thema mühelos in Fugenform variieren. Als der ungarische Reichsverweser von Horthy Adis Offiziersschule in der Wiener Neustadt besuchte, spielte Adi in der alten Kapelle klassische Orgelmusik. Beeindruckt ließ sich Horthy den Organisten vorstellen und erkundigte sich leutselig, ob es sich um eine Bach'sche Fuge gehandelt habe. Das bestätigte Adi, stramm salutierend, obwohl er in Wahrheit über eine Melodie von Peter Kreuder phantasiert hatte.

Alle mochten Adi. Wenn er eine Grabpredigt des Pfarrers von Schalding imitierte, bogen sich seine Zuhörer vor Lachen, weil er den schlichten Text in immer neuen Variationen so herzergreifend vortragen konnte: »Liebe Gemeinde, da liegt er nun, der Moserbauer. Er ist gewiß ein braver Mensch gewesen. Wenn er nun vor dem ewigen Richter steht und der ewige Richter ihn fragen wird: Moserbauer, was ist Dir lieber: Dein Bauernhof oder die ewige Seligkeit? Gewiß wird er sagen, die ewige Seligkeit.«

Niemand konnte je dem Adi böse sein. Vater Münch schmunzelte nachsichtig, wenn er im Fronturlaub ab und zu im Weinstüberl ein Glas über den Durst trank.- Beim Bürgermeister Anetzberger von Hacklberg hatte er einen Stein im Brett, obwohl er nicht nur die genehmigten Fische, sondern verbotenerweise auch manchen fetten Karpfen aus dessen Teichen angelte.

In Frankreich lernte er in kurzer Zeit blendend Französisch, aber mit der Versetzung an die Ostfront war die schöne Zeit vorbei. Als Leutnant in einer Maschinengewehrkompanie wurde er mehrmals in Rußland verwundet. Er war längst verheiratet, da sah es aus, als wollte ihm das Schicksal gnädig sein, und ihm noch rechtzeitig vor dem Zusammenbruch der Ostfront einen Heimatschuß verpassen. Der Adi hatte gerade im Nebel gegnerische Stellungen erkundet, als ein plötzlicher Windstoß die schützenden Schwaden vertrieb und er fast ohne Deckung in einer flachen Mulde lag. Sowjetische Scharfschützen machten ihn aus und durchlöcherten schamloserweise zweimal Adis prominentes Hinterteil. Erst in der Nacht konnten ihn seine Kameraden bergen. Ernstlich verletzt kam der Adi in ein Heimatlazarett und anschließend in einen langen Genesungsurlaub. Wie ein Säugling trug er nun wieder eine Gummihose. Sie bewahrte ihn zunächst vor einem erneuten Fronteinsatz im Osten, wo die sowjetischen Armeen bereits die Reichsgrenze überschritten hatten.

Aber umhegt von seiner Familie erholte sich der Adi zusehends und verriet eines Tages seinem Schwiegervater freudestrahlend, daß er wieder normalen Geschäften nachgehen konnte und die Strampelhose überflüssig geworden war. Das traf Vater Münch wie ein Donnerschlag, weil es seine ganze Überlebensstrategie für den Schwiegersohn über den Haufen warf.

Er nahm den Adi zur Seite und beschwor ihn, ja er flehte ihn an: »Adi, der Krieg ist endgültig verloren. Dich haben sie schon mehrmals zusammengeschossen. Dein Bruder ist abgestürzt, ein Wunder, daß er noch lebt. Deine Frau erwartet ein Kind. Du hast nur ein Leben. Scheiß' weiter in die Hose und bleib' in der Heimat!« Aber der Adi, obwohl fürwahr kein Nazi, fürchtete, daß ein Leben in Deutschland unter sowjetischer Herrschaft nicht mehr lebenswert wäre. Und dann sagte er zu seinem bestürzten Schwiegervater: »Ich kann meine Männer nicht im Stich lassen, sie warten auf mich. Ich muß zurück.«

Wir haben unseren Adi nie wiedergesehen. Er blieb spurlos verschollen bis auf den heutigen Tag. Es hieß, er sei vermutlich bei Frankfurt an der Oder gefallen, wo sich nach schweren Abwehrkämpfen die Leichenberge türmten. – Der Adi hinterließ eine Lücke, die niemand mehr ausgefüllt hat. Keiner hat die Tränen gezählt, die um ihn vergossen wurden. Die alte Fröhlichkeit zwischen den beiden Familien ist auch später nicht mehr zurückgekehrt.

Vater Münch hat es nie verwunden, daß er seinen Schwiegersohn nicht zu retten vermochte. Daß er das schreckliche Ende kommen sah und doch nicht verhindern konnte, hat seinen Schmerz noch vergrößert. – Für mich war der Adi, obwohl sich seine Spur so früh im Dunkel verlor, eine der Lichtgestalten auf meinem Lebensweg. Daher denke ich noch immer an ihn, und was ich hier über ihn geschrieben habe, ist ein kleiner Dank, daß ich den Adi kennenlernen durfte, ihn, den ach so kurzen Sonnenstrahl in der Brunngasse 11.

Adis Mutter Anna

Anna entstammte einer angesehenen Gastwirtsdynastie. In jungen Jahren hatte ein berühmter Sohn Passaus, der Dichter Hans Carossa, bereits für das hübsche Mädchen geschwärmt. Ihrem Schwung, ihrer fröhlichen, zupackenden Art konnte selbst Vater Münch nie widerstehen. War er noch so schlecht gelaunt und brummelte in der Brunngasse 11 herum, sobald die Anna auftauchte, ging ein Schmunzeln über sein Gesicht und er kredenzte ihr, was immer er an Trinkbarem zur Verfügung hatte. Dann griff Anna zum Akkordeon und sang mit ebenso kräftiger wie wohllautender Stimme »Ihr rauschenden Wälder am Rachelhang«. Alle sangen mit und freuten sich. Vater Münch war hingerissen, man sah es an seinem verklärten Blick. Die Anna hatte bei ihm einen Stein im Brett, ja, er verehrte sie geradezu.
Nur einmal, kurz nach dem Krieg, erteilte er ihr eine schmerzliche Abfuhr. Vater Münch hatte sich gerade zur geheiligten Mittagsruhe im alten Schlafzimmer des Hinterhauses in der Brunngasse hingestreckt. Vor dem Einschlafen hatte er seinen Blick wohlgefällig auf das letzte Rankerl Geselchtes geheftet, das genau zu diesem Zweck vor ihm an der Vorhangstange baumelte. Er hatte nämlich herausgefunden, daß ihm dieser nahrhafte Anblick half, rasch und sanft zu entschlummern. Als er leise blasend schon mitten im Traum war, stürmte Anna die Hintertreppe hoch und aufgeregt direkt ins Schlafzimmer. »Steh auf, die Russen kommen, jetzt is' keine Zeit zum Schlafen«, fuhr sie ihn an. Vater Münch war ob der Ruhestörung aufs höchste erzürnt, aber von den Russen wenig beindruckt. Er warf der Anna einen vernichtenden Blick zu und drehte sich wortlos auf die andere Seite.
Soviel Gleichgültigkeit gegenüber dem russischen Vormarsch war der empörten Anna zuviel. Sie stürmte ebenso schnell wie sie hereingekommen war aus dem Schlafzimmer und in die Brunngasse hinaus. Es dauerte einige Zeit, bis der beiderseitige Zorn verraucht war und die Wälder am Rachelhang wie eh und je, ja vielleicht sogar noch schöner und lauter als zuvor wieder im Weinstüberl rauschten.

Liebe Anna, Du erscheinst noch aus einem besonderen, vielleicht heute schon fast ganz vergessenen Grund in meinen alten Geschichten. Du hattest so wunderbar sanfte und heilende Hände. Du selbst hast Deine geheimnisvolle Gabe nicht wichtig genommen und nie etwas dafür verlangt, aber von weit her kamen die Leute, um sich bei Dir Linderung ihrer Schmerzen zu verschaffen.

Ich war neugierig und habe Dich einmal gebeten, »Anna, faß mich an«. Da hast Du mir unendlich sanft über den rechten Unterarm gestrichen, und mir lief augenblicklich ein tiefer Schauer durch den ganzen Körper. Jetzt spüre ich ihn wieder, und daher habe ich Dich in meine Geschichten zurückgeholt, liebe Anna, nur, Deine Hände sind nicht mehr da.

Fremdarbeiter in der Brunngasse 11

Im Laufe der Kriegsjahre mußte Vater Münch seine Likör- und Spirituosenherstellung schweren Herzens langsam aber sicher beenden. Es gab keinen Zucker und keinen Alkohol mehr, und auch die herrlich duftenden Destillate blieben längst aus. Statt dessen gab es einige Male im Jahr kleine Schnapsrationen für die Bevölkerung. Mit der Verteilung wurden die Passauer Spirituosengeschäfte auf der Basis ihres Verbrauchs an reinem Alkohol in den früheren Jahren beauftragt. Dabei stellte sich heraus, daß Vater Münch mit seiner bescheidenen Kelleranlage bei der Monopolverwaltung in Regensburg sechzig Prozent des gesamten Reinalkohols für Passau Stadt und Land bezogen und verarbeitet hatte. Vater Münch jubilierte. Stolz und Hochachtung vor sich selbst stiegen ins Ungemessene. Kunden und Familie wurden unentwegt mit der magischen Zahl sechzig traktiert. Das war aber auch einer der letzten Lichtblicke im Geschäft.

Wenn ein Güterwaggon mit Spirituosen für die Bevölkerung auf dem Bahnhof eintraf, mußte Vater Münch mit Hilfskräften die Entladung und Verteilung seines Kontingents übernehmen. Hierfür wurde ihm eins Tages ein sowjetischer Kriegsgefangener zugeteilt, mit der strengen Auflage, nicht mit ihm zu reden und ihm nichts zu essen zu geben. Man sah ihm an, daß er halbverhungert war. Er schaute uns aus hohlen Augen an und führte bittend die Hand zum Mund. Vater Münch steckte ihm ein großes Stück Brot zu und nahm einen scharfen Tadel der Aufsicht in Kauf. Wenn er für mich arbeitet, soll er auch was zu essen haben, sonst schickt mir jemand andern, sagte er eigensinnig und setzte sich damit durch.

Russische Gefangene waren schon öfter in Passau eingesetzt worden. Es ging das Gerücht um, sie hätten bei der Verlagerung der zoologischen Sammlung der Oberrealschule an einen bombensicheren Ort geholfen und dabei den Spiritus in den Schauflaschen ausgetrunken, sodaß Bandwürmer und Ähnliches durch Austrocknung vernichtet wurden. Bei dieser Neuigkeit gab es viel selbstgefälliges Kopfnicken, daß man von den sowjetischen »Untermenschen« nichts anderes erwarten könne.

Eines Tages kam Vater Münch schmunzelnd vom Bahnhof und schilderte folgende Szene. Im Inneren des Waggons luden zwei Russen die schweren Kisten auf einen Rollwagen, den zwei deutsche Fuhrarbeiter außen in Empfang nahmen und auf den Lastwagen beförderten. Wieder erschien eine Ladung in der Waggontüre, wobei aus einer Kiste ein dünner Strahl rieselte. Sofort hielt einer der Deutschen mit dem Ruf »Schnaps« seinen Mund unter den Strahl, wurde aber sogleich vom zweiten beiseite geschoben, der nicht weniger gierig sein Maul aufsperrte. Gleich darauf begann ein großes Spucken und Würgen. Warum, stellte sich gleich heraus. Die Russen, jeglicher Bewegungsfreiheit beraubt, hatten während der Arbeit einfach auf die Kisten gepinkelt. Vater Münch meinte dazu schmunzelnd, »ob Herrenmensch oder Untermensch, saufen wollen sie alle« und fügte hinzu, im Zweifel wäre ihm der Bandwurm-Spiritus doch noch lieber gewesen.

Eines Tages wurde uns für diese Arbeiten ein Algerienfranzose zugeteilt. Zivilverpflichtete hießen sie und waren in Wirklichkeit Zwangsarbeiter, die sich lediglich freier bewegen konnten als Kriegsgefangene. Ich war hocherfreut, mit ihm Französisch sprechen zu können, und so setzten wir uns nach der Arbeit zu einem damals schon kostbaren Glas Wein ins Schenkzimmer. Aber das produzierte sofort die allergische Reaktion eines braunen und äußerst linientreuen Gastes. »Mit diesem Gesindel muß man jetzt schon an einem Tisch sitzen«, raunzte er meinen Vater an. Wir flüchteten in unser kleines Wohnzimmer im Hintergebäude und unterhielten uns prächtig über lauter unverfängliche Themen. Vater Münch brachte eigenhändig noch einen Wein. So trafen wir uns noch etliche Male.

Mein Gesprächspartner hatte ein scharfgeschnittenes Gesicht und eine überaus wache Intelligenz. Die unwürdige Zwangslage schien er mit Gleichmut zu tragen. Sogar als ich bereits Horchfunker war, haben wir uns noch einmal kurz gesehen. Aber da hatte ich ein ungutes Gefühl, denn ich war wegen meiner Tätigkeit streng geheimverpflichtet. Ich hütete mich, auch nur ein Sterbenswörtchen darüber zu verlieren.

Kaum war der Krieg zu Ende, tauchte der Algerienfranzose wieder in der Brunngasse auf. »Ich bin Chef einer großen Organisation«, sagte er in gebrochenem Deutsch zu Vater Münch. »Wo ist Ihr Sohn? Wir holen ihn zurück!« Aber das wußte er zu der Zeit auch nicht, und so nahm der Geheimchef mit Bedauern für immer Abschied.

Der Stuhltest in der Weinschenke

Die Natur hatte Vater Münch mit schönen, großen Händen und eleganten, ovalen Fingernägeln ausgestattet, die er im Weinstüberl gern und häufig der allgemeinen Bewunderung preisgab. Darüber hinaus verfügte er über ungewöhnlich kräftige Handgelenke. Seine starken Hände und der ständige Umgang mit schweren Fässern schufen die physische Voraussetzung für den Stuhltest, einem Geschicklichkeits- und Kraftakt, dem sich jedes einigermaßen stattliche Mannsbild unterziehen mußte, das zu Vater Münchs Zeiten das Weinstüberl besuchte. Nur mickrige Männlein wurden erst gar nicht aufgefordert.

Es galt, einen der massiven Holzstühle mit einer Hand an der Lehne zu fassen, mit gestrecktem Arm hochzuheben und mit dem Handballen in waagrechte Lage zu drücken. Nach langem Üben hatte Vater Münch es geschafft, dieses Kunststück scheinbar mühelos vorzuführen, während die Versuchspersonen sich vergeblich bemühten, den heruntersinkenden Stuhl hochzudrücken, geschweige denn, ihn in der Waagrechten zu halten.

Von da an war Vater Münch nicht mehr zu bremsen. Ob Schwerarbeiter oder Leistungssportler, jeder kräftige Mann kam auf den Prüfstand. Bei neuen Gästen, die ahnungslos ihre Stärke rühmten, schnappte die Testfalle sofort zu. Vater Münch forderte sie seiner humanistischen Bildung verpflichtet auf lateinisch heraus: »hic Rhodos, hic salta« (hier ist Rhodos, hier spring)!

Alle scheiterten. Selbst die mit wahren Bärenkräften ausgestatteten »Sackltrager« vom Hafen versagten bei dieser speziellen Kraftprobe.

Aber das einarmige Drücken war nur die Vorstufe zu Vater Münchs größtem Triumph: Anschließend nahm er in jede Hand einen Stuhl, stemmte beide gleichzeitig links und rechts in die Waagrechte und behauptete gegenüber den verdutzten Zuschauern, das sei seine Lieblingshaltung, um sich auszuruhen. Beim Hochschwingen der Stühle im engen Weinstüberl wurde gelegentlich das Mobiliar in Mitleidenschaft gezogen, aber das mußte um des größeren Ruhmes willen in Kauf genommen werden.

Unangefochten sonnte sich Vater Münch jahrelang in seinem Erfolg. Seine Selbstgefälligkeit wuchs und ging schließlich selbst mir auf die Nerven. Noch in der Schülerzeit trainierte ich heimlich lange und intensiv, bis ich ihm eines Tages beweisen konnnte, daß er fortan den Ruhm mit mir teilen mußte. Das war ihm zunächst gar nicht recht, aber sobald er sich damit abgefunden hatte, wurde ich zu meinem Leidwesen in seine Vorführungen einbezogen.

Jedesmal wenn er wieder seine Kraftprobe in allen Varianten ungeschlagen demonstriert hatte, gab er feierlich bekannt, daß außer ihm nur sein Sohn dazu imstande sei. Ich wurde daraufhin schonungslos von den Schulbüchern oder sonstigen Beschäftigungen weg aus dem Hintergebäude ins Weinstüberl herunter geholt, um Vater Münchs Behauptung unter Beweis zu stellen. Allmählich wurde mir das immer lästiger, und ich hätte gern auf den damit verbundenen Ruhm verzichtet.

Erneuter Stuhltest in West Afrika

Dreißig Jahre später, als Botschafter der Bundesrepublik Deutschland im westafrikanischen Staat Sierra Leone, erwartete ich an einem feuchtheißen Nachmittag den Antrittsbesuch des Ex-Europameisters im Halbschwergewichtsboxen, Willy Höppner, der dort, und später auch in anderen afrikanischen Staaten, die nationalen Boxstaffeln trainieren sollte. Als er mir auf der tropischen Gartenterrasse unseres Hauses gegenüberstand, musterte ich ihn nach freundlicher Begrüßung sehr ernst : »Herr Höppner, die Bundesregierung hat mich telegraphisch beauftragt, mit Ihnen eine kleine Tauglichkeitsprüfung durchzuführen. Erst dann darf ich Ihnen die Genehmigung zur Aufnahme Ihrer Trainertätigkeit in Sierra Leone erteilen.« Ein geeigneter Stuhl stand schon bereit, um dem verdutzten Champion Vater Münchs berühmten und nunmehr auch internationalen Test vorzuführen. Zuversichtlich nahm er die Stuhllehne in seine große Faust, mußte aber mit sichtlicher Verlegenheit erkennen, daß er es nicht schaffte, den Stuhl in die Waagrechte zu drücken. Bei seiner Ehre gepackt, forderte er mich spontan auf, einige Runden mit ihm zu boxen, was ich aus wohlerwogenen Gründen dankend ablehnte.

Der Champion revanchierte sich auf seine Weise. Als ich ihm im weiteren Gespräch die Zigarrenkiste reichte, steckte er mit der fadenscheinigen Begründung, das sei seine Lieblingssorte, eine Handvoll edler Havannas in seine Brusttasche.

Hoeppner leistete in Sierra Leone gute Arbeit. Gutmütig und geradezu kindlich heiteren Gemütes, fand er schnell Kontakt zu seinen Boxeleven in der sierraleonischen Armee. Ich war froh, in Zeiten wachsender innenpolitischer Spannungen, einen populären Deutschen bei den Militärs zu haben. Aber da sorgte der Meister aus heiterem Himmel für einen handfesten Skandal. Obwohl die Geschichte aus dem Rahmen der Brunngasse 11 fällt, erlaube ich mir, sie zum Gedenken an den großen Boxer anzuschließen.

Des Europameisters stürmische Heimkehr

Höppner hatte bei deutschen Freunden in der Nähe seines eigenen Bungalows Geburtstag gefeiert und – wie er mir später gestand, aus Einsamkeit und Sehnsucht nach seiner Frau – eine ganze Flasche Whisky geleert. Zu später Nachtstunde schwankte er seinem vermeintlichen Haus zu, verwechselte es aber mit der Residenz des nigerianischen Hochkommissars. An der Pforte stellte sich ihm ein mutiger Nachtwächter entgegen. Wütend, daß man ihm, wie er glaubte, den Zutritt zum eigenen Haus verwehren wollte, streckte der Europameister den armen Türsteher mit einem gewaltigen Fausthieb zu Boden, riß das verschlossene Gartentor auf und brach polternd durch den Eingang. In der Diele angekommen, fegte er eine ihn irritierende große Vase vom Eingangstisch und schickte sich gerade an, laut schimpfend seine vermeintlich eigenen Gemächer anzusteuern, als Seine Exzellenz der Hochkommissar in langem weißen Nachtgewand mit der Pistole im Anschlag höchstpersönlich auf der Treppe erschien, um den Eindringling ins Jenseits zu befördern.

Glücklicherweise hatte er als früherer Generalkonsul in Hamburg Deutsch gelernt und merkte an Höppners Schimpfkanonade, daß ihm im Halbdunkel kein sierraleonischer Räuber gegenüberstand. Es gelang ihm, den aufgebrachten Meister einigermaßen zu beruhigen und dann der sierraleonischen Polizei zur Ausnüchterung zu übergeben.

Als mir die Geschichte zu Ohren kam, konnte ich nicht umhin, den Champion einzubestellen und ihm energisch die Leviten zu lesen. Tief zerknirscht, ein Bild des Jammers, stand er vor mir. Als ich ihm sagte, daß ein Drahtbericht nach Bonn seine Karriere in Afrika beenden könnte, war das Riesenbaby den Tränen nahe. Das schien mir genug des grausamen Spiels, und ich gab ihm zu verstehen, daß es mit einer sehr höflichen, persönlichen Entschuldigung beim Hochkommissar und Ersatz für den angerichteten Schaden sein Bewenden haben könnte.

Da witterte das Schlitzohr Höppner sofort wieder Oberwasser. »Herr Botschafter«, reklamierte er, »ich habe noch eine offizielle Beschwerde vorzubringen. Mir ist bei der Ausnüchterung auf der Polizeistation die Uhr abhanden gekommen; ich bitte um Ihre Hilfe bei der Wiederbeschaffung«. Das ging mir dann doch etwas über die Hutschnur, und ich empfahl ihm, sich selbst um seine Uhr zu kümmern, oder sie abzuschreiben. Schließlich habe er sich einen kleinen Denkzettel redlich verdient. Daraufhin zog er grinsend ab. – Der Champion hat danach noch längere Zeit erfolgreich als Boxtrainer in Afrika gewirkt. Den Stuhltest und die nigerianische Nacht hat er sicher ebenso wie ich in bleibender Erinnerung behalten.

Über den Dächern der Brunngasse

»Über den Wolken, muß die Freiheit wohl grenzenlos sein« heißt es in einem Lied von Reinhard Mey. Meine kleine Freiheit begann über den Dächern der Brunngasse, und von der Nr. 11 abwärts war sie unbegrenzt. Aber jede Freiheit muß erst einmal gewonnen werden, und auch meine kleine Freiheit habe ich mir langsam und geduldig erschlossen. Vom Elternwohnzimmer im Hinterhaus führte ein langer, dunkler, mit Steinplatten gepflasterter Gang in unser Kinderzimmer. Im Winter war er kalt und unheimlich. Wenn man im Dunkeln an seiner Wand entlangstreifte, schien er nie mehr aufzuhören, bis endlich wie ein Rettungsanker die Messing-Türklinke des Kinderzimmers in der Hand lag. Von diesem Gang aus führte eine steile Holztreppe direkt in einen riesigen Dachboden, den Erwachsene nur bestiegen, um dort ausgemusterten Hausrat abzustellen. Die Decke war an der höchsten Stelle gerade mannshoch und lief seitlich in den Boden, sodaß man nur auf allen Vieren in die Dachwinkel gelangen konnte.
Als ich endlich die steile Dachbodentreppe erklimmen konnte, erschloß sich mir ein unerwarteter Schatz: die Bücherkisten aus Onkel Ottos Schülerzeit, in denen ich im gedämpften Licht des schrägen Dachfensters, Vater Münchs Ruf in den Keller weit entrückt, tagelang schmökerte. Kein Laut störte die spinnwebenverhangene Märchenwelt. Nur unsere Mieze miaute in der Nähe, wo sie zwischen altem Gerümpel im hintersten Winkel ihre Jungen versteckt hatte. Meine Anwesenheit im Dachboden störte sie nicht. Ich durfte sogar zu ihr in die Ecke kriechen und sie streicheln, ohne daß anschließend der ganze Kindersegen sicherheitshalber in ein neues Versteck verschleppt wurde. Von hier aus schlich sie sich nach unten in Oma Mattessohns Küche, wo

gelegentlich ein Blechnapf mit Essensresten bereitstand, aber im wesentlichen lebte sie von der Mäusejagd im Haus und in der Nachbarschaft. Zu diesem Zweck entwischte sie aus einem stets offenen Dachfenster auf das Nachbardach der Schmiede und von da die Brunngasse hinunter.
Bald folgte ich auf Turnschuhen erst zaghaft, dann leichtfüßiger ihren Spuren. Eine hohe Kiste diente zum Ausstieg aus der Dachluke. Ein prüfender Blick ringsum, ob die Luft rein war, ein kleiner Aufschwung auf das flache Blechdach unseres Hinterhauses, und es konnte losgehen, hinein in das Dächerlabyrinth der Brunngasse, wo die Wege unbegrenzt, geheimnisvoll und aufregend waren – das tibetanische Hochland meiner Kindheit.

Vom alten Birnbaum bis zum Schanzl

Nach hinten über den alten Birnbaum konnte ich in den Klosterhof der ambulanten Schwestern hinuntersteigen. Der alte Birnbaum überragte einst unser Hinterhaus. Wenn man durch den langen Hausgang an das Gittertor unseres Hofes kam, winkte seine Krone freundlich herüber, ein verwunschener Baum, ein Wunder der Natur zwischen grauen Steinmauern. Seine kümmerlichen Birnen habe ich, nicht nur, weil sie geklaut waren, fast andächtig genossen. Wann er gefällt wurde, weiß ich nicht. Ich weiß nur, daß dort, wo der Birnbaum meiner Kindheit stand, nie wieder Blätter rauschen und Früchte fallen werden.
Von den ambulanten Schwestern führte ein abenteuerlicher Schleichweg an Brandmauern entlang über niedrige Verschläge und Schuppen hinunter und wieder hinauf zu Giebeldächern, bis schließlich nach einer uralten Bruchsteinmauer, die wahrscheinlich ein Überrest der alten Passauer Befestigung war, die kleine Mineralwasserfabrik Berglehner auftauchte. Ein Sprung von ihrem niedrigen Dach in die Frauengasse hinunter, und dann war der Schanzl nur noch einen Steinwurf entfernt, unser Kinderparadies, das jetzt unter der übermächtigen neuen Donaubrücke begraben liegt.

Der alte Schanzl

Wer tausendmal auf dem Schanzl gespielt hat, wird diesen verträumten Platz nie vergessen. Links eine lange Zeile schattiger Kastanienbäume auf einem Erdwall. Im Hintergrund eine senkrecht abfallende, uralte Stadtmauer, ganz dicht an dem ziegelroten Lagerhaus dahinter, wo es über den hohen Zaun vom Schanzl aus so jäh in die modrige Tiefe ging, daß wir nie hinunterzuklettern wagten, sondern höchstens von unten seitlich über ein Drahttor stiegen, um die begehrten, großen Kastanien im alten Stadtgraben zu bergen. Das Sammeln der Kastanien war köstlich, der Lohn beim Altwaren-Tandler Stimpfl an der Donaulände mehr als kärglich.

Auf dem großen, ungepflasterten Schanzl-Platz stand der Fuhrpark der Speditionen Glas und Zillner. Möbelwagen mit Anhängern, zum Teil noch für Pferdebespannung mit altertümlichen Kurbel-Bremsen auf hohem Kutscherbock an der Vorderfront. Die hohen, gewölbten Teerpappendächer bildeten eine herrliche, wenn auch halsbrecherische Plattform für Fangenspielen. Wir jagten uns gegenseitig mit tollkühnen Sprüngen über mehrere Meter breite Abgründe von einem Möbelwagendach zum andern und versuchten kreischend, vor dem Fänger auf eine größere Wageninsel zu entweichen. Ging ein Sprung daneben, prallten wir gegen die Seitenwände und fielen wie die Katzen zweieinhalb Meter tief auf den Erdboden. Wie durch ein Wunder kam nie jemand ernstlich zu Schaden.

Im schattigen Halbdunkel bei den Möbelwagen zwischen den Kastanienbäumen stießen wir auf geheimnisvolle Indizien der Sünde. Neben der versteckten Promenadebank lagen häufig gebrauchte Kondome. Abgestoßen und magisch angezogen zugleich, ergingen wir uns in Mutmaßungen, was da vorgegangen war, aber keiner wußte Genaueres: jedenfalls Verbotenes und Aufregendes. Schließlich spießten wir eine dieser unappetitlichen Trophäen auf einen spitzen Stock, trugen sie wie eine Siegesfahne über den Schanzl und freuten uns, daß die schockierten Erwachsenen laut über die verdorbene Jugend von heute schimpften.

Schleichwege

Aber noch in viele anderen Richtungen führten die Schleichwege von der Brunngasse 11 aus über die Dächer. Vor allem gab es unzählige Ausstiege von den Dachböden der anliegenden Häuser die Treppen hinunter, an den Wohnungen argwöhnischer Witwen vorbei und durch meist unverschlossene Haustüren wieder hinaus auf die Straße. Auf der anderen Seite der Brunngasse begann der Aufstieg zum Hochplateau der Klingergasse über die Haböck'schen Hinterhöfe oder über die Lagerhalle hinter dem Wohnhaus der Spedition Zillner. Daneben der große Huberhof mit dem uralten Opel-Zweisitzer auf Hartgummi-Reifen, den wir unermüdlich hin und her schoben.

Von dort erzwängten wir uns, wenn der schnauzbärtige Hausmeister der Metzgerei Bauer peitschenknallend den Hof von uns lästigen Eindringlingen ausfegte, einen Fluchtweg durch die Eisenstäbe des Zauns in den Hausgang vom Kartoffelbauer, wohin wir gern flüchteten, weil er ein braver Mensch war.

Ganz hinten im Huberhof, über dem kleinen Holzschuppen lockten die Steilwände der Bäckerei Denck und das gigantische Plateau vom Hotel Omnibus mit Abstiegsmöglichkeiten in die Klingergasse und durch Reihen von Hinterhöfen hinüber zur Ludwigsstraße. Oft galt es, auf einer solchen Hochtour vor dem Geschrei aus plötzlich aufgerissenen Fenstern klopfenden Herzens in fremde Firstluken wegzutauchen. Noch heute traue ich mir zu, aus dem Gedächtnis ein Kartogramm der Dachlandschaft meiner Jugend zu zeichnen, wobei ich allerdings nicht ausschließen kann, daß der Phantasie entsprungene Dächer dazwischen geraten, die ich nur im Traum mit Riesensätzen überquert habe.

Der Pflichteintritt in das Deutsche Jungvolk schränkte die Gratwanderungen mehr und mehr ein. An ihre Stelle traten öde Exerzier-Nachmittage und stupide Märsche durch die Stadt. Aber Jahre später, in der Tanzstundenzeit, erwies sich meine frühere Dachkletterei noch einmal als nützlich.

Tanzstunde mit Hindernissen

Mitten in den Kriegsjahren ereilte meine Oberschulklasse höchst unvorbereitet die traditionelle Schuler'sche Tanzstunde. Die ebenso zierliche wie energische, alterslose Dame hatte in ihrem Gewölbe in der Altstadt schon ungezählte Schülergenerationen mit unterschiedlichem, meist eher mäßigem Erfolg in den gängigen Tanzarten unterrichtet. Vor Beginn galt es erst einmal eine geeignete Partnerin zu finden. Jeder schwor, das war Ehrensache, ein tolles Mädchen auf der Straße anzusprechen. Das ging aus verschiedenen Gründen, nicht zuletzt aus Feigheit vor dem Feind, schief, und wir waren wir am Ende froh, auf unsere netten Klassenkameradinnen zurückgreifen zu können.

So wurde Brigitte, Tochter eines Architekten, meine Tanzstundendame. Der Architekt genoß Vater Münchs uneingeschränkte Hochachtung, weil er einige Jahre zuvor das Münch'sche Wohnhaus auf der Windschnur gebaut und fünfhundert Reichsmark der veranschlagten Kosten als nicht benötigt zurückgezahlt hatte. Allein schon aus diesem Grund stand einer tanzstundlichen Verbindung absolut nichts im Wege. Ein Mißstand, an dem Brigitte völlig unschuldig war, warf jedoch einen

Schatten auf meine Tanzabende. Das einzige brauchbare, weil nicht zu klobige Paar Schuhe war mir längst zu klein geworden, und neue Schuhe gab es nicht mehr. Zwar verfügte Vater Münch über herrlich leichte und elegante Halbschuhe, die mir wie angegossen paßten, aber die wollte er keinesfalls dem Risiko fehlgelenkter Tanzschritte aussetzen. Also zwängte ich meine Füße weiterhin mit zusammengebissenen Zähnen in das höllische Schuhwerk.

Während des Tanzunterrichts vergaß ich fast die Schmerzen. Denn da gab es Ablenkungen. Walter, dem damals vielbeneidetem Glückspilz – auch er ist leider im Krieg geblieben –, war es gelungen, die kesse Maxi als Tanzstundendame zu gewinnen. Maxi hatte schon etliche Tanzkurse hinter sich und war uns nicht nur im Tanzen, sondern auch im Flirten weit überlegen. Wenn sie im schwarzen Kostüm mit silbernem Spazierstöckchen ein knatterndes Steppsolo hinlegte, dabei ihre lange blonde Mähne schüttelte und die stahlblauen Augen rollte, ahnten wir, wie schön verrucht das Leben sein könnte.

Unser Klassenkamerad Alfred, der vorzeitig eingerückt und schon in Fliegeruniform war, ließ sich da nicht lumpen. Er legte den Ehrendolch des fliegenden Personals nebst Koppel ab und fing an, oh Gipfel der Verworfenheit, in Uniform, die Maxi wie einer dieser »degenerierten« Amerikaner, vor denen uns die Nazis ständig warnten, swingend zu umkreisen. Wir standen und staunten.

Von diesem Nervenkitzel stürzte ich ins Wechselbad eines qualvollen Heimwegs zuerst in die Grünau, dem Familiensitz meiner Tanzdame, dann leichtfüßiger zurück über den Eisenbahnsteg und in die Brunngasse, weil ich sofort nach der Verabschiedung Schuhe und Strümpfe auszog, um barfuß das Vaterhaus anzusteuern.

Schwierige Heimkehr

Mit einem Seufzer der Erleichterung stand ich endlich vor der Haustüre, da durchfuhr mich ein eisiger Schreck. Ich hatte die Hausschlüssel vergessen. Meine Eltern schliefen zu der Zeit im Wohnhaus auf der Windschnur. Da hinauf, den langen Weg durch die Hollerkrippe und die Hochstraße entlang, hätten mich keine zehn Pferde mehr gebracht. Unsere alte Mari schlief ohne Klingelverbindung unerreichbar im Hinterhaus. Da war zunächst guter Rat teuer.

Kurz entschlossen prüfte ich die Haustüre der Brunngasse 13 und hatte Glück, sie war offen. Leise stieg ich die steile Holztreppe in den ersten Stock, wo über der Werkstatt der Schmied und die Schmiedin wohnten. Weder ihm noch ihr hätte ich in dieser Nacht begegnen mögen. Die Schmiedin war mir zwar ganz wohlgesonnen, aber sie hatte eine unerträgliche kreischende Stimme. Wenn sie bei uns im Laden Mutter Luise ankreischte: »Frau Miiiinch, haaamans Zweeeeeschbn?«, (Frau Münch, haben Sie Zwetschgen), war es erstaunlich, daß die Weingläser auf der Theke nicht zersprangen. Ihr Mann glich dagegen eher einem gutmütigen Bären, aber der Eindruck täuschte. Seinen Prankenschlag forderte man besser nicht heraus. In der Nachkriegszeit hat er einem unerwünschten Besucher auf derselben Treppe, die ich gerade hinaufschlich, mit einer Eisenstange das Schlüsselbein zertrümmert.

Im ersten Stock angekommen, öffnete ich geräuschlos die Flurtür zur hölzernen Veranda. Gleich hinter dem nächsten Fenster, hörte ich zu meiner Beruhigung den Schmied dröhnend schnarchen. Ich schwang mich auf die Brüstung, zog die Schuhe wieder an, um die Hände für den Aufstieg frei zu haben und machte mich an den schwierigsten Teil des Aufstiegs zum heimatlichen Dach: eine lange, schmale Regenrinne zwischen den links und rechts schräg ansteigenden Glasplatten der darunter liegenden Schmiedewerkstatt. Vorsichtig einen Fuß vor den anderen setzend, hatte ich schon zwei Drittel der Wegstrecke zurückgelegt, als ich versehentlich eine der seitlichen Glasscheiben eintrat, sodaß die Scherben mit infernalischem Klirren auf die Eisenteile in der Werkstatt prasselten.

Sofort flog das Schlafzimmerfenster auf und ich hörte der Schmiedin gellenden Ruf, »ist da wer?« Schlimmer noch, das Schnarchen des Schmieds setzte plötzlich aus. Jetzt war keine Zeit mehr zu verlieren. Ich machte im Dunkeln zwei große Sätze Richtung Heimat, trat dabei weitere Scheiben polternd in die Tiefe und unter den kreischenden Rufen der Schmiedin »Hilfe, Einbrecher«, schwang ich mich auf das nächsthöhere Dach. Jetzt war ich schon fast zuhause und wollte gerade über unsere Brandmauer setzen, als ich zu meiner Überraschung gegen einen feinen Maschenzaun stieß. Nun war jede Sekunde kostbar. Verzweifelt riß ich das unerwartete Hindernis herunter, spurtete über unser Blechdach und verschwand durch die Falltüre aufatmend im rettenden Dachboden.

Das Kreischen der Schmiedin verstummte und wegen der Verdunklungspflicht im Krieg, wagte es niemand, Licht einzuschalten. Auf den Hinterhöfen gingen die Fenster zu. Langsam kehrte wieder Ruhe ein. Nur ich konnte vor Herzklopfen lange nicht einschlafen. Am nächsten Tag befragte die Schmiedin lautstark und hartnäckig die gesamte Nach-

barschaft, darunter auch mich, ob jemand einen Verdächtigen bemerkt habe, was ich leider nicht bestätigen konnte.
Die Dachpartie hatte noch eine unerwartete Folge. Einen Tag später spazierte unsere Mieze, einen stattlichen Tauberich mit durchgebissener Kehle im Maul, gravitätisch in die Küche und legte ihre Beute der Oma Mattessohn zu Füßen, als wollte sie sagen, da bring ich Dir einen leckeren Braten. Niemand außer mir, konnte sich einen Reim auf den unverhofften Beutezug machen. Nur mir schwante etwas, aber ich hütete mich, darüber ein Sterbenswörtchen zu verlieren. Der Tauberich gehörte unserem braven Nachbarn Paul von der Brunngasse 15. Er hatte den Schutz-Zaun an unserer Dachmauer angebracht, um seine Zuchttauben vor dem Zugriff unserer Mieze zu schützen. Meine nächtliche Heimkehr kostete den armen Tauberich das Leben. Herr Paul grämte sich noch lange um ihn.
Das Geheimnis meiner Schuld trage ich seit weit über über fünfzig Jahren mit mir herum. Da die Ehefrau des verstorbenen Taubenzüchters glücklicherweise noch in der Brunngasse 15 lebt, kann ich ihr hiermit öffentlich Abbitte leisten. Ich hoffe, daß sie meine Geschichte liest. Wenn ich wieder in der Brunngasse bin, werde ich sie besuchen und ihr späte Wiedergutmachung anbieten.

Ein langer feuchter Abschied

Der Krieg nahm seinen Lauf, und immer häufiger mußten unsere älteren Klassenkameraden vor dem Einrücken angemessen verabschiedet werden. Zu diesem Zweck zweigte ich schon Tage vorher ein entsprechendes Kontingent an Wein und Spirituosen aus den knapper werdenden Kellervorräten ab. Dies und zwei weitere Flaschen, die mir Vater Münch ohne Kenntnis meiner bereits getroffenen Vorsorge ahnungslos mitgab, hätten bereits für einen mittleren Alkoholpegel der ganzen Klasse gereicht. Hinzu kamen aber noch substantielle Beiträge aus der Brennerei eines Klassenkameraden und der erhebliche Bierkonsum im Nebenzimmer der Gaststätte »Prinz Heinrich« an der Neuburger Straße, wie es sich eben für richtige Männer bei solchen Anlässen geziemte.
Dort saßen wir also an einem lauen Spätsommerabend des Jahres 1942 wieder einmal zusammen. Unsere Feier begann mit einem kulturellen Auftakt. Ein Klassenkamerad spielte auf dem völlig verstimmten, wurmstichigen Klavier in der Ecke auswendig das Adagio aus der Mondscheinsonate, und ich konnte zufällig das anschließende Alle-

gretto dazu beitragen. Das hatte unser Nachbar in der Brunngasse, der Spediteur Josef Zillner, ohne jede Klavierstunde gelernt und täglich in der Mittagspause wiederholt, was mir so imponierte, daß ich diesen Satz noch heute auswendig spiele, wenn niemand in der Nähe ist.
Aber feierlich blieb es nur kurze Zeit. Dann beschloß plötzlich jemand, die Tonqualität des Klaviers zu verbessern, klappte den Deckel auf und kippte, ehe ihn andere daran hindern konnten, eine Halbe Weißbier in den Resonanzboden. Der Ton des malträtierten Klaviers veränderte sich deswegen merkwürdigerweise überhaupt nicht, wohl aber die Stimmung.
Jener Abschiedsabend erhielt eine besondere Note durch die ehrenvolle Anwesenheit Janos, eines älteren, kurz vor dem Abitur stehenden Oberrealschülers, der schon damals als Stimmungskanone und genialer Chemiker ungeheueres Ansehen genoß. Wenn er mit dröhnender Stimme und meckerndem Lachen einen Witz erzählte, war kein Halten mehr. Unsere Verehrung kannte noch aus einem anderen Grund keine Grenzen. Zwischen seinem profunden Wissen in organischer Chemie und unseren armseligen Grundkenntnissen in anorganischer Chemie lagen Lichtjahre. Immerhin war uns klar, daß Janos den Zauberschlüssel zum Tor in eine höhere Welt besaß. Das wurde selbst bei den banalsten Verrichtungen offenbar.
Wir gewöhnlichen Sterblichen gingen pinkeln, wenn wir es nicht noch einfacher auf bayerisch ausdrückten. Der große Jano dagegen verkündete feierlich, er werde jetzt die sanitären Anlagen des Prinz Heinrich inspizieren und bei dieser Gelegenheit dort eventuell überflüssiges $N_4 H_2 CO$ abschütteln, eine Ankündigung, die ihn selbst so vergnügte, daß er sie mit einem glucksenden Lachen abschloß. Wir waren tief beeindruckt. Ehrensache, daß ihm eine kleine Schar von Jüngern auch dorthin folgte, damit weitere Sentenzen, die dem Meister während des Vorgangs der Entsorgung erfahrungsgemäß besonders zierlich über die Lippen flossen, der Nachwelt erhalten blieben.
In der allgemeinen Hochstimmung verabschiedete sich schließlich unser Ehrengast leutselig und unter lebhaftem allgemeinen Bedauern, wie es sich geziemte, als erster, und allmählich bröckelte auch die Klasse ab. Nur ein stark angeheiterter Kern blieb, mehr aus Pflichtgefühl denn aus Vergnügen durcheinander trinkend, bei den nicht endenwollenden Alkoholvorräten sitzen. Endlich war es soweit, daß die verschiedenen Wein- und Spirituosenreste zusammengeschüttet in eine einzige Flasche paßten und wir reichlich alkoholisiert an den Heimweg denken konnten.

Das nächtliche Bad in der Ilz

Da kam plötzlich die Idee auf, die laue Sommernacht zu einem nächtlichen Bad in der Ilz zu nutzen. Die war zwar eine halbe Stunde Fußmarsch vom Prinz Heinrich entfernt, aber das war für uns kein Problem, weil wir zu dem Zeitpunkt die Probleme der ganzen Welt bereits gelöst hatten.

Noch leidlich munter und lautstark erreichten wir durch die menschenleeren romantischen Gassen der Altstadt über die Hängebrücke die Anlegestelle des Bootshauses an der Ilz, und gleich darauf strampelten wir splitternackt in der stillen, nächtlich tiefschwarzen Ilz. Ich erreichte gerade noch den nahen Pfeiler der Ilzbrücke, da wurde mir im Wasser so schwindlig, daß ich schleunigst ans Ufer zurückpaddelte, wo ich lange Zeit vergeblich versuchte, meine widerspenstigen Beine in die Röhren der Lederhose zu zwängen.

Der Rückzug durch den endlosen Holzgarten verlief schleppend. Im Kopf war ich noch da, aber die Füße wurden immer schwerer. Ich hakte mich bei zwei rüstigeren Kameraden unter. Wie sie mir später vorwarfen, nervte ich sie unaufhörlich mit französischen Monologen, eine Sprache, für die sich zu der Zeit außer mir niemand interessierte. Noch mehr erboste sie, daß mir schon auf der Maxbrücke mitten im Deklamieren die Beine wegsackten und sie mich regelrecht in die Brunngasse schleppen mußten. Ganz dunkel erinnere ich mich, daß jemand in meinen Hosentaschen eine Ewigkeit nach dem Hausschlüssel suchte, dann riß endgültig der Faden. Der Schlüssel muß sich aber gefunden haben, und eine mitleidige Seele hat mich vermutlich mit letzter Kraft in mein Zimmer hineingestoßen, denn ich erwachte am Morgen gegen zehn Uhr auf dem Fußboden in einer niederschmetternden Bescherung und mit einem noch gräßlicheren Brummschädel. Ich dankte Gott, daß meinen armen Eltern, die nur durch einen schmalen Korridor und zwei Türen von mir getrennt ahnungslos geschlummert hatten, der Anblick ihres volltrunkenen Sohnes erspart geblieben war, säuberte notdürftig mein Schandlager und schlich ohne Frühstück, leichenblaß und schlechten Gewissens in die nahe Oberrealschule.

Der unfreiwillige Minimax

In der großen Pause gesellte ich mich unauffällig zu den übrigen Bleichgesichtern. Ich stellte zu meiner Erleichterung fest, daß ich nicht der einzige Spätankömmling war und außerdem eine Art kollektiver Galgenhumor in der Klasse herrschte. Die Stimmung stieg, als jemand die Resteflasche herauszog und sie unserem hochgeschätzten Klassenkameraden Sebastian, kurz Wack genannt, reichte, denn der allzeit zu Späßen aufgelegte Wack war schon bei der Abschiedsfeier schmerzlich vermißt worden. Der ließ sich, wie erwartet, nicht lumpen, und ehe die Klingel zum Unterrichtsbeginn schrillte, hatte er sich das teuflische Gemisch größtenteils einverleibt.

Während der Stunde blühte der Wack geradezu auf, beteiligte sich aktiver als sonst am Unterricht und beantwortete, anscheinend vom Alkohol beflügelt, zu unserem Erstaunen Fragen, denen er normalerweise nicht gewachsen war.

Aber das Verhängnis nahm, wenn auch mit Verzögerung, seinen Lauf im anschließenden Chemie-Unterricht. Wir saßen im amphitheaterartig ansteigenden Lehrsaal und lauschten aus gutem Grund noch angestrengter als sonst dem ebenso bewunderten wie gefürchteten Professor Mühlbauer. Unser Wack saß eine Reihe oberhalb, gleich hinter den Mädchen unserer Klasse. Gerade während der Naturwissenschaftler gewohnt souverän und vor mucksmäuschenstiller Zuhörerschaft über die Bedeutung erhöhten Druckes bei der Kohleverflüssigung dozierte, trat auch bei Wack ein unerträglicher innerer Druckanstieg ein. Zum Ausgleich öffnete er zuerst den Gürtel seiner Hose und dann alle Knöpfe der Vorderfront, was sich augenblicklich als außerordentlich fatal erweisen sollte. Denn der Druck verlagerte sich plötzlich nach oben. Wack sprang auf und preßte eine Hand vor den Mund. Aber selbst seine starke Hand – ich habe gegen ihn geboxt und weiß daher, wovon ich spreche – konnte dem Druck nicht mehr standhalten.

Der arme Wack verwandelte sich urplötzlich in einen unfreiwilligen Minimax. Zischend fuhren zwischen seinen Fingern hindurch dünne Strahlen über die Köpfe der entsetzt aufkreischenden Mädchen hinweg. Er sprang auf und versuchte über den Mittelgang aus dem Saal zu flüchten, stolperte aber nach wenigen Schritten über seine nach unten gesackte Hose und rollte in totaler Auflösung die Treppe hinunter, gerade vor die Füße des fassungslosen Professors. Eine Katastrophe bahnte sich an. Im Geist sahen wir den armen Wack bereits wegen Besäufnis im Unterricht von der Schule verwiesen oder zumindest in Direktoratsarrest mit Demissionsandrohung. Aber in der Not wachsen die Kräfte. Geistesgegenwärtig beseitigte ein Schüler mit Eimer und Putzlappen in Windeseile die verräterisch nach Alkohol dünstenden Spuren, während andere den schwankenden Wack so schnell es ging aus der Schule geleiteten.

Bei den darauf folgenden Mutmaßungen über die Ursachen der Übelkeit erwies sich die Bemerkung eines Klassenkameraden, daß Sebastians Unpäßlichkeit vermutlich auf einen gestrigen Sturz vom Fahrrad zurückzuführen sei, als überaus segensreich. Der Chemielehrer biß sofort an. »Sturz und nachfolgendes Erbrechen, mit Sicherheit eine Gehirnerschütterung«, diagnostizierte er besorgt und beruhigte sich erst, als wir ihm versicherten, daß der Betreffende auf jeden Fall einen Arzt aufsuchen würde.
Der Wack soll später ein erfolgreicher Kriminalbeamter geworden sein. Man darf davon ausgehen, daß das Erlebnis im Chemiesaal sein Verständnis für Menschen in Not-Situationen beträchtlich gefördert hat.
– Für mich selbst war die Abschiedsfeier eine heilsame Erfahrung. Ich habe nie wieder in meinem Leben soviel Alkoholisches so schnell und durcheinander in mich hineingeschüttet. In dieser feuchtfröhlichen Nacht habe ich am eigenen Leib verspürt, daß unter Umständen erst mehrere Stunden nach dem Trinken, dann aber schlagartig die »umwerfende«, ja lebensgefährliche Wirkung des Alkohols einsetzt.

Vater Münchs Begegnung mit dem Führer

Ende der zwanziger Jahre begegneten sich Adolf Hitler und Vater Münch zum ersten und letzten Mal. Diese historische Begegnung fand in einem Passauer Bierkeller statt. Vater Münch kam zufällig dort vorbei und las auf einem Schild an der Eingangstür, daß ein gewisser Herr Hitler gerade auf einer Wahlveranstaltung sprach. Von einer ihm selbst unerklärlichen Neugierde getrieben, trat er ein, um den Mann, von dem er schon Skandalöses gehört hatte, in Augenschein zu nehmen. Vater Münch stand vor einem wild gestikulierenden Schreihals, der dauernd eine ihm ins rechte Auge fallende dunkle Haarsträhne aus der Stirn warf und Vater Münch schon aus diesem Grund zuwider war.
Vielleicht war auch etwas Neid im Spiel, denn bei Vater Münch zeichnete sich zu der Zeit schon eine Stirnglatze ab, die er durch einen kurzen Haarschnitt einigermaßen entschärfte. Er verzichtete dieserhalben keineswegs auf eine wohleinstudierte, elegante Kopfbewegung, die bei oberflächlichen Beobachtern den Eindruck einer zurückgeworfenen Lockenfülle erweckte.
Vater Münchs Antipathie gegen die Hitler-Strähne, welches auch immer ihre Ursache gewesen sein mag, hatte später für mich unangenehme Folgen. Immer wenn mir ein paar Haare ins Gesicht fielen,

fauchte er mich an, »streich Dir die Hitler -Tolle aus dem Gesicht«. Ich hielt das für Blödsinn und bestand auf meiner Stirnzier. Das brachte ihn so in Rage, daß er unserem gemeinsamen Friseur Limmer in der Ludwigstraße heimlich Anweisung gab, mir beim nächsten Mal einen Kurzschnitt zu verpassen. Der Friseur gab sich leider willfährig für diesen schändlichen Anschlag her und ließ zur Gaudi meiner Klasse nur einen winzigen, lächerlichen Haarschopf stehen. Ich stürmte daraufhin empört aus dem Friseurladen und habe ihn nie wieder betreten.
Inzwischen lauschte Vater Münch im Bierkeller Hitlers Worten, der sich gerade auf den deutschen Spießbürger einschoß und diese in seinen Augen nichtswürdige Gestalt mit Hohn und Spott übergoß. Vater Münch horchte auf, und plötzlich überfiel es ihn siedend heiß: »Die Beschreibung paßt ja ganz genau auf mich. Ich bin der verhaßte Spießer, der beseitigt werden soll.« Mitten in Hitlers Redeschwall stand er abrupt auf und verließ den Saal. Er behauptete später, Hitler habe ihm wegen der Störung einen giftigen Blick zugeworfen, aber dafür gibt es keine Augenzeugen. Nachgewiesen ist jedoch, daß Vater Münch nie wieder eine Nazi-Versammlung betreten hat.

Die Kindermagd Anna

Da unsere Eltern von früh bis abends im Geschäft standen, wurde für uns Kinder von Anfang an eine Kinder- und Hausmagd eingestellt. Anna, die erste, hatte hochherrschaftliche Allüren und nannte mich, zum Mißfallen meines Vaters, ihren kleinen Prinzen. Solche Flausen paßten nicht für das Spirituosengeschäft, das ich einmal übernehmen sollte. Außerdem blieb meinen Eltern nicht verborgen, daß ich mehrere Male aus dem Kinderwagen fiel, während sich Anna auf der Innpromenade nahe beim Zirnkilton-Karussell angeregt mit ihren Freundinnen unterhielt.
Ein Ereignis, das sich mit allen Einzelheiten in mein Gedächtnis eingegraben hat, sorgte schließlich dafür, daß Anna uns nur kurze Zeit erhalten blieb. Wieder einmal auf der Innpromenade mir selbst überlassen, driftete ich vom Kinderwagen und von Anna weg Richtung Innbrücke zum Fluß hinunter. Der damals noch völlig ungezähmte und vom Schmelzwasser hochgehende Inn, hätte eine tödliche Falle werden können. Aber ich schaute nur kurz über den messerscharfen Steinrand des Kais in die milchig wirbelnde Tiefe, dann drehte sich alles und es erschien mir ratsam, auf der Mitte des breiten Spazierweges Richtung Pulverturm weiterzutrotten.

Auf halbem Weg überfiel mich ein Gefühl großer Verlassenheit, und ich fing laut zu weinen an. Ein Unbekannter nahm mich bei der Hand und führte mich trotz ängstlichen Widerstrebens die breite Treppe zur Altstadt hinauf und die Schrottgasse hinunter zur Polizeiwache im Alten Rathaus gleich rechts hinter dem Eingang. Dort setzte man mich auf eine schwindelerregend hohe Bank, die Beine baumelten ins Leere und mehrere Uniformierte unterzogen mich einem freundlichen Verhör. Die Frage, »wie heißt Du«, beantwortete ich mit »ich bin der Karle«. Das schien die Männer aber nicht zu befriedigen. Pausenlos schrillten die Telefone. Ich starrte ratlos auf den dunkel geölten und mit feinem weißen Sand bestreuten Fußboden.

Da kam die rettende Frage, wo wohnst Du denn? »Beim Mattessohn«, brach es förmlich aus mir heraus. Wo hätte ich denn auch sonst wohnen sollen? Die Polizisten schmunzelten. Das Zauberwort, das Sesamöffne-Dich, für den Weg zurück in die Heimat war gefunden.

Einer griff zum Telefon, und bald darauf erschien unsere damals einzige Verkäuferin, die liebe Maria, und trug mich auf ihren Schultern den langen Weg durch die Höllgasse und an der Donaulände entlang in die Brunngasse. Auf dem Thronsessel eines Elefanten hätte ich nicht stolzer und glücklicher heimkehren können. »Du brauchst keine Angst zu haben, Dein Papa ist Dir nicht bös'«, sagte sie schon unterwegs, und es stimmte.

Ich wurde ungewohnt zärtlich empfangen, nur die Kindsmagd Anna saß mit verquollenen Augen im Hintergrund. Vater Münch hatte ihr wegen ihrer Unaufmerksamkeit mit Sicherheit eine fürchterliche Strafpredigt gehalten. Kurze Zeit später verschwand sie spurlos aus meinem Leben. – Aber »Mattessohn« ist für mich ein Zauberwort geblieben und der Schlüssel zu den Erinnerungen an längst vergangene Kindertage.

Otile

Dann folgte die brave Otile mit ihren von Rheuma und Gicht verkrüppelten Händen. Sie hat tief in meine ganz frühen Jahre eingegriffen. Zunächst, weil sie mir die ersten Geschichten erzählt hat. Zitternd vor Aufregung lag ich in meinem Kinderbett und litt mit dem Geschwisterpaar, das hilflos im Meer trieb, bis ein turmhoher Ozeandampfer die Schiffbrüchigen an Bord holte. Später habe ich wiederholt große Seereisen gemacht, aber nie wieder waren die Schiffe so riesig, die Meere so weit wie damals im nächtlichen Kinderbett. Otile war eine Heldin. Schauplatz ihres Heldentums waren die weiten, zum Inn abfallenden Äcker am damals völlig unbebauten Gütlbauernweg. Otile war gerade eifrig dabei, größere Mengen an Feldsalat in ihre große schwarze Handtasche mit Schnappverschluß zu verstauen, und schaute dabei von Zeit zu Zeit merkwürdig argwöhnisch um sich. Das beunruhigte mich. Aha, dachte ich, da muß Gefahr im Anzug sein. In der Tat tauchte plötzlich eine Hornisse auf, die uns surrend umkreiste. Otile visierte das Ungeheuer kaltblütig an, hob ihre verkrüppelte Hand wie eine Keule und schmetterte es zu Boden. Jetzt wußte ich, daß mir an Otiles Seite nichts mehr passieren konnte.

Leider erlitt die Verehrung, die ich von da an für meine Otile hegte, einen herben Rückschlag. Sie verübelte mir aufs heftigste, daß ich zu bettnässen anfing. Nachdem ich nachts wiederholt mein Bett eingewässert hatte, drohte sie, mich beim nächsten Mal mit umgehängtem Bettuch in den Kindergarten zu führen.

Von da an verwandelte sich meine liebe Otile in ein Schreckgespenst. Niemand, nicht einmal Mutter Luise, schützte mich vor ihrem Zorn. Wie viele Nächte schreckte ich hoch und lag dann schlaflos auf dem feuchten Laken. Meine verzweifelten Versuche, mit Körperwärme die verräterischen Flecken auszutrocknen, scheiterten erbärmlich. Die gelben Ränder ließen sich nicht tilgen und offenbarten stets aufs neue meine Schande.

Hinter der Mauer, an der mein Bett stand, fing noch in der Dunkelheit das Rührwerk der Metzgerei Bauer zu arbeiten an. Es pochte und pochte wie das Jüngste Gericht. Für Bettnäßer gab es eben kein Erbarmen. Mich überkam eine Verlassenheit, die ich bis auf den heutigen Tag nachempfinde und die in der Stunde des Todes nicht grausamer sein kann. Mein einsames Herz klopfte einen neuen, schrecklichen Morgen herbei, und Otile trat als strafender Engel ans Bett.

Ich sah mich bereits mit dem befleckten Bettuch auf dem Rücken unter dem Hohngelächter der Menschen die Heilig-Geist-Gasse entlang schleichen. Der kleine Hügel zum evangelischen Kindergarten am Rande der Nikolastraße wurde mein Kalvarienberg, den ich im Geist hinauf wankte, um schluchzend vor der enttäuschten Schwester Carola in die Knie zu sinken.

Endlich, als ich schon jede Hoffnung aufgegeben hatte, geschah ein Wunder. Nach Wochen tiefster Verzweiflung fuhr der Bettnässerteufel, so plötzlich wie er in mich hineingefahren war, auch wieder aus mir, und Otile rückte allmählich wieder an ihren vorherigen Platz in meinem Kinderherzen. Indirekt habe ich mich in aller Unschuld für die erlittene Unbill an ihr gerächt.

Mit Otile unterwegs nach Afrika

Irgend jemand im Weinstüberl muß zu der Zeit gesagt haben, daß man donauabwärts nach Afrika ins Land der Palmen, Bananen, Affen und Elefanten kommt. Augenblicklich beschloß ich, mir diese verlockende Gegend näher anzuschauen. Von da an dirigierte ich Otile, die viel lieber Feldsalat am Gütlbauernweg geerntet hätte, mit allen Mitteln meiner kindlichen Überredungskunst donauabwärts. Um etwaige Einwände von vorneherein auszuschalten, habe ich ihr nie verraten, daß ich einen Spaziergang nach Afrika vorhatte. Ganz im Gegenteil setzte ich zur Täuschung kurze Ziele, zunächst in die Ilzstadt, dann langsam an der Donau entlang, Richtung Erlau, bis zum großen Steinbruch auf der linken Seite. Otile wurde immer lustloser, und auch ich hing schon etwas abgeschlafft am Kinderwagen. Aber ein Forscher darf nie aufgeben. Bis zur Eisenbahnbrücke schafften wir es noch, dann half kein Bitten und Betteln mehr. Die Expedition nach Afrika wurde abgebrochen, und ich ließ mich enttäuscht in den Kinderwagen fallen. Otile war vollkommen ahnungslos. Vor allem wußte sie nicht, daß wir Afrika schon ganz nahe waren und es hinter der nächsten Donauschleife todsicher erreicht hätten. –
Otile verließ uns, ohne, trotz vieler Anläufe, je mit mir nach Afrika gelangt zu sein. Mit ihren Rheumahänden konnte sie nicht mehr arbeiten, ja kaum noch etwas halten und mußte in eine ärmliche Rente gehen. Aber vergessen habe ich weder sie noch den Zauber ihrer simplen Geschichten.

Mathild, die Braut des Führers

Als dritte kam Mathild. Sie trug hochgeschlossene schwarze Kleider, war völlig anspruchslos und im übrigen die Einfalt in Person, was in Vater Münchs Augen eher für als gegen eine Verwendung als Kindermagd sprach. Prompt wurde sie eingestellt und verrichtete einige Zeit unbeanstandet das Notwendigste, bis eines Tages eine Eigenart zum Vorschein kam, die Vater Münch zuerst nur argwöhnisch, dann aber mit wachsendem Ingrimm beobachtete: Sie hielt sich für die Braut des Führers.
Ob ihr jemand anderer oder sie selbst sich diesen Floh ins Ohr gesetzt hatte, konnten wir nie in Erfahrung bringen. Es stellte sich außerdem heraus, daß sie seit Jahren jede freie Minute an einem Hochzeitskleid für die Vermählung mit dem Führer stickte. Das Hochzeitskleid wurde

Vater Münchs rotes Tuch. Er verbot ihr, in seiner Gegenwart daran zu arbeiten.
Aber weitere Komplikationen folgten. Mathilds zarte Bande mit dem Führer blieben im Weinstüberl nicht verborgen. Herzlose Spaßvögel holten sie aus der Küche ins Schenkzimmer, und während das halbfertige Brautkleid von Hand zu Hand ging, ließen sie sich, nur mühsam ihr unheiliges Gelächter unterdrückend, über den neuesten Stand des heimlichen Verlöbnisses berichten. »Ich kann es nicht fassen, daß er mich erwählt hat, mich einfache Frau,« sagte sie, und ihre Lippen zitterten vor Aufregung.
Jetzt reichte es Vater Münch. »Einer Person, die auf den Hitler spinnt, ist alles zuzutrauen. Das ist nicht der richtige Umgang für meine Kinder,« entschied er, und die arme, einfältige Mathild wurde umgehend entlassen.

Vater Münchs Fehlentscheidung

Die Jahre gingen ins Land, die Nazis hatten längst die Macht übernommen, als Herr Kleingütl, ein Jagd- und Sangesfreund, der Postsekretär, Amateurjäger, Funklehrer, Stimmungskanone, Schuhplattler, Heiratsvermittler und nicht zuletzt eifriger SA-Führer in einer Person war, Vater Münch einflüsterte, in die Partei einzutreten. Vater Münch konterte mit dem Hinweis, daß ihm Uniformen, Parteiversammlungen und Beitragzahlungen zutiefst zuwider seien.
Kleingütl ließ sich nicht abschrecken. Er meinte, der Minimalbeitrag von einer Reichsmark im Monat sei ausreichend, Uniform und Versammlungen könne er vergessen und die Mitgliedschaft würde ihn vor unliebsamen geschäftlichen und anderen Nachteilen bewahren. »Tu es zu Deinem eigenen Schutz, denn jeder weiß, daß Du die Nazis nicht magst«, sagte er mit entwaffnender Aufrichtigkeit. So erlag Vater Münch am Ende der Überredungskunst dieses »Mephisto« wie er ihn nach dem Krieg grollend nannte. Er trat zum Minimaltarif in die Partei ein – und vergaß es sogleich, bis ihn lange nach dem Kriegsende dieses Datum wieder einholte.

Das Deutsche Jungvolk

Inzwischen kam für mich der Pflichteintritt in das deutsche Jungvolk. Das fing ganz lustig an mit einem Geländespiel am Rande des Neuburger Waldes. Begeistert stürmten wir den Abrahamshof auf einem

Hügel, den eine andere Gruppe verteidigte. Jeder mußte sich einen Wollfaden um den Oberarm binden. Paßt auf, daß ihn Euch der Feind nicht abreißt, wurde uns eingeschärft, denn das ist Eure Seele.
Diesem noch harmlosen Angriff auf unsere Seele folgten weit schlimmere, aber das ahnten wir noch nicht. Jedenfalls banden sich schon damals einige Schlauberger statt des Wollfadens einen Schusterdraht um den Oberarm. der kaum durchzureißen war. Vielleicht war das eine Vorstufe der später notgedrungen oft geübten Überlebenskunst.
Die anfängliche Begeisterung für das Jungvolk verebbte jedenfalls schnell, als wir merkten, daß die Nachmittage mit Antreten, Exerzieren und Märschen durch die Stadt totgeschlagen wurden. Mich wurmte, daß ich kaum noch Zeit für meinen geliebten Dachboden mit Onkel Ottos Bücherkisten hatte, und auch die Expeditionen über die Dächer der Brunngasse mußten eingeschränkt werden. Aber es kam noch schlimmer.

Der Jungbannführer

Wie ein junger Gott stieg er aus dem Olymp der Stadt der Reichsparteitage herunter in unsere am Rande der »Ostmark« dahinschlummernde Stadt, um die Passauer Jugend zu strammen Nazis zu erziehen. Schwarzhaarig und dunkelhäutig, war er zwar nicht der Prototyp des germanischen Führers, aber seine großgewachsene, gertenschlanke Gestalt, das herrische Auftreten, die maßgeschneiderten schwarzen oder braunen Uniformen und die Machtfülle, die ihn umwitterte, sorgten für einen gloriosen Einzug im Jungbann, seiner braunen Burg in der Höllgasse.
Mit dem Schlendrian im Jungvolk der ersten Jahre räumte er gründlich auf. Außer Mittwoch- und Freitagnachmittag mußte nun auch an den Wochenenden angetreten werden. Wie ein Gockel stolzierte der Jungbannführer vor seinem Einsatzfähnlein her. Mit Trommeln und Fanfaren marschierten wir vom kleinen Exerzierplatz hinunter zur Ortspitze und wieder zurück, kreuz und quer durch die Stadt, in makelloser Uniform, trutzige Lieder brüllend, damit auch der letzte verschlafene Bürger der widerspenstigen Bischofsstadt wachgerüttelt wurde. War der Tyrann nicht zufrieden, folgte stundenlanges Exerzieren: antreten, wegtreten, ausrichten, Wendungen tempoweise, Schleifereien im Gelände und immer wieder marschieren, marschieren und singen, bis uns die Zunge aus dem Hals hing, es war zum Kotzen!

Wenn ich mirs heute recht überlege, müssen wir dem Jungbannführer dankbar sein, daß er mit seinem öden Drill, sicher nicht nur bei mir, frühzeitig eine tiefsitzende Abneigung gegen das braune System tatkräftig gefördert hat und so im Grunde ein erfolgreicher Erzieher war, wenn auch in einem ganz anderen Sinn als er selber anstrebte. – Bald lernten wir ihn noch gründlicher kennen.

Der erste Maskenball

Frohgemut waren wir mit dem Jungvolk zum Schifahren in die Jugendherberge Waldhäuser eingezogen. Wir kurvten im damals modernen Kristiania-Schwung die Hänge herunter und maßen unsere Kräfte in kleinen Abfahrtsläufen, völlig mit uns und mit der Welt zufrieden. Aber schon am zweiten Tag brach das Unheil in Gestalt des Jungbannführers in unser Idyll ein. Schilaufen interessierte ihn nicht, und er muß schnell gemerkt haben, daß wir von seiner Anwesenheit alles andere als entzückt waren. Plötzlich hieß es antreten im großen Flur, und auf unsere geduckten Köpfe prasselte wegen des angeblichen Saustalls in unseren Unterkünften ein fürchterliches Donnerwetter auf uns nieder.

Unmittelbar daran schloß sich unser erster Maskenball. Der Jungbannführer stand mit der Trillerpfeife im Mund auf dem Flur. Im roten Trainingsanzug sah er aus wie der leibhaftige Teufel. Ein Pfiff, ein Blick auf die Stoppuhr und wir stürzten in unsere Unterkünfte, um drei Minuten später wieder in Uniform, mit gepacktem Tornister anzutreten. Kommando zurück, wieder in den Trainingsanzug und alles begann von vorn – stundenlang. Dazwischen Inspektion der Unterkünfte, die sich natürlich in der allgemeinen Hetze in ein totales Chaos verwandelt hatten, was neue Repressalien auslöste.

Für mich wurde dieser Abend zu einem Albtraum und Schlüsselerlebnis zugleich. Wie die aufgescheuchten Hühner flatterten wir zwischen Stuben und Flur hin und her, am Anfang noch angstvoll hoffend, daß wir durch gehorsames Einhalten der viel zu kurzen Fristen, den Zorn des Herrn besänftigen könnten. Aber dann dämmerte uns, daß dies gar nicht beabsichtigt war. Die Übung bezweckte vielmehr, uns frühzeitig an willenlose Unterordnung, ja an den Kadavergehorsam zu gewöhnen, der uns nun bis zum Ende des Dritten Reiches pausenlos eingehämmert wurde.

Jeder verdaute diesen ersten Akt der Versklavung auf seine Weise. Einer saß von Weinkrämpfen geschüttelt in einer Ecke, ein anderer warf in

einem Anfall von Galgenhumor oder Selbstzerstörung den gesamten Inhalt seines Tornisters mit irrem Lachen sinnlos durch die Gegend.
Den meisten ging es wohl wie mir. Ich war wie gelähmt, fühlte mich zum ersten Mal erniedrigt und fremdem Willen ausgeliefert. Der fanatische Jugendführer hatte an einem einzigen Abend erreicht, daß ich ihn und seine neue Ordnung von diesem Zeitpunkt an nicht nur fürchtete, sondern haßte.
Der Maskenball hat sich auf mein Verhältnis zu Vater Münch eher positiv ausgewirkt. Seine cholerischen Ausbrüche und selbst gelegentliche Ohrfeigen erschienen mir, da sie meist nicht völlig unbegründet waren, leichter verkraftbar als die willkürlichen Schikanen des Jungbannführers.

Zwischen zwei Fronten

Von da an lebte ich in einem Zweifrontenkrieg. Auf der einen Seite zog mich mein Vater verstärkt zu Kellerarbeiten heran, auf der andern Seite häuften sich die ungeliebten Pflicht-Appelle beim Einsatzfähnlein des Jungbannführers. Wenn der Ruf in den Keller zum Fabrizieren oder Weinabfüllen erschallte, setzte ich dem ein »Ich muß heute antreten, das ist Pflicht!«, entgegen. Und dann lief immer dieselbe Auseinandersetzung ab. Vater Münch erinnerte mich in unzweideutigen Ausdrücken daran, daß wir vom Geschäft lebten, woran sich eine Schimpfkanonade auf die Herumtreiberei der Hitler-Jugend anschloß. Ich schob ein besonderes Reizwort nach: »Das ist ein Befehl des Jungbannführers«. Das löste unweigerlich einen Wutanfall aus und die Androhung von Ohrfeigen, nicht nur für mich, sondern auch gleich für den Jungbannführer. Vater Münchs diesbezügliche Einladung war unzweideutig formuliert: »Schick mir dieses A... nur her, dann lang' ich ihm auch noch ein Paar.«
Die Vorstellung, wie der geschniegelte Herrenmensch im niedrigen Spirituosenladen der Brunngasse 11 Watschen von Vater Münch einsteckt, war ungeheuerlich und so grotesk, daß ich einen Lachanfall erlitt. Er dachte, ich lachte über ihn und tobte. Ich floh aus dem Keller in den Dachboden, und dort in der Stille haderte ich mit meinem Schicksal. Warum nur war ich in diese unselige Zeit hineingeboren und gleichzeitig mit einem so störrischen Vater geschlagen, der mir nicht einmal erlaubte, mit den anderen Mann für Mann in die sowieso schon reichlich unerfreuliche Zukunft zu marschieren. Da bot sich ein unerwarteter Ausweg aus dieser Zwangslage an.

Eigentlich hätte ich mit vierzehn Jahren in die Hitlerjugend übertreten müssen, als der Posten des Geldverwalters in meinem Jungvolk Fähnlein frei wurde. Ich bewarb mich sofort für diesen Posten und mußte hinfort die Monatsbeiträge von etwa einhundertzwanzig Pimpfen einsammeln sowie beim Jungbann abliefern. Dafür war ich von jeglichem Antreten befreit und brauchte von da an nicht einmal mehr eine Uniform zu tragen. Ich betrachtete diese Amtsübernahme als einen unerhörten Gücksfall, obwohl auch da schmerzliche Erfahrungen nicht ausblieben.

Widerstand im Musikladen

Eines Tages betrat ich den Schmelz'schen Musikladen in der Grabengasse, um für Schmelz jr. den fälligen Beitrag einzuheben. Noch heute sehe ich den alten Herrn Schmelz klein, dick und etwas grämlich hinter dem Ladentisch stehen. Die Geschäftslage muß zu der Zeit nicht gerade rosig gewesen sein, denn für Hausmusik blieb bei all dem Trommeln und Fanfarengetöse wenig Raum.
Unter dem melodischen Glockengeläute der Eingangstür trat ich näher. Das Erscheinen eines vermeintlichen Kunden entlockte dem Musikmeister zunächst ein erwartungsvolles Lächeln, das aber im Nu erstarrte, als ich ihm mitteilte, daß ich den Jungvolkbeitrag einsammeln wollte. Er verwies säuerlich auf die schlechte Geschäftslage und sagte barsch, für so etwas habe er kein Geld.
Eigentlich hätte ich durch den Umgang mit meinem Vater gewarnt sein und ahnen müssen, was nun folgte. Aber im Vertrauen auf meinen hoheitlichen Auftrag schüttelte ich, als Aufforderung und Mahnung zugleich, kräftig die scheppernde Sammelbüchse und schleuderte dem Widerspenstigen ein markiges »das ist Pflicht, Herr Schmelz«, entgegen.
Kaum war mir das entfahren, war es für Reue schon zu spät. Sein längst nicht mehr freundliches Mond-Gesicht lief rot an, und mit einer Geschwindigkeit, die ich seiner kugelförmigen Gestalt nie zugetraut hätte, schoß er, mich einen frechen Kerl schimpfend, hinter dem Ladentisch hervor. »Wart, ich werd' Dirs zeigen«, fauchte er, aber da spurtete ich bereits ins Freie und warf in der Eile die Ladentüre so heftig hinter mir zu, daß das Glockengeläute ganz durcheinander geriet.
Ich fühlte mich durch den erzwungenen Rückzug beleidigt und erniedrigt und doch, seltsamerweise, auch getröstet durch die neugewonnene Erkenntnis, daß Vater Münch kein Einzelfall war, sondern

auch andere geplagte Söhne mit väterlichen Verweigerern geschlagen waren.
Jedenfalls muß Herr Schmelz nach seiner Attacke bis zum Ende des dritten Reiches Beitragsfreiheit genossen haben, denn ich habe von da an einen großen Bogen um den Musikladen gemacht und auch meinen Nachfolger davor gewarnt, sich jemals beitragheischend dem Musikmeister zu nähern.
Heute sehe ich das Erlebnis in einem ganz anderen Licht und sage: »Hut ab vor diesem aufrechten Passauer Bürger.«

Mit Andreas Hofer gegen das Einsatzfähnlein

Allmählich schuf die Geldverwaltertätigkeit eine wohltuende Distanz zum Drill des Einsatzfähnleines und den öden Märschen durch die Stadt. Eines Tages schlenderte ich an einem schneereichen Wintertag gerade mit meinem Nachbarfreund Rainer Zillner durch die Torbögen an der Stadtpfarrkirche und die kleine dahinter liegende Parkanlage, als wir unten auf der zehn Meter tiefer gelegenen Donaulände das übliche Marschgetöse hörten. Wir schauten über die Steinbrüstung und sahen von links in der Ferne das Einsatzfähnlein heranmarschieren. Voran, an seinem federnden Schritt von weitem erkennbar, der Jungbannführer mit Fahnenträger, Trommeln und Fanfaren, dahinter in Winteruniform die schwarzen Kolonnen des Jungvolks im zackigen Gleichschritt.
Der Anblick löste zwiespältige Gefühle in mir aus. Einerseits marschierten da unten gute Kameraden, mit denen ich viele Male selbst unterwegs gewesen war und denen ich mich nicht zuletzt durch gemeinsam erlebte Schikanen verbunden fühlte, andererseits gehörte ich schon nicht mehr dazu, und der tönende Pomp kam mir geradezu widerwärtig vor.
Da fiel mein Blick auf die hohen feuchten Schneemassen auf der Brüstung, und mir kam eine Idee. »Andreas Hofer«, rief ich Rainer zu. Der stutzte, dann ging ein verständnisvolles Lächeln über sein Gesicht. Andreas Hofer, der die Franzosen mit Steinlawinen besiegt hatte. Schnell schoben wir die lockeren Schneemassen auf größere Haufen zusammen und als die musikumtoste, fahnentragende Führungsspitze gerade unter uns war, schoben wir wie die Rasenden den Schnee in die Tiefe.
Unten platschte es vernehmlich. Fanfaren und Trommeln verstummten, die Marschordnung löste sich auf, und aus der Tiefe drangen Ra-

cheschreie an unser Ohr. Wir setzten uns schleunigst über den Domplatz in die Grabengasse hinunter ab, ehe sich das aufgescheuchte Einsatzfähnlein sammeln und den unbekannten Wegelagerern in einer Zangenbewegung den Rückweg abschneiden konnte. Höchst befriedigt langten wir auf Umwegen in der Brunngasse an. Rainer strahlte über das ganze Gesicht. – Wenige Jahre später lebte er wohl schon nicht mehr, verschollen in einem rumänischen Kriegsgefangenenlager.

Annahme verweigert

Als die Luftangriffe auf die deutschen Großstädte zunahmen, wurden die Kinder schulklassenweise aufs Land geschickt. Zur Beaufsichtigung dieser Kinderlandverschickung brauchte man junge Leute. Plötzlich wurden wir sogenannten besseren Schüler zum Jungbannführer gerufen, der uns mitteilte, daß wir mindestens sechs Monate als KLV-Führer einberufen werden würden. »Der Einsatz ist freiwillig«, sagte er boshaft lächelnd, »aber wer sich weigert, wird dienstverpflichtet«. Zunächst sollten wir durch einen zehntägigen Lehrgang auf der Reichsführerschule bei Hohenelbe im Riesengebirge auf unsere Aufgabe vorbereitet werden. Zu meinem Erstaunen hatte Vater Münch keine Einwände gegen die Schulung. »Laß' ihn ruhig fahren«, sagte er zu Mutter Luise, »das wird ihm gut tun.« Als ich im tiefsten Winter am Ort der Schulung, einem ehemaligen tschechischen Offiziersheim eintraf, merkte ich schnell, was er meinte. Selbst später beim Militär bin ich nicht mehr so geschliffen worden. Schon gleich bei der Anmeldung ging es los: »Mensch, fall um, zehn Wendungen auf dem Koppelschloß. Mach', daß Du Boden gewinnst, hinlegen auf, hinlegen auf.« Dann folgten lange Geländeläufe nur mit Turnschuhen im tiefen Schnee. Alles geschah tag und nacht im Laufschritt und nach einem einzigen, einfallslosen Grundsatz: Wer befehlen will, muß erst einmal gehorchen lernen. Sonst haben wir dort nichts gelernt, außer ebenso markigen wie leeren Losungen. Eines dieser sprachlichen Monstren klebt mir noch heute im Gedächtnis.

> *Stellt Euch um die Standarte rund,*
> *die Hände schlagt um ihren Schaft,*
> *denn aus der Fahne kommt die Kraft,*
> *die Burgen baut dem jungen Bund.*

In diese geistige Öde hinein wurde plötzlich für die Abschlußprüfung ein lyrisches Gedicht verlangt. Bald stellte sich heraus, daß ich an-

scheinend der einzige war, der Gedichte auswendig konnte, aber sie waren alle zu lang. Endlich fand Mörikes schönes Herbstgedicht Gnade vor den Augen meiner Lehrgangsteilnehmer, weil es nur aus einer Strophe bestand. Alle zweihundert schrieben es auf und lernten es auswendig.
Schließlich stand ich selbst vor der Prüfungskommission. Meist waren es hauptberufliche HJ-Führer, zum Teil schon mit Frontbewährung. Natürlich verpaßte ich ihnen ebenfalls das Mörike-Gedicht. Sie quittierten es mit dem Aufschrei »nicht schon wieder«, weil sie die im Nebel ruhende und in warmem Golde fließende Herbstwelt Mörikes inzwischen bereits an die hundert Mal genossen hatten. Mit einer gewissen Genugtuung gab ich mich daraufhin als Verursacher ihres Lyrik-Erlebnisses zu erkennen.
Sonstige Freuden habe ich dort nicht erlebt. Ich kehrte schließlich wie von einer großen Last befreit in die Brunngasse zurück und war fest entschlossen, mich einer Verwendung als KLV-Führer zu entziehen. Vater Münch schmunzelte befriedigt. Genau das hatte er vorausgesehen und nur deshalb seine Zustimmung zu dem Lehrgang erteilt.
Dann wurde es ernst. Aus der Gauleitung in Bayreuth traf ein eingeschriebener Einsatzbefehl ein. Vater Münch wog den imposanten, mit Adlern und Hoheitszeichen geschmückten Umschlag nachdenklich in seiner Hand und meinte: »Jetzt bist Du noch ein guter Schüler, wenn Du zurückkommst, wirst Du bei den Schlechtesten der Klasse sein.« Dann schrieb er in seiner schönen gotischen Handschrift groß auf den Briefumschlag, »Annahme verweigert, an den Absender zurück« und hieß mich den Brief ungeöffnet wieder in den Briefkasten werfen. Mir erschien das frevlerisch, und Mutter Luise befürchtete das Schlimmste, aber wir haben zu unserem Erstaunen nie wieder etwas von der Gauleitung gehört.

Vater Münch und die nationalsozialistischen Eliteschulen

Zu Beginn des Krieges hielt sich einst ein Jagdfreund, der Kolonialwarenhändler aus Dommelstadl, im Weinstüberl auf. Er war ein Mann mit glorreicher brauner Vergangenheit, dem man beste Beziehungen zur Parteiführung nachsagte. Plötzlich konfrontierte er Vater Münch mit dem Angebot, mich wegen meiner guten Schulnoten als Kandidaten für die »Napola«, wie die nationalsozialistischen Eliteschulen abgekürzt hießen, vorzuschlagen. »Dann steht Deinem Sohn jede Karriere bis in die höchsten Stellen offen«, meinte er. Ich lauschte er-

schrocken dem sich anscheinend anbahnenden Kuhhandel um meine Person, denn inzwischen hatte ich nähere Bekanntschaft mit den Erziehungsmethoden des Jungbannführers gemacht und verspürte nicht mehr die geringste Sehnsucht nach nationalsozialistischer Dauerberieselung.
Daher traute ich meinen Ohren nicht, als Vater Münch geradezu geschmeichelt schien und meinte, dieses ehrenvolle Angebot sei ernstlicher Überlegung wert. Allerdings, fügte er nach kurzem Nachdenken hinzu, müsse er in diesem Fall auf einer lebenslänglichen Rente bestehen, weil ihm ja dann der Geschäftsnachfolger verloren ginge. Der Kolonialwarenhändler reagierte mit Befremden auf den unerwarteten Vorschlag. Er fühlte sich nicht ganz zu Unrecht von Vater Münch veralbert. Jedenfalls hat er sein Angebot nie mehr erneuert.

Vater Münch lebt gefährlich

Ich war längst beim Militär, als es auch in Passau immer mulmiger wurde. Vater Münch hörte ständig die verbotenen BBC-Nachrichten, während Mutter Luise schreckensbleich vor Angst, er könnte entdeckt werden, durch die Wohnung irrte. Sobald jemand im Weinstüberl auch nur ansatzweise erkennen ließ, daß er mit der obersten Führung nicht einverstanden war, öffneten sich bei Vater Münch alle Schleusen. Vergeblich flehte ihn Mutter Luise an, sich zu mäßigen. »Hör auf, Du redest Dich noch um Kopf und Kragen«, beschwor sie ihn.
Gegen Jahresende 1944 tat er am Stammtisch in der Brunngasse, in Anspielung auf das Attentat vom 20. Juli, den unvorsichtigen Ausspruch, »ich glaube, wir haben die Falschen gehenkt«. In die lähmende Stille hinein platzte aus dem Hintergrund die pfälzische Stimme des Reichsnährstandsdirektors, »Herr Münch, was Sie eben gesagt haben, kann Sie den Kopp' kosten.«
Da lief es Vater Münch zum ersten Mal kalt über den Rücken. Er erinnerte sich plötzlich, daß eine harmlosere Bemerkung als diese einem Bekannten aus dem Bayerischen Wald, dem Dr. Geiger, die Hinrichtung eingebracht hatte. Von da an zeigte er sich nur noch selten in der Brunngasse und fing an, sich auf dem Land bei seinen Jagdfreunden zu verstecken. Schließlich zog er sich mit seiner Luise und Tochter Lore endgültig auf einen Bauernhof zurück.

Amerikanisches Granatfeuer und bayerische Knödel

Es kamen die angstvollen Tage, an denen die Amerikaner das schöne Passau unter heftigen Artilleriebeschuß nahmen. Die Fensterscheiben der Wohnstube klirrten, in der die Familie Münch mit den gastfreundlichen Landleuten am Mittagstisch saß und sich in Angst um die Stadt und ihre Brunngasse 11 verzehrte.
Derweilen betete die Bäuerin laut, »Gegrüßt seist Du, Maria...« und haute nach jedem Vers einen Knödel aus ihrer großen Schüssel in die Teller. Der Bauer sagte nur, »jetzt gehts den Passauern dran« und schob sich mit Genuß einen halben Knödel in den Mund. Vater Münch saß daneben und staunte. Ihm war der Appetit vergangen.

Oma Mattessohn verteidigt die Brunngasse 11

Nur Oma Mattessohn harrte die ganze Zeit über tapfer und wie selbstverständlich in ihrer Brunngasse 11 aus. Als die Familie nach angstvollen Tagen dorthin zurückkehrte, erwartete Vater Münch, daß ihm seine Schwiegermutter erleichtert um den Hals fallen würde. Weit gefehlt. Sie schimpfte aus ihrer Wohnung im ersten Stock kräftig auf ihn herunter: »Kommst Du jetzt endlich? Immer, wenn man Dich braucht, bist Du nicht da. Seit einer Woche wollen die Amerikaner in den Weinkeller. Ich hab' ihnen nicht aufgesperrt. Einen Schwarzen hab' ich mit dem Besen vertreiben müssen«, fügte sie triumphierend hinzu. – Erst jetzt fühlte sich Vater Münch wieder richtig zuhause.
Aber er hatte bald Gelegenheit, es seiner Schwiegermutter heimzuzahlen. Als sie sich rühmte, daß die Amerikaner das ganze Haus nach Waffen durchsucht hatten, bei ihr aber nur durch die Tür schauten und darauf sofort wieder gegangen seien, meinte Vater Münch, in Anspielung auf Oma Mattessohns notorische Unordnung, trocken, »die haben eben gedacht, sie seien schon da gewesen«. Aber Omas glücklicher Natur entging die boshafte Anspielung ihre Schwiegersohnes, und ihre scharfe Rückfrage, »Wie meinst Du das?«, blieb unbeantwortet.

Vater Münch und die Entnazifizierung

In Passau war man trotz allem heilfroh, die Amerikaner als Besatzer zu haben. Sie verordneten zwar die Nichtverbrüderung mit den Deutschen und zogen in zahlreiche, schöngelegene Häuser ein, und so mußte auch Familie Münch ihr Haus auf der Windschnur wieder mit dem lichtarmen Quartier in der Brunngasse vertauschen. Aber man trugs mit Fassung und war froh, der unmittelbaren Gefahr an Leib und Leben entronnen zu sein. Wir durften sogar in dem von amerikanischen Offizieren beschlagnahmten Haus auf der Windschnur längere Zeit ungeniert aus und ein gehen. Damals war es freilich noch ungewohnt, auf dem Nachttisch Kondome herumliegen und deutsche Mädchen bei den Amerikanern nächtigen zu sehen.

Aber bald plagten Vater Münch andere Sorgen. Im Nachkriegsdeutschland begann mit unzulänglichen Methoden und noch unzulänglicheren Personen die Entnazifizierung. Vater Münch hatte den Zusammenbruch des Nazi-Regimes als Bestätigung seiner pessimistischen Voraussagen und als Befreiung begrüßt. Den Gefahren der Hinrichtung als Wehrkraftzersetzer entronnen, fühlte er sich moralisch als Sieger. Seine Partei-Mitgliedschaft hatte er ganz vergessen oder zumindest verdrängt. Als bekannt wurde, daß ein Parteieintritt vor 1937 automatisch als belastend galt, begann in der Brunngasse 11 die fieberhafte Suche nach irgend einem Schriftstück mit Vater Münchs Eintrittsdatum. Seit der unseligen Anwerbung durch Jagdfreund Kleingütl, den Vater Münch jetzt mit gräßlichen Verwünschungen bedachte, hatte sich niemand je für dieses Datum interessiert, am wenigsten Vater Münch selbst. Das ganze Kontor im Weinstüberl wurde auf den Kopf gestellt und jedes der vielen Dutzend kleinen, mit tausenderlei Geschäftspapieren angefüllten Fächer sorgfältig durchsucht. Wir tauchten tief in die modrigen Bodenschubladen des alten Schreibtisches. Endlich fand sich ganz versteckt ein Hinweis. Er verbreitete lähmendes Entsetzen. Der Eintritt war schon 1935 erfolgt und Vater Münch somit automatisch als belastet eingestuft.

Vater Münch war fassungslos. Am liebsten hätte er den Werber Kleingütl eigenhändig erwürgt, aber selbst im größten Zorn mußte er anerkennen, daß dieser mir das Funken beigebracht und damit vielleicht das Leben gerettet hatte. Das erschien ihm doch noch wichtiger, wenn es ihn auch nicht besänftigen konnte.

Das Wohnhaus wurde zwar bald wieder freigegeben, aber der frühe Partei-Eintritt hatte die Zwangstreuhandschaft für das Geschäft in der Brunngasse 11 zur Folge. Für Vater Münch brach eine Welt zusammen. Von jetzt an fanden weder die Amerikaner noch die neuen Politiker Gnade vor seinen Augen. Er konnte es einfach nicht fassen, daß seine allgemein bekannte, antinazistische Einstellung den seiner Meinung nach bedeutungslosen Parteieintritt nicht mehr als aufwog. Es wollte ihm nicht in den Kopf, daß dieses lächerliche, nichtssagende,

vergessene Datum plötzlich wichtiger war als alles, was er gedacht und gelebt hatte.
Umsonst, die Falle war zugeschnappt, und Vater Münch saß darin. Er mußte nun dafür büßen, daß er in den ersten Jahren der Naziherrschaft, als wenige auch nur ahnten, wohin die Reise ging und ganz Europa um Hitlers Gunst buhlte, geglaubt hatte, er könne sich mit einer NSDAP-Mitgliedschaft von den Nazis freikaufen. Je mehr er erklärte, desto weniger überzeugte er den Kreis grausamer und hinterhältiger Spötter, die sich teilnahmsvoll nach dem Stand seiner Entnazifizierung erkundigten.
So haderte Vater Münch unentwegt mit sich, mit der Familie und mit der ganzen Welt, bis mir eines Tages die Geduld ausging. Ich erlaubte mir die Bemerkung, seinem Widerstand habe eigentlich die höhere Qualität gefehlt, weil er nicht nur auf die Nazis, sondern schon immer grundsätzlich auf alles geschimpft habe. Das schmerzte ihn tief, weil es der Wahrheit recht nahe kam. Aber er blieb mir nichts schuldig und erinnerte mich daran, daß er allein mir frühzeitig die Freude am Nationalsozialismus ausgetrieben habe. »Dieses Verdienst mußt Du mit dem Jungbannführer teilen«, erwiderte ich. Da schüttelte er verständnislos den Kopf.

Ein Treuhänder in der Brunngasse 11

In dieser trostlosen Situation wurde eines Tages der dem Geschäft zugewiesene Treuhänder angekündigt. Vater Münch hätte ihn am liebsten, wie weiland der Wildschütz den Förster, ins Jenseits befördert. Da er wußte, daß das keine Lösung war, und außerdem seine geliebten Jagdwaffen längst beschlagnahmt waren, beschloß er, ihm rhetorisch entgegenzutreten. Für besondere Fälle der Ratlosigkeit stützte er sich seit alters her auf eine Wortkeule, deren Ursprung ich nie herausgefunden habe. Es war nur eine hohle Floskel, aber sie hatte den unbezahlbaren Vorteil, daß sie der jeweiligen Situation mühelos angepaßt werden konnte. Ich habe den Verdacht, daß sie aus einem der Courths-Maler-Romane, Mutter Luises Lieblingslektüre, stammte, in denen auch Vater Münch zuweilen heimlich schmökerte. Er hatte das Monstrum schon wiederholt mit Erfolg seinem Erzrivalen, dem Kohlenhändler und Fischer Dorner entgegengeschmettert. Es lautete dann: »Umgürte Dich mit dem ganzen Stolze eines Fischers, ich verachte Dich, ein deutscher Jäger!« Für den Treuhänder variierte er, »umgürte Dich mit dem ganzen Stolze eines Treuhänders, ich verachte Dich, ein deutscher Kaufmann!«

Vater Münch probte den Auftritt mehrmals vor versammelter Familie, nahm aber schließlich widerstrebend Abstand von dieser Form der Begrüßung, um das Verhandlungsklima nicht von vorneherein zu belasten. Auf alle Fälle beschloß er, ihn stehend und im »Beichtstuhl«, dem kleinen Kontor, zu empfangen. »Dort ist es so eng, da kann er sich nicht aufmandeln«, meinte er.

Es erschien schließlich ein unscheinbares, völlig friedfertiges Männlein, ein studierter Volkswirt. Vater Münch empfing ihn mit eisiger Miene und äußerst einsilbig im Kontor. Erst als es darum ging, das Gehalt des neuen Geschäftsführers auszuhandeln, wurde er hellwach. Im Raum stand eine Forderung von monatlich tausend Reichsmark. Vater Münch lachte schrill. »Das setzen wir seit Kriegsende monatlich zu«, konterte er. »Glauben Sie denn, daß man ohne Weine und Spirituosen mit dem Aufkleben von Lebensmittelmarken für Zucker und Mehl noch etwas verdienen kann? Sie können diese Misere ruhig ab und zu kontrollieren, aber lassen Sie die Finger vom Geschäft, denn als Arbeitskraft sind Sie vollkommen überflüssig.«

Am Ende war der Treuhänder bei fünfhundert angelangt und schaute jetzt entschieden trauriger drein als Vater Münch. Aber dem war das noch viel zu viel. Er bestand auf höchstens dreihundert. Um seine bereits stark reduzierte Forderung zu untermauern, wies der Treuhänder verzweifelt auf seine achtsemestrige akademische Ausbildung hin. Aber da kam er Vater Münch gerade recht. Der erwiderte ungerührt, daß er selbst drei Semester studiert habe. Er sei aber nie auf die Idee gekommen, deswegen seine Weine und Schnäpse teurer zu verkaufen.

Wir hörten von der Küche aus zu und quittierten Vater Münchs bekannte Aufwertung seiner drei Gymnasialjahre mit schallendem Gelächter. – Es blieb bei dreihundert Reichsmark. In der Folgezeit führte der Treuhänder in unserem kümmerlichen Geschäft ein noch kümmerlicheres Dasein. Eines Tages sahen wir ihn überhaupt nicht mehr. Er war uns einfach abhanden gekommen.

Der Ankläger im eigenen Haus

Aber Vater Münchs Entnazifizierung war noch lange nicht abgeschlossen. Inzwischen formierte sich die Passauer Spruchkammer, schließlich fand sich auch ein Ankläger, und die große Reinigung konnte beginnen. Die personelle Besetzung der Spruchkammer ließ Abenteuerliches erwarten.

Eines Morgens saß Vater Münch unrasiert und zum Teil in Unterwäsche auf dem Sofa im Wohnzimmer einem elegant gekleideten Herrn in dunkelblauem Flauschmantel und schwarzem Homburg gegenüber. Ein Vorstandsvorsitzender hätte nicht gewandter und selbstbewußter auftreten können.
Vater Münch spitzte die Ohren, als er vernahm, daß der Besucher niemand anders als der soeben ernannte Ankläger der Spruchkammer Passau war und nun geruhte, in die ihm zugewiesene Wohnung des Münch'schen Hauses zu ziehen.
Es genügte, die beiden nebeneinander auf dem Sofa sitzen zu sehen, um sofort zu erkennen, daß Vater Münch wieder einmal nicht zu den Siegern gehörte.
Mit dem Einzug des Anklägers begann für den noch der Entnazifizierung Harrenden eine Zeit unwürdiger Erpressung. Wenn im Mietverhältnis, an der Wohnung selbst, oder im Zusammenleben auch nur die geringste Beanstandung den Unmut des Anklägers hervorrief, fand eine interne Aussprache statt. Alles, was dem hohen Herrn nicht paßte, wurde mit dem immer wiederkehrenden Ausspruch, »aber Herr Münch, das ist ja ein Nachteil!« energisch zurückgewiesen. Die Silbe »Nach-« knallte er dem ungleichen Verhandlungspartner wie einen Peitschenhieb um die Ohren und ließ keinen Zweifel daran, daß Vater Münch als noch nicht Entnazifizierter gut daran tat, schnellstens für die Beseitigung derartiger, einem Ankläger keinesfalls zumutbarer Nachteile zu sorgen. Das geschah dann wohl oder übel und unter Wutschnauben und Zähneknirschen.
Die restliche Familie beobachtete nicht ohne Schadenfreude, daß Vater Münch, der nie ein besonders angenehmer Vermieter gewesen war, an diesem Mieter seinen Meister gefunden hatte.

Der Schneidermeister Alois

Vater Münch blieb nicht untätig. Er hatte nämlich inzwischen gemerkt, daß der Ruf lauterer Gesinnung allein nicht genügte, sondern dokumentarisch belegt werden mußte. Also machte er sich auf die Suche nach zuverlässigen Entlastungszeugen. Sofort dachte er an Alois.
Der Alois, ein biederer Schneidermeister in Hacklberg, hatte als gebürtiger Österreicher und glühender Patriot auch noch in den ersten Nazi-Jahren Beiträge für den Verein der Kaiserin-Mutter Zita eingesammelt. Als Staatsfeind verhaftet, kam er nach Dachau und von dort

nach einem glücklicherweise kurzen Aufenthalt sehr schweigsam zurück.

Meinem Vater erzählte er unter dem Siegel tiefster Verschwiegenheit, daß man ihn und seine Leidensgenossen dort gehörig gequält habe. Unter anderem ließ man sie aufgehängt mit dem Gesicht nach unten in den Schotter fallen. Als er entlassen wurde, mußte er sich am Lager-Eingang noch einmal umdrehen. »Wenn Du morgen wieder hier sein willst, dann erzähle, was Du hier erlebt hast,« wurde ihm gesagt. Meinem Vater hatte er damals dennoch gleich nach der Rückkehr von seinen Leiden berichtet. Der schüttelte entsetzt den Kopf und meinte, er hätte sich wegen dieser Zita nicht so quälen lassen, aber er hat ihm in schweren Jahren ohne große Worte die Treue gehalten. Wenn sie zusammen waren, schimpften sie nach Herzenslust über das Nazi-System, und der Alois durfte meinem Vater und mir jahrelang mehr schlichte als maßgerechte Anzüge verpassen.

Jetzt, in Vater Münchs unerwarteten Entnazifizierungsnöten, war der Alois nur zu gern bereit, alles Menschenmögliche zur Entlastung seines Freundes beizutragen. Ich saß in seinem bescheidenen Schneider-Atelier, als er ein ungelenkes, aber inhaltlich umso überzeugenderes Schreiben verfaßte.

Aber auch anderswo fanden sich treue Freunde. Aus der Stadtverwaltung gelangte das Originalschreiben in Vater Münchs Hände, in dem der Nazi-Oberbürgermeister seine Einberufung gefordert hatte. Dieses Schreiben verwahrte er wie eine kostbare Reliquie und las es unermüdlich im Weinstüberl vor.

Eines Tages durchlief sein Fall, reichlich mit Entlastungsdokumenten versehen, endlich das Spruchkammerverfahren. Er kehrte entnazifiziert und neugeboren, wenn auch noch lange grollend, in die demokratische Gesellschaft zurück. Nicht jedem ist solche Genugtuung zuteil geworden. Der Volksmund sagt, daß manchen der Entnazifizierungsbescheid erst auf dem Friedhof verlesen wurde.

Da kommt noch was nach

Aber Vater Münch war nur halber Sieger. Als er es wagte, bei der nächsten Aussprache über Wohnungsangelegenheiten als jetzt Entnazifizierter dem Ankläger freier gegenüberzutreten, schleuderte ihm dieser erbost ein »passen Sie bloß auf, Herr Münch, da kommt noch was nach!« entgegen. Das Wörtchen »nach« peitschte er womöglich noch schärfer in Vater Münchs Ohren als zuvor den »Nachteil«. Der mußte die Drohung noch oft über sich ergehen lassen. Erst nach und nach verlor sie ihren Schrecken.

Der Ankläger ist schon lange tot, aber dank »Nachteil« und »da kommt noch was nach« lebt er bei uns weiter. Seltsam, wer diese dummen Floskeln testet, stellt mit Erstaunen fest, daß man damit auch andere durchaus beeindrucken kann.

Vater Münch konnte zeit seines Lebens nicht begreifen, wie ein Mann, der sich selbst rühmte, im Krieg ein erfolgreicher Wirtschaftsführer gewesen zu sein, und daher mit Sicherheit wesentlich kriegsverlängernder als je Vater Münch gewirkt haben muß, sich anmaßen konnte, als sein Ankläger aufzutreten.

Der Heimatdichter Peinkofer alias Drahobl spendete Vater Münch in jener Zeit Trost mit einem langen Gedicht in der Lokalpresse über diese Sorte Nachkriegsgewinnler und über die Leiden des von »Zugereisten« mit blütenweißen Fragebogen dirigierten Bayernlandes.

Ich muß bei allem Respekt vor Peinkofers Verskunst gestehen, daß mir manche Passagen schon damals zu lokalpatriotisch waren. Aber das Gedicht fiel wie erquickender Tau auf Vater Münchs verwundete Seele. Er konnte es in wenigen Tagen auswendig und trug es unermüdlich, ob es seinen Zuhörern paßte oder nicht, im Weinstüberl und noch öfter der eigenen Familie vor.

Die Kernsätze habe ich daher auch nach fast fünfzig Jahren nicht vergessen, aber ich lassse mich nicht in Versuchung führen, meinen Lesern und vor allem den längst in Bayern integrierten Flüchtlingen der damaligen Zeit Drahobls gereimte Bosheiten noch einmal in Erinnerung zu bringen.

Wenn da nicht die Mari in der Brunngasse 11 gewesen wäre!

Peinkofer alias Drahobl und die Mari aus Waldkirchen

In den Nachkriegsjahren erforderten der wachsende Andrang im Weinstüberl und Vater Münchs zunehmendes Ruhebedürfnis in den Abendstunden ein neues Arrangement. Wenn er sich mit Tochter Lore auf die Windschnur zurückzog, übenahm Mari das Kommando. Das ist durchaus wörtlich zu nehmen. Denn mit der lieben Mari, einer ebenso treuen wie fleißigen und streitbaren Person aus Waldkirchen, war nicht zu spaßen. Selbst Vater Münch legte sich nicht ohne Not mit ihr an. Einmal ließ er sich, durch ihre schlichte Frömmigkeit irritiert, dazu verleiten, sie in eine Diskussion über die Kirche zu verwickeln. Das hat er nie wieder versucht.

»Schauts eam an, mit eam red' i' net über d'Kirch, weil er nix davon versteht, weil ers ganze Jahr net in d'Kirch geht!« schoß sie zurück. Vater Münch schwieg beleidigt, allein schon wegen der ihm verhaßten Anrede in der dritten Person. »Mit diesem groben Frauenzimmer kann man nicht sachlich diskutieren«, knurrte er.

Manchmal war sie aber auch auf ihre Art sogar lieb zu ihm. Als er eines Tages überlegte, ob er auf die Jagd gehen solle, ermunterte sie ihn treuherzig »Ja, Herr Münch, heut' dürfens gehn, heut' warns schon fleißig im Keller!«

Die Stammgäste im Weinstüberl verehrten und fürchteten sie. Verehrt wurde sie, weil mit ihrer Hilfe und einer größeren Anzahl vorsorglich bereitgestellter Weinflaschen nach Vater Münchs Abgang bis in die Nacht hinein weitergezecht werden konnte. Gefürchtet wurde sie wegen der derben Art, mit der sie unbotmäßige Gäste in die Schranken wies. Einmal trank Vater Münch einen besonders guten Wein, worauf sich ein Gast erlaubte, den gleichen bei Mari zu bestellen. »Schauts eam (ihn) an, den Chef – Wein will er! Nix da, an Guntersblumer kriegt er!« entschied sie lautstark zur Erheiterung des ganzen Weinstüberls. Auch bei ihr in der Küche durften die Gäste sitzen, wenn die Weinstube voll war, aber sie entfernte vorher die Polster von den Küchenstühlen. »Ihr brauchts keine Polster, weil Ihr mir da drauf nur 'rumrutscht und sie abnutzt«, monierte sie.

Aber eigentlich war sie unendlich willig und hilfsbereit. Für ein kleines Trinkgeld opferte sie tagtäglich ihre Abendstunden und humpelte mit ihrer von Geburt an verkrüppelten Hüfte unermüdlich zwischen Küche und Weinstube hin und her. War sie gut gelaunt, so nahm sie lautstark und mit ausgeprägt katholisch-bodenverwurzelter Grundhaltung an den Gesprächen teil. Was sie mit dem Ausdruck »dös Gnarrat«(diese Narretei) bedachte, war erledigt und abgetan. Dann war jeder wohlberaten, das Thema zu wechseln.

Wenn sich jemand eine preiswerte Brotzeit aus der benachbarten Metzgerei Bauer mitbrachte, stellte Mari kostenlos Teller und Bestecke zur Verfügung. Ja sie sorgte sogar mit »O'batzt'm«, einem angemachten Käse, dessen Herstellung Mari vollendet beherrschte, und mit heißen Würsteln in bescheidenem Rahmen selbst für das leibliche Wohl der Gäste.

Das war aber auch, wie Maris Schützlinge wohl wußten, die äußerste Grenze ihrer Speisekarte, die kein Gast ungestraft überschreiten durfte.

Die Macht des Gesangs

Nach seinem großen Wurf mit dem Drahobl-Gedicht verkehrte der Schriftsteller in den folgenden Jahren des öfteren und unter seinem bürgerlichen Namen Peinkofer recht unauffällig im Weinstüberl. Eines Abends wagte er es, mit den Tabus nicht hinreichend vertraut, zu später Stunde Pfannkuchen bei Mari zu bestellen. Ihr empörter Aufschrei ließ ihn augenblicklich erschauern. Mari verpaßte dem Frevler sofort in der dritten Person, einer Anrede, die auch Vater Münch jedes Mal zur Weißglut brachte, eine volle Breitseite. »Schauts eam (ihn) an, dös is' a ganz a Narrischer, der möcht Pfannakuacha!« rief sie, hohnlachend und Beistand heischend zugleich, in die Runde. Alle wieherten vor Lust, in der Vorfreude auf die zu erwartende weitere Auseinandersetzung.

Das war dem Peinkofer dann doch zuviel. »Was erlauben Sie sich«, fuhr er die Mari auf hochdeutsch an, »wissen Sie überhaupt, wer ich bin? Ich bin der Drahobl!«

Wenn man dem Teufel ein Kruzifix vor die Nase hält, kann die Wirkung nicht größer sein. Mari starrte ihn mit weit aufgerissenen Augen fassungslos an. »Was, Sie san der Drahobl?« stammelte sie ungläubig, aber schon eine Spur ehrfürchtig. »Warum hams denn das nicht gleich gsagt? Wo Sie doch so schön dichten können!«

Zehn Minuten später standen goldbraune Pfannkuchen auf dem Tisch, und während Drahobl sie mit Genuß verzehrte, hörte er aus Maris Mund noch einmal eine kleine Auswahl der Verse, die seinerzeit nicht nur Vater Münchs, sondern auch Maris Herz gewonnen hatten:

Ick nähr' mir jut im Bayerland,
nicht nur von Theorien,
sind stur und doof, ob Volk, ob Land,
jut sind die Kalorien.

und weiter:

Den Sender Münchens haben wir gepachtet als Domäne,
dort sprudelt Preußens Zungenkunst, famos wie 'ne Fontäne.

Herr Peinkofer alias Drahobl wischte sich Maris Butterschmalz von den Lippen. Er lächelte nachsichtig und geschmeichelt zugleich. Eines wußte er nun. Sein Werk lebte im Volk weiter. Es hatte ihm sogar zu Maris Pfannkuchen verholfen.

Oma Mattessohn stirbt

Noch in den schweren Nachkriegsjahren starb über achtzig Jahre alt Oma Mattessohn. Schon Wochen vorher kauerte sie im Weinstüberl fröstelnd vor dem fast erkalteten Kachelofen, in dem nur ein Häuflein schlechter Kohle schwelte. Zu essen gab es fast nichts mehr, und ihre Lebenskraft ging zu Ende.
Der damalige evangelische Pfarrer in Passau, Otto Pfeiffer, der selbst erst vor wenigen Jahren fast hundertjährig gestorben ist, hat in seinem Buch »Weg im Hell Dunkel« Oma Mattessohns vorbildlichen Tod als gläubige Christin ausführlich und liebevoll beschrieben und ihr gefaßtes Hinscheiden unter den Gebeten der um ihr Bett versammelten Familie gerühmt. Auf diese Weise trat die Brunngasse 11 zum ersten Mal kurz in literarisches Rampenlicht.
Vater Münch las Jahre später nicht ohne Genugtuung Pfarrer Pfeiffers Bericht. Er hatte sich noch zu ihren Lebzeiten fast vollständig mit seiner streitbaren Schwiegermutter ausgesöhnt. Das hinderte ihn nicht daran, einiges an der Darstellung des in der Gemeinde hochverehrten Pfarrers zu kritisieren. Erstens wies er darauf hin, daß meine Schwester und ich seinerzeit beim Schifahren auf dem Wallberg nicht erreichbar und daher, mit ihm selbst, die halbe Familie am Sterbebett gefehlt hatte. Zweitens – und da umwölkte sich seine Stirn – bedauerte er auf das lebhafteste, daß der Herr Pfarrer unsere Weinhandlung mit eigener Spirituosenfabrikation nur als Feinkostladen bezeichnet, und damit seiner Meinung nach, wenn auch vermutlich unbeabsichtigt, den Tatbestand der Geschäftsschädigung erfüllt habe. »Das darf einem so gescheiten Pfarrer nicht passieren«, meinte er vorwurfsvoll.
Aber ansonsten bestand kein Zeifel, daß Vater Münch auf Oma Mattessohns wohlerworbenen Platz im Jenseits nicht eifersüchtig war. Im Gegenteil vergönnte er seiner Schwiegermutter von Herzen den erbaulichen, kirchlich und literarisch abgesegneten Heimgang.
In Oma Mattessohns längst erkaltetem Kachelofen fanden wir einige Zeit später einen kleinen Topf Butterschmalz und in den ausrangierten Kanonenöfen auf dem Dachboden im Hinterhaus weitere Kostbarkeiten, nämlich zwei Flaschen Weinbrand, die Oma Mattessohn dort dem amerikanischen Zugriff entzogen und sogleich vergessen hatte. So hat sie nicht nur ein Leben lang, sondern sogar noch über den Tod hinaus für die Familie gesorgt.

Die Jagd auf den Riesenratz

Eigentlich müßte ich, allein schon zum besseren Verständnis für etwaige Leser aus nördlichen Gefilden, von einer Riesenratte sprechen. Aber eine Ratte löst zumindest in Bayern unangenehme Gefühle aus. Man denkt an ein umherhuschendes, unappetitliches Tier mit einem langen Schwanz. Ein bayerischer Ratz sitzt dagegen meist behäbig auf seinen Hinterbeinen und hat etwas Sympathisches, Gemütliches, ja fast Menschliches an sich. Für die folgende Geschichte ist nachdrücklich festzuhalten, daß dieses ungewöhnliche Viecherl ein bayerischer Ratz war.

Eines Tages wollte unsere aus der Brunngasse 11 viele Jahrzehnte nicht wegzudenkende Angestellte Tina von der Küche aus den Hinterhof überqueren, als sie mitten auf dem Hof einen großen Ratz sitzen sah, der sich gemächlich nach Eßbarem umsah. Solche Gäste verirrten sich eigentlich nur selten in die Brunngasse 11, weil sie an Alkohol nicht interessiert waren und ziemlichen Respekt vor unseren Miezen hatten. Tina griff entschlossen nach dem Schrubber in der Küche, aber als sie damit auf den Ratz losgehen wollte, war dieser wie vom Erdboden verschluckt.

Tina schaute sich sorgfältig um. Alle Türen im Hinterhof waren geschlossen, nur die Klo-Türe neben dem Weinstüberl stand eine Handbreit offen. Tina näherte sich vorsichtig und hörte ein leises Papierrascheln. Sie schloß messerscharf, daß der Ratz drinnen unter achtlos weggeworfenem Papier in Deckung gegangen war, drückte blitzschnell die Türe zu, und der Ratz saß in der Falle.

Nun galt es, ihm auf todsichere Weise den Garaus zu machen. Tina eilte ins Weinstüberl, wo ihr aufgeregtes Hilfe-Ersuchen bereitwillig Gehör fand. Zum Glück war die Küche mit ihren zahlreichen Besen und Schrubbern ein wahres Waffenarsenal. Vorsichtig postierten sich auf jeder Seite der Klotüre zwei Gäste, und ein weiterer schloß die Lücke nach hinten. Vater Münch mit langjähriger Treibjagderfahrung übernahm aus sicherer Entfernung das Oberkommando.

Auf seinen Zuruf riß Tina die Toiletten-Türe auf und stieß einen gellenden Schrei aus. Kein Wunder, denn auf der Klobrille saß ein Riesenratz, der größte Ratz, den es im Bayerland je gegeben hat. Zunächst sah man von ihm nur die gewaltigen Schenkel, aber er füllte das ganze Klo aus und trat in seinen Konturen erst deutlich hervor, nachdem er die Passauer Neue Presse gesenkt hatte: ein Zweimeter-Ratz, der Postbeamte Kiesling.

Der war als einziger gar nicht amüsiert. Er schleuderte dem verblüfften Jagdkommando ein giftiges: »Verdammt, kann man hier nicht einmal in Ruhe scheißen?« entgegen und knallte wütend die Türe zu. Den Treibern fiel vor Lachen der Besen aus der Hand. Vater Münch blieb nichts anderes übrig, als die Treibjagd sofort abzublasen. Der wirkliche Ratz blieb verschwunden. Wahrscheinlich hatte er sich längst Richtung Metzgerei Bauer in eine nahrhaftere Umgebung abgesetzt.
Jetzt am Ende wird jeder verstehen, daß eine Ratte in dieser Geschichte fehl am Platz gewesen wäre.

Todesgefahr im Granitsteinbruch

Wer über den Fünferlsteg ins Lindental spaziert, erblickt hoch oben am Brunnhäusl-Weg eine kleine Villa auf imposantem Granitsockel. Dieses Haus hat der Postbeamte Kiesling in seiner Freizeit größtenteils selbst erbaut. Die Steine für den Sockel hat er in eisernem Fleiß und Dank seiner Riesenkräfte mit eigenen Händen aus einem stillgelegten Granitsteinbruch im Bayerischen Wald gebrochen.
Der Spaziergänger sollte die Granitmauer mit geziemender Ehrfurcht in Augenschein nehmen, denn den Erbauer hätte sie beinahe das Leben gekostet. Wie, hat er oft und gern im Weinstüberl erzählt, wobei sich einem, wenn man an den Ratz denkt, eine gewisse Duplizität der Ereignisse aufdrängt.
Der Herkules von der Post hatte auf seiner idyllischen Arbeitsstätte in der Nähe von Hauzenberg an einem schönen Sommernachmittag bereits eine Anzahl Steine gebrochen, als er sich, dem Ruf der Natur folgend, gezwungen sah, eine kleine Pause einzulegen. Froh, in dieser Waldabgeschiedenheit keine Toilette zu benötigen, zog er sich in eine stille Ecke des Steinbruchs zurück und senkte den mächtigen Leib bedächtig in die Ausgangsposition ab. Als die wichtigsten Vorbereitungen getroffen und alle Wege unverstellt waren, ertönte ein deutlich vernehmbares Zischen. »Das störte mich nicht, weil es wohl von mir selbst stammte«, berichtete Kiesling. Aber dann vernahm er mit Argwohn ein zweites, mit Sicherheit fremderzeugtes, dem ein drittes, noch lauteres Zischen folgte, das ihn augenblicklich in höchste Alarmstimmung versetzte. Mit dem Gleichgewicht ringend, drehte er den Kopf nach hinten und blickte geradewegs auf eine wütend zum Angriff aufgerichtete, von ihrer Brut umringelte Kreuzotter. Dem Postler blieb keine Zeit, seine Blöße zu bedecken oder gar noch aufzustehen. Geistesgegenwärtig tat er das einzig Richtige, um seinen Hintern schnellstens aus der

Gefahrenzone zu entfernen. Er rollte einfach aus der tiefen Hocke mit einem lebensrettenden Purzelbaum nach vorne kopfüber den Abhang hinunter, auf dem zum Glück keine Steintrümmer lagen.

Vater Münch hat diese Geschichte außerordentlich gut gefallen. Er musterte danach aufmerksam Kieslings imposante Sitzfläche und bestätigte bereitwillig, daß bei einem solchen Ziel dicht vor den Augen der Kreuzotter absolute Todesgefahr bestanden hatte.

Moderne Kunst im Weinstüberl

Kulturelles Leben hat es in der Brunngasse 11 in bescheidenem Maße schon immer gegeben. Vater Münch ist sogar schon lange vor dem Krieg in einem zugegebenermaßen seltenen Fall als Mäzen hervorgetreten. Er rang sich nämlich nach längerem Zögern dazu durch, den ungehinderten Ausblick vom Weinstüberl auf die wenig einladende Toilette im Hinterhof durch ein bemaltes Glasfenster zu verschönern. Mit dem Auftrag wurde der weißbärtige, alte Herr Kurländer, Seniorchef einer bekannten Passauer Glasmalerdynastie, betraut. Die Ausführung verlief etwas zögerlich, weil Vater Münch den Preis immer wieder gedrückt hatte, aber schließlich zierten grüne Butzenscheiben mit einer hübschen Ansicht des Passauer Doms aus dem Jahr 1695 und der Festung Oberhaus weiland 1725 den Austritt zum Hinterhof.

Dann trat eine längere Pause ein, ehe die Musen das Weinstüberl wieder küßten. Eine Gruppe aufstrebender Passauer Maler erkor das schlichte Lokal zu seinem Stammsitz. Von da an hob sich das Niveau der Gespräche merklich und ließ ahnen, daß das Weinstüberl zu Höherem berufen sein könnte.

Leider erkannte Vater Münch die Zeichen der Zeit nicht in hinreichendem Maße. Im Grunde schätzte er zwar die Künstlergruppe, wenn auch nicht ganz uneingeschränkt, weil er mit Eifersucht und Argwohn beobachtete, daß sich zwischen seiner Tochter Lore und einem aufstrebenden, jungen Bildhauer aus dem Bayerischen Wald eine Freundschaft entwickelte.

Aber noch etwas anderes mißfiel ihm weit mehr. Die späten Stunden der Künstler standen zu Vater Münchs sich am Abend gebieterisch einstellendem Ruhebedürfnis in scharfem Gegensatz. Immer wenn sich der Genius des Malerzirkels, von zahlreichen Vierteln angefacht, voll entzünden wollte, sorgte er durch Aufreißen der Türen für abkühlenden Durchzug. So blieb Vater Münchs Verhältnis zur Kunst wenn auch nicht direkt gestört, so doch gewissen Schwankungen ausgesetzt.

Da kündigte sich eine künstlerische Sternstunde im Weinstüberl an. Ein noch junger, aber hoffnungsvoll talentierter Maler aus ihrer Mitte schickte sich eines Tages an, spontan eine Anzahl seiner bereits beachtlichen, allerdings abstrakten Schöpfungen an einer Wand und auf dem Nebentisch des Weinstüberls zur allgemeinen Begutachtung auszustellen. Als er erkennen mußte, daß er sich da auf ein tollkühnes Unterfangen eingelassen hatte, war es für einen Rückzug bereits zu spät. Schicksalhaft nahmen die Dinge ihren Lauf.
Die ahnungslos zur üblichen geistigen Stärkung eintrudelnden Stammgäste sahen sich unerwartet mit Schöpfungen konfrontiert, die zwar überaus lebhafte, aber durchwegs abwehrende oder fluchtartige Reflexe auslösten. Der junge Maler stand leicht verwirrt, abwechselnd errötend und erblassend, inmitten seiner Bilder. Da ihn viele beim Eintreten nicht gleich erkannten, fielen Ihre Meinungen zuweilen noch unverblümter aus.
Nur wenige zogen sich vergleichsweise elegant aus der Affäre, darunter der Dachdeckermeister Franzi. Er warf einen langen Blick auf die Bilder, verbarg beherzt seine Ratlosigkeit und bestellte nach dem unverbindlichen Urteil, »ja dös gibts«, erleichtert ein Achterl Kirsch mit Rum. Der alte Dorner sagte überhaupt nichts, aber sein Hals ruckte im steifen Kragen so heftig hin und her, als hätte ihm sein Erzrivale, der Jäger Münch, gerade eine volle rhetorische Breitseite verpaßt. Noch barscher als sonst bestellte er sich ein Viertel Pfälzer.
Dann betrat Adis Mutter Anna, die nun, Jahre nach dem Tod ihres Sohnes Adi, allmählich ihre alte Fröhlichkeit wiedererlangt hatte, mit einem Scherzwort auf den Lippen die Weinstube, und die Stimmung hellte sich vorübergehend auf. Aber auch sie konnte dem Maler wenig Trost spenden. Die liebe Anna verfügte über einen markanten Ausspruch, um ihre Zustimmung auszudrücken. Er lautete: »Ja, des is was richtigs!« Ihre Ablehnungsformel hieß, »da wennst mir nicht gehst!« Leider entschied sie sich nach kurzem Blick auf die Bilder für letzteres und flüchtete mit einem entschiedenen »da wennst ma nicht gehst« aus dem Weinstüberl in die Küche.
Vater Münch beobachtete mit wachsender Unruhe, daß sich ein Fiasko anbahnte. Da er den jungen Maler nicht zuletzt als guten Kunden nicht verlieren wollte, warf er sich tollkühn in die Bresche und behauptete unvermittelt, die Bilder seien gar nicht abstrakt, sondern Motive aus der Salzweger Jagd. Dieser verunglückte Rettungsversuch erzeugte aber nur Hohngelächter und trug nicht im geringsten zum besseren Verständnis der Werke bei.

Da tat sich die Türe erneut auf, und herein trat im gewohnten Intellektuellenornat, Baskenmütze und dunkler Anzug, Professor Moosbauer alias Moses, der Altphilologe und Humanist. Das gesamte Weinstüberl atmete auf. Gerade noch rechtzeitig war ein wirklicher Kenner, ein echter Liebhaber der Schönen Künste erschienen. Alle wußten und bewunderten, daß Moses, der Maximilianeum-Schüler, mit besten Verbindungen nach Bonn bis hinauf in die Kreise um Adenauer, einen hohen Posten in der Kulturabteilung des Auswärtigen Amtes nur deswegen ausgeschlagen hatte, weil er sich nicht von seinem Passauer Gymnasium und dem Familienbauernhof im Rottal trennen konnte. Wer wäre legitimierter gewesen als Moses, der jedes Jahr zu ausgedehntem Kunstgenuß nach Rom pilgerte, in dieser verworrenen Situation ein klärendes Wort zu sprechen.

Der Herr Professor war sich seiner Verantwortung voll bewußt. Souverän trat er vor die Bilder, warf einen ernsten Blick auf jedes einzelne und wählte sorgfältig seine Worte: »Meine Herren! Seit Menschengedenken hat es Zeitalter gegeben, da blühte die Kunst« – während er dies sagte, lag ein Abglanz der Antike auf seinem Antlitz – »und Zeitalter, in denen die Kunst nicht blühte!« Der Glanz in seinen Augen erlosch. Er warf einen bekümmerten Blick auf die kleine Ausstellung und fügte mit Grabesstimme hinzu, »in letzterem befinden wir uns jetzt!« Damit war das Urteil gesprochen. Erschöpft von seinem Vortrag griff Moses nach dem Viertel Forster Ungeheuer, das Vater Münch beflissen für ihn bereit hielt. Der frustrierte Maler raffte blitzschnell seine Bilder zusammen und entschwand.

Eine Sternstunde war ungenützt verstrichen. Wohlgemerkt nicht für den Maler, denn der machte seinen Weg und gelangte zu beträchtlichem Ansehen. Nein, das biedere Weinstüberl hatte versagt. Es war als Brutstätte moderner Kunst hoffnungslos überfordert und konnte die Sternstunde nicht nützen. Erleichtert fiel es auf sein gewohntes Niveau zurück.

Vater Münchs Notaufenthalt in München

Im Gegensatz zu den heutigen Deutschen war München für ihn nie eine Traumstadt. Er liebte seine Heimatstadt Hersbruck, und er mochte Nürnberg mit seinen Operetten-Aufführungen, weil es Hersbruck so nahe war. Aber sein Lebensmittelpunkt wurde Passau mit seinen Jagdrevieren in der Umgebung. München war für ihn »das Bierdorf«, in dem er sich stets nur kurz und allenfalls geschäftlich aufhielt.

Nichts ärgerte ihn mehr, als wenn der damalige Münchner Berichterstatter der PNP, der als Mieter bei Vater Münch auf der Windschnur wohnte, von München schwärmte und ihn gar mit seinem Standardspott, »hörn's auf mit Ihrem Passau, nächst's Jahr wirds zugschütt!« zur Weißglut brachte. Am liebsten hätte er den Frevler vor die Türe gesetzt.
Aber plötzlich wurde ein längerer Aufenthalt in München unvermeidlich.

Vater Münch verliert seine Stimme

Im Laufe der Jahrzehnte hatte Vater Münchs Stimme im rauchigen Weinstüberl und in ständigen Wortgefechten mehr und mehr gelitten. Eine anfänglich leichte Heiserkeit verschlimmerte sich zu einer chronischen Kehlkopfentzündung, ihm versagte die Stimme. Viele Untersuchungen folgten. Eines Tages saß Vater Münch, den gesenkten Kopf auf die Ellenbogen gestützt, ein Bild des Jammers, im leeren Weinstüberl und flüsterte mir zu: »Es ist aus, ich hab' Kehlkopf-Krebs. Jetzt wird mir genommen, was ich am liebsten tu', essen, trinken und reden!«
In höchster Not pilgerte er zu Spezialärzten nach München, und dort fand er seinen Retter.
Professor Kresner versicherte meinem geknickten Vater, daß er an dieser Krankheit nicht sterben werde. Er entfernte eine Wucherung auf den Stimmbändern und ordnete eine vierwöchige Bestrahlung an. Ich war zu der Zeit Studienassessor an einer Münchner Schule und freute mich auf die ersten großen Ferien.
Statt dessen zog Vater Münch mit einem überdimensionalen Nachtgeschirr bei mir ein, verdrängte mich aus meinem Bett und stützte sich in der Not auch sonst voll auf seinen Sohn. Da ich ein Jahr später München verließ und nach Bonn wechselte, war es mir nie vergönnt, eine der Wohltaten des Lehrberufs, die großen Ferien, als Lehrer zu genießen. Noch schlimmer erging es meiner Lambretta, denn sie mußte auf dem Rücksitz Vater Münchs reichlich hundert Kilo verkraften. Wenn ich nicht rechtzeitg vor ihm schon auf dem Roller saß, stieg dieser vorne wie ein störrischer Gaul in die Höhe. Anschließend steuerten wir, ich ziemlich nervös, Vater Münch ahnungslos und daher völlig entspannt, alle möglichen Punkte an.

Vater Münchs Chemotherapie im Hofbräuhaus

Da war zunächst das Bestrahlungsinstitut rechts der Isar. Nach der Behandlung klagte Vater Münch über einen merkwürdigen Brandgeschmack im Mund und verlangte, im nahegelegenen Hofbräuhaus abzusteigen.
Den Brand löschte er von da an täglich mit zwei Maß Bier im Hofbräu-Stammhaus rechts der Isar. Schon nach wenigen Tagen gewahrte ich, daß bei dieser Art Chemotherapie seine früheren Lebensgeister wieder erwachten.
Er stand nämlich, als wir gerade in der Schwemme des Hofbräuhauses Platz genommen hatten, unvermittelt auf und ging mit der schlechteingeschenkten Maß zum Schankwirt. Da er noch kaum sprechen konnte, hielt er ihm den Krug einfach unter die Nase. Der Schankwirt, ein echter Grobian brüllte beleidigt auf, aber durch Geschrei hat sich Vater Münch noch nie einschüchtern lassen. Wortlos hob er die Maß immer höher, bis der Schankwirt fast das Kinn im Schaum hatte. Das wirkte. Triumphierend kam er mit vollem Krug zurück.
Kurz darauf hatte er noch ein weiteres Erfolgserlebnis. Wir verließen gerade gestärkt das Hofbräuhaus, als er auf der Schwelle nach unten zeigte und mich mit den Worten: »Bück Dich, Du blinder Hess, Du wirst nie ein großer Jäger«, auf zwei am Boden liegende Hundert-Mark-Scheine aufmerksam machte. Ich fühlte mich gedemütigt und beglückt zugleich und dachte: »Gott sei Dank, er wird wieder unleidlich, er ist schon fast wieder der Alte.« – Später wurde mir weiterer Trost zuteil. Niemand hat die Scheine auf dem Fundbüro reklamiert, daher gingen sie nach der üblichen Frist in meinen Besitz über.

Vater Münch regelt den Münchner Verkehr

Bald machte er allein seine Spaziergänge und erfreute sich an typischen Münchner Szenen. Einmal beobachtete er auf dem Viktualienmarkt, wie ein Marktinspektor den Obststand einer resoluten Marktfrau überprüfte. »Ihre Birnen sind nicht ausgeschildert«, sagte er. »Geh, geh, geh«, erwiderte sie recht keckig. »Und das Preistaferl auf den Äpfeln hat einen rostigen Nagel, der muß ausgewechselt werden«. »Geh, geh. geh«, keckerte sie noch aufreizender.
Schnell kam Vater Münch näher, um nichts zu versäumen. »Zwei Verstöße gegen die Marktordnung, macht 50 Mark und für Ihr geh,geh,geh fünfzig extra, macht hundert«, sagte gelassen der Inspektor. Die Markt-

frau hatte das nächste »geh, geh, geh« schon auf der Zunge, aber es blieb ihr im Halse stecken.
Belustigt zog Vater Münch weiter zum Sendlinger Tor, um eine Straßenbahn zu besteigen. Damals floß der ganze Autoverkehr noch zwischen den Trambahnen über den Platz. Er wollte eben am hinteren Ende einer haltenden Trambahn zusteigen, als er sich von den, seiner Meinung nach, viel zu dicht auffahrenden Autos bedrängt fühlte. Sofort drehte er sich um und ging mit erhobener Hand laut schimpfend auf die Übeltäter los. Dahinter stauten sich hupend immer mehr andere Autos.
Als ich zufällig mit meiner Lambretta dort vorbeikam, bot sich mir ein komischer Anblick. Vater Münch stand noch immer wild gestikulierend vor der Autoschlange, ohne gewahr zu werden, daß hinter ihm die Trambahn längst abgefahren war. Ich zog ihn am Ärmel sanft auf den Bürgersteig. Aus den anfahrenden Autos hörten wir wenig Schmeichelhaftes. Vater Münch installierte sich auf meiner Lambretta und schimpfte während der ganzen Heimfahrt unaufhörlich leise vor sich hin auf das Bierdorf München mit seinen unverschämten Autofahrern.

Hersbrucker Besuch

Tochter Lore war noch nicht lange im Geschäft, da betrat anfang der fünfziger Jahre ein Gast das Weinstüberl, den ihr Vater Münch als alten Freund aus Hersbruck ankündigte. Lore gab ihm die Hand und begrüßte ihn augenblicklich hocherfreut wie einen alten Bekannten mit heller Stimme beim Namen: »Grüß Gott, Herr Hacker!« Den Ankömmling verblüffte die namentliche Anrede, da er zum ersten Mal in seinem Leben mit Lore zusammentraf. Des Rätsels Lösung lag in einem Ereignis vor mehr als fünfzig Jahren.
Gerade dem Vorschulalter entwachsen, sah der kleine Münch in Hersbruck zum ersten Mal einen Zirkus mit Seiltänzern. Sofort entzündete sich seine Phantasie, und er stellte eine eigene Truppe aus mehreren, meist noch kleineren Buben als er selbst zusammen. Auf einem eisernen Geländer an der Pegnitz begannen sie zu üben. Vortänzer Münch, seinem Rang entsprechend mit einer Balancierstange ausgerüstet, schritt voraus, die anderen wie die Orgelpfeifen hinter drein. Ganz am Schluß kämpfte der winzige Hacker mit der für ihn schwindelnden Höhe.
Unversehens verwandelte sich das lustige Treiben in eine Tragödie. Der kleine Hacker verlor das Gleichgewicht, stürzte auf die Straße und ge-

riet mit der rechten Hand in die Speichen eines vorbeifahrenden Radfahrers. Das Unglück wollte es, daß ihm dabei der kleine Finger herausgerissen wurde. Mit einem markerschütternden Schrei flüchtete er ins nahe Elternhaus.
Voller Schrecken sah der kleine Münch den Finger liegen, hob ihn auf und sauste hinterdrein. Als er das Hacker'sche Wohnzimmer betrat, war die ganze Familie schon jammernd um die blutende Hand versammelt. Gefaßt trat er vor und legte den Finger mit den Worten,«Frau Hacker, da ist der Finger!«, mitten auf den Tisch.
Was als Hilfeleistung gedacht war, wirkte wie eine Provokation. Statt des erwarteten Lobes stürzte sich Frau Hacker daher wie eine Furie auf ihn und jagte »den elenden Lausbuben, den miserablichen« mit derben Schimpfworten aus dem Haus. Der wußte nicht, wie ihm geschah. Gerade in diesem Fall hatte er sich ausnahmsweise ganz unschuldig gefühlt.
Die Geschichte gehörte zu Vater Münchs festem Bestand an Hersbrucker Erinnerungen. Wir hatten sie schon so oft gehört, daß meine Schwester Lore beim Händedruck den Gast am fehlenden kleinen Finger sofort als den Herrn Hacker identifiziert hatte.
Die Freundschaft überdauerte den Unfall. Das Gespann Münch – Hacker hat danach noch unentwegt Streiche ausgeheckt, von denen etliche an jenem Nachmittag im Weinstüberl erneut auflebten. Beide wetteiferten in Erinnerungen. Das Nachschenken kam wieder einmal zu kurz.

Der Brathering

Die beiden Schlingel saßen oft bei der Tante Ries am großen Kachelofen, wo sie gern, wenn auch nicht ohne Argwohn, aufgenommen wurden. Tante Ries war in ganz Hersbruck als »Ries'n Tanta« bekannt und erfreute sich wegen ihrer Gutmütigkeit, Hilfsbereitschaft und Arglosigkeit allgemeiner Beliebtheit.
Eines Abends verspürte sie Appetit auf einen Brathering und schickte die beiden mit einer Schüssel zum nahen Kramer. »Sagt ihm, einen schönen Gruß und extra viele Zwiebeln und Soße für die Ries'n Tanta.« Eilfertig sausten sie los, und der Kramer füllte die Schüssel für seine Stammkundin reichlich mit dem Gewünschten. Leider wechselte die Schüssel auf dem nun langsameren Heimweg mehrmals den Träger, und jedesmal schrumpften Zwiebeln und Soße. Vor der Haustüre lag der Brathering traurig auf dem Trockenen, und ehe die bösen Buben

eintraten, zogen sie ihn abwechselnd noch einmal durch den Mund. Die Ries'n Tanta war empört. »Was, er hat keine Zwiebeln und keine Soße mehr«, stammelte sie ungläubig. Betrübt schob sie den ersten Bissen in den Mund. »Und ganz trocken ist er auch noch, der Kerl sieht mich so schnell nicht wieder«, zürnte sie, während die lieben Knaben mitfühlend nickten und die arme Tante durch allerhand Späße wieder aufzuheitern versuchten.

Jetzt war Vater Münch in Hochform und schickte sich, an seine Lieblingsstreiche, darunter den Schokoladenautomaten, den Streichholz-Galgen, das Plumps-Klo in der Kirchgasse 77, die Zerstörung der Topfpyramide und die erzwungene Ballonfahrt des Pfarrei-Katers Zachariasl nachzuschieben. Aber die Geduld der vielen durstigen Gäste war am Ende. Vater Münch besann sich seiner Hausherrn-Pflichten und verschwand mit den längst geleerten Gläsern widerstrebend im Laden. Der Faden war gerissen.

An jenem Abend erzählte er nicht weiter, und so warten wir noch heute auf die restlichen Hersbrucker Geschichten.

Der Handwerksmeister

Der Handwerksmeister war jahrelang ein geschätzter Gast im Weinstüberl. Freundlich, hilfsbereit und gutmütig erschreckte er niemand mit seinem dichten schwarzen Bart im vollen Gesicht. In der Brunngasse 11 erwies er sich bei plötzlichen elektrischen Pannen als unentbehrlicher Helfer, weil er auch an den Feiertagen zur Verfügung stand. Er wurde als guter Organisator geschätzt, und als es der Stammtischrunde einfiel, in den achtziger Jahren ein Mattessohn-Radrennen nach Schärding zu veranstalten, übernahm er bereitwillig die Durchführung. Als ihm dabei eine kleine Unachtsamkeit unterlief, ließen ihn die Teilnehmer zur Buße längere Zeit auf einem Buchenscheit knien, was er zur allgemeinen Erheiterung mit viel Humor ertrug.

Sein Niedergang vollzog sich allmählich und fast unmerklich. Erst trennte er sich von seiner Frau, dann hielt er sich mehr im Weinstüberl als an seinen, nun immer rascher wechselnden, Arbeitsstätten auf. Schließlich fing er an, Schulden zu machen und fand zunächst willige Freunde. Der Leberkäs-Franzi, der mit seinem winzigen, weißblauen Stand auf der Maidult große Mengen an hausgemachtem Leberkäse und Bratwürsten verkaufte, lieh ihm mehrere hundert Mark, ein anderer stellte sich sogar als Bürge zur Verfügung.

Das Ausmaß seiner Schulden kam zutage, als sich Laden- und Weinstubenchefin Lore arglos einen Scheck über dreihundert Mark andrehen ließ und auf der Stadtsparkasse erfahren mußte, daß sich dort bereits die ungedeckten Vorgänger stapelten. Erbost zitierte sie ihn über seine Freundin in die Brunngasse, wo er treuherzig versicherte, es bestünde keinerlei Anlaß zur Sorge. Schon morgen würde er ganz bestimmt alle seine Schulden begleichen. Wenn Frau Lore geahnt hätte, was er plante, hätte sie ihn weniger beruhigt entlassen.
Der Handwerksmeister fuhr am nächsten Tag mit dem Fahrrad in den außerhalb der Stadt gelegenen Ort Neustift und überfiel mit einer Spielzeugpistole bewaffnet die dortige Bankfiliale. Er ließ sich die mitgebrachte Plastiktüte mit Geldscheinen füllen, stürmte an der einzigen, zu Tode erschrockenen Kundin vorbei aus der Bank und schwang sich auf sein Fahrrad.
Als er, in durchaus verständlicher Eile, den Berg hinunter Richtung Passau strampelte, rissen die Träger seiner am Lenker hängenden Tüte, und der gesamte Inhalt blieb auf der Straße zurück. Er gelangte zwar noch unbehelligt, wenn auch ebenso mittellos wie zuvor, bis zu seiner Wohnung, aber die Polizei war ihm schon auf den Fersen. Eine ziemlich genaue Personenbeschreibung erleichterte die Fahndung nach dem Amateur.
Die Zeitungsmeldung von dem Bankraub schlug wie eine Bombe im Weinstüberl ein und wurde erregt diskutiert. Die einen meinten zutiefst schockiert, »das wird doch nicht unser... sein«, die anderen, »das kann doch nur unser... sein«. Die Bestätigung folgte auf dem Fuße, denn der Handwerksmeister saß inzwischen bereits in Untersuchungshaft.
Im Weinstüberl kam verletztes Schamgefühl darüber auf, daß der Stammtisch nun sogar einen richtigen Bankräuber zu den Seinen zählte, und alle waren sich einig, daß man selbst in der Brunngasse 11 die Demokratie nicht zu weit treiben sollte.
Vater Münch lebte zu der Zeit leider nicht mehr, denn er hätte dieses Ereignis mit Sicherheit treffend kommentiert. Aber sein Geist schwebte noch im Raum, denn statt ihm fand ein Gast tröstende Worte: »Unser Stammtisch wird ins Guinness-Buch der Rekorde eingehen«, meinte er, »wir haben den dümmsten Bankräuber der Welt!«
Während die Gerichtsverhandlung ihren Lauf nahm, war man im Weinstüberl bereits milder gestimmt und geneigt, die Tat eher als einen unbedachten Streich zu werten. Aber ein Staatsanwalt in der Runde zerstörte diese Illusion mit der düsteren Bemerkung, »es wird ein böses Erwachen geben«.

Der Handwerksmeister wurde zu sechs Jahren Gefängnis ohne Bewährung verurteilt. Belastend soll sich ausgewirkt haben, daß die Bankkundin einen Herzanfall mit Folgeschäden erlitten hatte.
Als das Urteil bekannt wurde, stammelte der Leberkäs-Franzi, obwohl ihn der Delinquent um sein sauer verdientes Geld geprellt hatte, unter Tränen, »der dumme, dumme Bub«. Eigentlich grollte ihm niemand mehr ernstlich. Nur der Bürge zeigte kein Mitleid, er mußte zuviel Geld zahlen.
Der Verurteilte saß seine Strafe in einer weit entfernten Anstalt ab. In die Brunngasse gelangten reumütige Briefe, daß er nun viel Zeit habe, über seine Verfehlung nachzudenken. Viele antworteten, und als Dank schnitzte er jedem seiner Korrespondenten in Holz das für ihn gültige Sternzeichen.
Nach vier Jahren wurde er entlassen. Seine Freundin ist ihm über die Jahre treu geblieben, und er hat glücklicherweise den Weg zurück in eine bürgerliche Existenz gefunden. Auch die Schulden beim Leberkäs'-Franzi hat er längst beglichen.
Nur Frau Lores Scheck ist noch immer nicht bezahlt. Er ist inzwischen zum Souvenir geworden und wird daher nicht zerissen. Aber die Schuld ist dem Handwerksmeister mit den besten Wünschen für ein ruhigeres Leben erlassen.

Vater Münch und die Abschiede

Vater Münch haßte die Abschiede. Daher verreiste er nur in äußersten Notfällen und hinderte, wo er konnte, andere am Reisen. Unsere Rad- und Faltboot-Touren in den Schuljahren mit meinem Freund Helmut waren ihm ein Greuel. Stets stand er beim Abschied stirnrunzelnd unter der Haustüre der Brunngasse 11 und rief mir drohend nach: »Wehe, wenn Dir was passiert, dann kannst Du was erleben!« Eine Logik, die mir noch immer Rätsel aufgibt.
Als wir erwachsen waren, versuchte er uns auf sanftere Weise zurückzuhalten. »Bleibt da, daheim ist es doch am schönsten!« lockte er, obwohl er wußte, daß er uns damit nicht aufhalten konnte.
Das Schicksal hat den seßhaften Vater Münch mit einem Sohn geschlagen, der trotz seiner ständigen Warnungen nicht davor zurückschreckte, ausgerechnet den diplomatischen Dienst als Beruf zu ergreifen. Wenn ich im Urlaub daheim war, schaute er in meiner Gegenwart vom Balkon aus wehmütig auf die Oberrealschule am Inn hinunter und sagte, »da könntest Du jetzt als Studienrat oder sogar als

Oberstudiendirektor sitzen, statt Dich in der Welt herumzutreiben, – und mir am Nachmittag im Keller helfen.« Ich konnte mir nicht verkneifen, hinzuzufügen, »ja, und vielleicht anschließend im Weinstüberl meine Abiturienten bedienen. Am liebsten hättest Du wohl einen Professor Unrat aus mir gemacht«. – Aber mein Einwand störte ihn nicht. »Ich hätte Dir schon was dafür gezahlt«, meinte er großzügig.

Bombay, Bombay

Schon mein erster Posten an der Botschaft in Madrid war ihm durch zweitausend Kilometer Entfernung gründlich vergällt. Denn in seiner Werteskala zählte nur die Entfernung von Passau. Die maß er sofort nach Bekanntwerden eines neuen Dienstortes auf einem Schulatlas aus. Aber es sollte leider noch viel schlimmer für ihn kommen.
Nach drei Jahren wurde ich von Madrid nach Bombay versetzt und verbrachte vorher noch einen längeren Urlaub in Passau. Die ganze Familie wußte längst, daß ich für Indien vorgesehen war. Selbst meine damals schon kränkelnde Mutter Luise nahm die Nachricht gefaßt auf, obwohl sie ihr, wie sie mir später gestand, wie ein Stich durchs Herz ging.
Nur Vater Münch war ahnungslos. Niemand wagte es, ihm die Hiobsbotschaft zu überbringen. Ein Tag nach dem anderen verging. Wir fuhren täglich in den Neuburger Wald oder in andere Jagdreviere, wo er mir zum hundertsten Mal die Plätze zeigte, an denen er eine Wildsau oder einen Bock erlegt hatte. Wie immer mimte ich überraschtes Interesse, aber ich saß bereits wie auf Kohlen.
Nun hatte ich in Passau einen Kollegen des Auswärtigen Dienstes, mit dem ich in freundschaftlicher Verbindung stand. Daher wußte ich, daß Richard gerade nach Moskau versetzt worden war, und ihm war meine indische Verplanung bekannt.
Wie es nun der Zufall wollte, traf Vater Münch auf einem Spaziergang in der Stadt Richards Schwiegervater, einen bekannten Rechtsanwalt. Man begrüßte sich. Vater Münch konnte es natürlich nicht lassen, den Herrn Rechtsanwalt brühwarm und auf seine Weise auf die Versetzung des Schwiegersohnes anzusprechen. »Wie ich höre, Herr Rechtsanwalt, geht Ihr Schwiegersohn nach Moskau. Dort zu den Kommunisten möcht' ich nicht hin!« Worauf der Herr Rechtsanwalt, verständlicherweise leicht irritiert, zurückschoß, »und nach Indien, wo Ihr Sohn hingeht, möchte ich erst recht nicht hin!« Es hat wenige Ereignisse gegeben, die Vater Münch total die Sprache verschlagen haben, aber das

war so eines. Die Verabschiedung fiel äußerst kurz aus. Vater Münch stürmte wutschnaubend in die Brunngasse. Zum Glück war ich gerade abwesend, aber auf die restliche Familie einschließlich Mari in der Küche ging eine Schimpfkanonade nieder. »Auf der Straß', von fremden Leuten muß man erfahren, wo der eigene Sohn hingeht«, tobte er, »und Ihr unverschämte Bande, Ihr habt es alle gewußt«.

Aber unsere streitbare Mari hielt, wie gewöhnlich, nicht lange still. »Schauts eam (ihn) an«, fuhr sie ihn an und rollte ihre dunklen Augen, wohl wissend, daß Vater Münch ihre despektierliche Anrede verabscheute, »da schreit und schimpft er wieder, statt daß er stolz is' auf sein' Sohn!« Darauf nahm sich Vater Münch die Mari vor und stritt heftig mit ihr weiter. Als ich eintraf, war er ganz erschöpft und daher bereits versöhnlicher gestimmt. Dennoch grollte er bis zu meinem Abflug, und als er sich, in der Haustüre der Brunngasse 11 stehend, verabschiedete, hätte er mir am liebsten wie in alten Zeiten nachgerufen, »wehe, wenn Dir was passiert, dann kannst Du was erleben!«

Als ich in späteren Jahren eine Botschaft in Westafrika übernahm, fand er sogleich die passenden Worte. »Jetzt habens endlich einen Dummen gefunden, der zu den Schwarzen in den Busch geht«, brummte er, aber ganz so ernst war es ihm doch nicht mehr, und mit einiger Phantasie konnte man aus seiner Bemerkung Positives heraushören.

Erst die nächste Versetzung nach Budapest, fast fünf Jahre später, fand Gnade vor seinen Augen. Jetzt war sein Sohn endlich wieder in der Nähe und sogar am vertrauten Donaustrom. Vater Münch strahlte. Aber er ging schon auf achtzig zu und fing an, unter Verfolgungsängsten und zeitweiser Verwirrung zu leiden. Als ich von Budapest aus wieder Urlaub in Passau machte, begrüßte er mich als Herr Professor und sagte, er habe einen Bruder in Budapest. Mir schwante, daß ich ihn bald verlieren würde, ja, daß ich ihn, so bitter es war, als Vater schon fast verloren hatte.

Vater Münch geht fort

Waren Vater Münch Trennungen von der Familie schon unerträglich, so machte er sein ganzes Leben lang einen noch größeren Bogen um Beerdigungen. Bei solchen Anlässen ließ er sich regelmäßig von Oma Mattessohn, seiner Luise und schon in jungen Jahren auch von uns Kindern vertreten.

Als seine liebe Luise starb, die er während ihres langen Leidens aufopfernd umsorgt hatte, mußten wir ihn fast mit Gewalt auf den Friedhof

schleppen. Wir haben es bitter bereut. Mitten in der gutgemeinten, aber an seinem Ohr vorbeirauschenden Predigt des Dekans setzte er sich, ein gebrochener Mann, erschöpft auf den Steinrand des geöffneten Grabes, unfähig, ein Wort zu sprechen oder zu verstehen. Danach lag er wochenlang ohne erkennbaren Befund fiebernd in der Hellge-Klinik. Erst ganz langsam lebte er unter der Fürsorge seiner Töchter wieder auf.
Auf seine rauhe, oft polternde Weise war er immer dem Leben zugewandt. Daher hatte er mit Tod und Jenseits nicht viel im Sinn. In seinem tiefsten Innern mißtraute er allen Gewißheiten oder Mutmaßungen darüber, woher sie auch kamen.
Auch bei seinem eigenen Sterben ist er dem letzten Abschied aus dem Weg gegangen. Er dämmerte ohne Trennungsschmerz und ohne daß er es selbst gewahr wurde in einen Zustand totaler Bewußtlosigkeit hinüber.

Nachruf

Seltsam, beim Schreiben dieser alten Geschichten ist mir Vater Münch immer mehr ans Herz gewachsen. Nun am Ende fällt mir die Trennung von ihm schwer. Denn jetzt verstehe ich ihn besser, er ist mir näher als je zuvor. Unendlich fern liegt die Zeit, da ich unter seinen Zornesausbrüchen, seinen Schimpfworten und seinem Mangel an Verständnis gelitten habe. Heute sehe ich ihn vor allem, wie er tränenüberströmt am Burgtor in Nürnberg stand, als ich ihn zurückließ, um nach Spanien weiterzufahren. Als wäre es gestern, sitze ich wieder geborgen auf seinen breiten Schultern, auf denen er mich nach dem wöchentlichen Bad in ein Frottetuch gehüllt den langen, finsteren Korridor entlang ins Kinderbett getragen hat.
Oft habe ich mit ihm gehadert, wenn er mich wieder von den Büchern weg in den Keller oder ins Weinstüberl scheuchte. War er gut gelaunt, so rief er, »komm herunter, Du Arbeiter der Stirn und der Faust«. War er schlechter Stimmung, hieß es, »hör auf in Deine Bücher zu stieren und komm', sonst krachts!«

Ebenso schwer fällt mir jetzt der Abschied von meiner Brunngasse 11. Wie oft habe ich mich beim Weinabfüllen oder Likörfässer-Schütteln im Keller weit weg gewünscht und mich nach intellektuellen Anregungen gesehnt, die daheim nur allzu spärlich flossen. Heute weiß ich, daß die Jahre in der Brunngasse 11 keine verlorene, sondern eine kostbare Zeit waren, so wichtig wie die Jahre in fremden Ländern. Ohne die Zeit, die ich mit meinem Vater im Weinkeller und im Weinstüberl verbracht habe, hätte ich vielleicht nicht so früh gelernt, mit Menschen umzugehen und ihnen nicht nur aufs Maul, sondern auch dahinter zu schauen.

Hätte ich Rilkes dichterische Fähigkeiten, würde ich die Brunngasse 11 vielleicht auf Goldgrund in einem langen Gedicht verewigen. Wäre ich Günter Grass, hätte ich, wer weiß, einen dreibändigen Roman über die Brunngasse 11 aus der Sicht einer Kellerassel verfasst. So habe ich eben nur meine einfachen Geschichten geschrieben. Beim Schreiben gings mir manchmal wie Vater Münch beim Erzählen: Ich habe mich selbst noch einmal vor Lachen geschüttelt. Einige wenige habe ich fast unter Tränen geschrieben, und angefangen habe ich sie überhaupt nur, um mir einen großen Kummer von der Seele zu schreiben. Vielleicht sind gerade deshalb die meisten Geschichten eher lustig ausgefallen.

Vater Münch hat uns Kinder nie gelobt, und doch hätte er sich für seine Familie in Stücke reißen lassen. Als sich einmal jemand in unserer Abwesenheit eine kritische Bemerkung über uns erlaubte, fuhr er ihn an, »lassen Sie meine Kinder aus dem Spiel, meine Kinder sind Königskinder!« Als wir das über drei Ecken wieder erfuhren, brachte es uns in tödliche Verlegenheit. Er selbst verlor nie ein Wort darüber.

Es war nicht leicht mit meinem Vater. Schmerzliche Ecken und Kanten hat er mich fühlen lassen, aber heute erkenne ich, daß sie ein wesentliches Element seiner unverwechselbaren Persönlichkeit waren. Zum Helden war er nicht geboren, und auch als Widerstandskämpfer wird er nicht in Erinnerung bleiben. Aber nie hat er sich eingeordnet und noch weniger untergeordnet. Zum Marschieren im Gleichschritt war er völlig ungeeignet, für Trommelschlag und politische Verführung taub auf beiden Ohren.

Keiner konnte ihn brechen, niemandem hat er nach dem Mund geredet. Den Philosophen Schopenhauer kannte er kaum dem Namen nach, aber wie er hat er sich eine eigene Welt nach seinem Willen und seiner Vorstellung zurechtgezimmert und ein Leben lang erfolgreich verteidigt. Dazu fand er zur Verblüffung seiner Umgebung immer das richtige Wort zur richtigen Zeit. Was Nietzsche über seinen Lehrer Schopenhauer gesagt hat, gilt auch für ihn:

»...Was er lebte, bleibt bestahn!
Seht ihn an! Niemand war er Untertan!«

Vater Münch hat das letzte Wort

Kürzlich ist er mir noch einmal im Traum erschienen und hat mir schmunzelnd gesagt:
»Deine Geschichten gefallen mir ganz gut. In den meisten habe ich mich ohne Mühe wiedererkannt.« Ich erschrak, weil er mich zum ersten Mal in meinem Leben gelobt hatte. Zu meiner Erleichterung fuhr er fort: »Aber meine sind noch immer die besten. Da kannst Du noch einiges von mir lernen.
Denk' daran, wie wir im Keller unsere Liköre fabriziert haben. So ist es mit den Geschichten. Nimm Dir Zeit zur Vorbereitung und nur die besten Destillate. Verlaß' Dich bei der Auswahl auf Deine gute Nase. Auf den Duft kommt es an.
Lerne aus Deinen Fehlern, Du weißt schon, was ich meine: Bevor Du zu fabrizieren anfängst, laß' alles Wasser aus den Meßkannen abtropfen, die Leute wollen echte Ware und, vergiß' nicht, auf die richtige Mischung kommt es an.«
Da traf er bei mir einen wunden Punkt. »Ja, ja, lang genug hast Du mich die Likörfässer schütteln lassen und Dich derweil' im Weinstüberl mit den Gästen vergnügt. Mir sind fast die Arme dabei abgefallen!«, unterbrach ich ihn.
Vater Münch war beleidigt. »So, das hast Du Dir gemerkt, was Du alles bei mir gelernt hast, hast Du anscheinend vergessen. Ich habe beim Mischen an etwas ganz anderes gedacht. Hoffentlich weißt Du noch, daß wir dem Alkohol mit einem Schuß Reingeist die Schärfe genommen haben. Genau so mußt Du die Wirklichkeit mit einem wohldosierten Spritzer Phantasie abrunden. Dazu wünsche ich Dir meine glückliche Hand«, meinte er etwas selbstgefällig.
Meinen Einwand, daß ihm in seinen Geschichten beim Dosieren der Phantasie öfter die Hand ausgerutscht sei als beim Reingeist, ignorierte er. Er war im Gedanken offensichtlich schon ganz woanders.
In feierlichem Ton, sodaß es wie ein Vermächtnis klang, fuhr er fort: »Wenn Du willst, daß die Leute mit Dir lachen und weinen, dann mußt Du alles auf warmem Wege herstellen, so wie wir unsere Liköre fabriziert haben, und wie es – er lächelte so verschmitzt wie nur er lächeln konnte – später sogar der große Anton Riemerschmid in München von uns übernommen hat.«
Ich fragte zurück, »Du meinst wohl, das Herz muß dabei sein?« Aber er blieb mir die Antwort schuldig. Vielleicht, weil meine Frage keiner Bestätigung bedurfte, vielleicht aber auch, weil er nicht an sein kran-

kes Herz erinnert werden wollte und an den Pfropf, der ihn einst fast das Leben gekostet hatte und jetzt weiß Gott wo steckte. Möglicherweise dachte er sogar noch immer mit Genugtuung an seinen Nauheimer Herzschritt, der ihn im zweiten Weltkrieg vor dem Heldenklau gerettet hatte.

Und noch eins ist ganz besonders wichtig, fuhr er fort. Erzähl' dieselben Geschichten, so wie ich, immer wieder. Sie werden jedesmal schöner. – Wie meine Flintenläufe, durch die Du als Bub so gern geschaut hast, weil sie nach jedem Durchziehen blanker wurden. Oder wie unsere Liköre, die jedesmal besser schmeckten, weil wir sie fünfzig Jahre immer wieder in denselben Fässern gemacht haben. – Er stockte und seufzte: »alles ist zerfallen, sogar meine Likörfässer!«

Als er mir das Immer-Wiedererzählen so ans Herz legte, mußte ich lachen. »Du denkst wohl an die Geschichte vom Nasentröpferl, mit der Du Deine Luise oft geärgert hast.« Aber er zeigte keinerlei Reue. Reue war nämlich nie seine starke Seite. »Meine Luise war doch nur scheinbar ärgerlich. In Wirklichkeit wäre sie tief enttäuscht gewesen, wenn ich die Geschichte nicht so oft erzählt hätte«, behauptete er und grinste spitzbübisch

Als ich ihm sagte, »ich geniere mich, daß meine Geschichten so einfach sind«, wurde er ganz zornig. »Red' nicht so saudumm daher«, fuhr er mich mit vertrauter Grobheit an. »Unsere Liköre haben wir auch mit einfachen Mitteln hergestellt, und trotzdem wurden sie hochgeschätzt. Sechzig Prozent in Passau Stadt und Land waren es«, erinnerte er mich noch einmal triumphierend.

»Und überhaupt, die Herren Rilke und Grass kenne ich nicht. Im Weinstüberl haben sie jedenfalls nicht verkehrt.« Da mußte ich ihm allerdings recht geben.

»Aber an den Drahobl kann ich mich gut erinnern«, fuhr er fort und spitzte schon genießerisch die Lippen. Ich konnte ihm gerade noch ins Wort fallen: »Verschon' mich bitte mit seinem Gedicht, das habe ich zu Deinen Lebzeiten oft genug gehört!«

Mir fiel noch etwas ein. »Weißt Du«, sagte ich, »wie Grass zu schreiben wäre vielleicht nicht unmöglich, aber vorher müßte ich dann wohl alle seine Bücher lesen, das ist mir zu mühsam.«

»Ja, da wärst Du überfordert, laß die Finger davon«, erwiderte Vater Münch, ohne mit der Wimper zu zucken. Der alte Fuchs hatte genau im richtigen Moment vergessen, daß er den Grass gar nicht kannte.

Dann kam er unvermittelt zum Schluß: »Weißt Du, ehrlich gesagt, stand auch ich bei jeder Geschichte vor der Frage, ob ich sie nur wahr-

heitsgetreu oder auch gut erzählen soll. Dann muß man die richtige Dosierung treffen. Wenigstens das hast Du von mir gelernt.«
Nach kurzer Pause kam noch ein Nachsatz: »Sonst hast Du ja leider wenig von mir angenommen!«
Schon im Weggehen drehte er sich auf seinen Spazierstock gestützt noch einmal nach mir um und winkte: »Eines Tages wird es niemand mehr geben, der die alte Brunngasse 11 gekannt hat. Dann wird sie vielleicht in unseren Geschichten weiterleben.«
Vater Münch lächelte. Er hatte endgültig und für alle Zeiten das letzte Wort.